張愛玲

赤地之戀

主編的話

在文學的長河裡，張愛玲的文字是璀璨的金沙，歷經歲月的淘洗而越發耀眼，而張愛玲的身影也在無數讀者心中留下無可取代的印記。

為紀念張愛玲百歲誕辰及逝世二十五週年，「張愛玲典藏」特別重新改版，此次以張愛玲親筆手繪插圖及手寫字重新設計封面，期盼能帶給讀者全新的感受，並增加收藏的意義。

「張愛玲典藏」根據文類和作品發表年代編纂而成，包括張愛玲各時期的長篇小說、短篇小說、散文和譯作等，共十八冊，其中散文集《惘然記》、《對照記》本次改版並將增訂收錄近年新發掘出土的文章。

一樣的悸動，一樣的懷想，就讓我們透過全新面貌的「張愛玲典藏」，珍藏心底最永恆的文學傳奇。

自序

我有時候告訴別人一個故事的輪廓，人家聽不出好處來，我總是辯護似地加上一句：「這是真事。」彷彿就立刻使它身價十倍。其實一個故事的真假當然與它的好壞毫無關係。不過我確是愛好真實到了迷信的程度。我相信任何人的真實的經驗永遠是意味深長的，而且永遠是新鮮的，永不會成為濫調。

《赤地之戀》所寫的是真人實事，但是小說究竟不是報導文學，我除了把真正的人名與一部份的地名隱去，而且需要把許多小故事疊印在一起，再經過剪裁與組織。畫面相當廣闊，但也並不能表現今日的大陸全貌，譬如像「五反」，那是比「三反」更深入地影響到一般民眾的，就完全沒有觸及。當然也是為本書主角的視野所限制。同時我的目的也並不是包羅萬象，而是儘可能地複製當時的氣氛。這裏沒有概括性的報導。我只希望讀者們看這本書的時候，能夠多少嗅到一點真實的生活氣息。

一

黃塵滾滾的中原。公路上兩輛卡車一前一後，在兩團黃霧中行駛著。

後面的一輛，有一個穿解放裝的人站在車門外的踏板上。是司機的助手，一個胖墩墩的中年人。他紅頭漲臉的，急得兩隻眼睛都突了出來，向前面大聲吶喊著。前面是一輛運煤的大卡車，開得太慢，把路給堵住了。他把喉嚨都喊啞了，前面車聲隆隆，也聽不見，或是假裝不聽見。

好容易到了一個轉彎的地方，前面的卡車終於良心發現了，退後一步，讓後面這一輛走在前面。

「我們也開得慢些，」那助手向司機說：「讓他們也吃點灰。」

司機點點頭。

助手把一隻手臂攀住車窗，把身體扭過去往後面看著，笑嘻嘻的十分高興，但是忽然之間，又漲紅了臉大喝一聲，「他媽的！也讓你們吃點灰！」

車上擠滿了一車的年青人，都笑了起來。也有人說：「這司機的作風不好，應當檢討。」

他們都是北京幾個大學的學生，這次人民政府動員大學生參加土改，學校裏的積極份子都搶著報名參加。這一支土改工作隊就是完全由學生組成的。內中也有幾個是今年夏天新畢業的，像劉荃。

他坐在顛簸最厲害的車尾，兩隻手臂鬆鬆的環抱著，架在膝蓋上，天氣雖然已經入秋，太陽晒在身上還是火燙的。他的藍灰色夏季解放裝被汗水浸濕了，嶙嶙然貼在背上。樹上的蟬聲「吱呀……吱呀……」叫得熱鬧，那尖銳而高亮的歌聲，也像眼前這條大路一樣的無窮無盡，筆直的伸展下去。

劉荃心裏說不出來的痛快。一蓬蓬的熱風呼呼吹過來，捲起一陣陣的沙土撲在臉上，就像一層粗糙的紗面幕，不停在臉上拍打著。陽光和風沙使他睜不開眼睛。他皺著眉毛，瞇睫著眼，然而仍含著笑容。人個子很高，棕黃色的瘦瘦的臉，眼睛很小，右頰有一個很深的酒渦。

「東方紅，太陽升——」靠近車頭的一個角落裏唱起來了，「中國出了個毛澤東……」前面來一輛騾車，卡車往路邊一歪，半棵槐樹和一大叢青蘆都掃到車子裏面來了，枝枝葉葉，擦得嗤啦嗤啦，響成一片。女同學們尖叫起來，紛紛躲藏著，往旁邊倒過去，更加擠成一團。大家又是一陣譁笑。有一個女學生扭下一根樹來，在同伴的背上敲著，打著拍子。

唱了他們新學的土改歌曲，「團結起來吧，嘿，種地的莊稼漢！……」然而他們最愛唱的還是幾支熟悉的。

「我們的中國這樣遼闊廣大……」

劉荃最喜歡這一個歌，那音調裏有一種悲涼的意味，使他聯想到一種「天蒼蒼，野茫茫」的境界。同時他不由得想著，一羣人在疾馳的卡車上高歌著穿過廣原，這彷彿是蘇聯電影裏常看見的鏡頭。

大路漸漸窪陷下去，兩邊的土坡漸漸高了起來，像光禿禿的黃土牆一樣的夾道矗立著。這是因為土質鬆軟，騾車的鐵殼輪子一輾就是一道溝，千百年來的騾車老在這條道上走著，路就成了個土溝，有一兩丈深。坐在卡車上，只看得見平原上黃綠色的樹梢。

有人鬧坐得腿發麻，大家儘可能的掉換位置，人叢裏有一個美麗的女孩子，現在挪了個方向，朝這邊坐著了。她的頭髮剪得很短，已經沒有電燙過的痕跡了，但是梢上還微微有些鬈曲。臉型圓中帶尖，小小的微凸的鼻子，薄而紅的嘴唇。漆黑的一雙眼睛，眼梢撇得長長的，有一道深痕。她的藍灰色的列寧服，袖子高高的捲了起來，一直捲到肘彎上面。手臂似乎太瘦一點，然而生在她身上，就彷彿手臂瘦一點，反而更顯出一種少女的情味。大風把一片小綠葉子刮了來，貼在她頭髮上。

不同學校的人，本來是彼此不認識的。上車以前，大家曾經挨次報出自己的名字，但是自我介紹這件事，總覺得帶點滑稽意味，所以誰也不好意思鄭重出之，不過笑嘻嘻的隨便咕噥這麼一聲。人多，有許多人也仍舊鬧不清楚。然而像她這樣的人，自然是引人注目的。她自己報名，說叫黃絹，是燕京這一期的畢業生，大概全車的男性沒有一個沒聽清楚。劉荃當然也不是例外。

也是因為這人實在太美麗了，偶爾看她兩眼，就彷彿覺得大家都在注意他，他別過頭去，手裏拿著帽子當扇子，在胸前一下一下的搧著。搧了一會，自己又覺得這是多餘的，車子開得這樣快，風嗚嗚的直吹過來，還要搧些什麼。於是把帽子戴到頭上去。但是跟著又來了第二個感想，這樣大的風，帽子要吹到汽車外面去的，趕緊又摘下來。看看別人，誰也沒戴著帽子，自己的帽子本來是不是戴著的，倒記不起來了，越想越覺得恍惚起來。

他沒大聽見她和別人說話，但是她彷彿非常愉快的樣子，常常把她的一把傘伸到車外去，插到樹叢中，擦得它刷刷響著，彈得跳起來。

車子裏靜寂下來了，只聽見車聲隆隆。大家唱得喉嚨都乾了，沒有再唱下去。折了根樹打拍子的那個女孩子叫俞琳，是劉荃的同學，她遠遠的把那馬鞭子似的樹枝伸過來，在他肩上打了兩下。

「噯，劉荃，劉荃，還有多少路？」

他沒有馬上回答，她那樹枝又打上頭來。「噯，劉荃！走了一半路了吧？」她偏著頭，笑嘻嘻的望了過來。他覺得黃絹也在望著他。

「問我有什麼用，你問司機。」他微笑著，心裏卻很不願意。大家同學，本來也無所謂，她這神氣倒像他們是極熟的熟人似的，很容易使別人發生誤會的。他告訴自己說，現在他們都是幹部了，下級幹部最忌鬧男女關係。而且現在他們是出發去做一件最嚴肅的工作，這種作風要給「領導上」一個不好的印象。

在這一個集團裏，代表「領導上」的是張勵同志。張勵是個黨員，是文化局派下來的，作為他們這工作隊的負責人。他大概有三十歲年紀，高個子，很富泰的一張長臉，鬍渣子很重，兩個青綠色的腮幫子，厚厚的淡紫紅的嘴唇。在一羣青年裏面，更加顯出他的沉著，他坐在一邊，只是微笑著。劉荃認識的人最多，替他一一介紹。劉荃在北大的時候，是學生會裏的一個活動份子，和其他幾個大學裏的學生組織經常的有接觸。他口才雖然不見得好，人很誠實可靠，又是青年團的團員。張勵顯然是很倚重他，將他當作這一羣人的領袖看待。

太陽晒得頭痛，大家背對背坐著，都盹著了。卡車顛得厲害，尻骨磨得實在痛，就又醒了過來。就這樣昏昏沉沉的醒了又睡，睡了又醒。劉荃最後一次醒來，空氣裏忽然聞到一陣極濃的土腥氣。但是並不是土腥氣，而是一種沙土的清香。原來下起雨來了。這卡車上面一點掩蔽也沒有，然而這一下雨，大家反而振作起精神，又高聲唱起歌來，車也開得更快了，因為地下的浮土化為泥漿，像稀粥似的又黏又滑，車輪就快轉不動了。

「快到了，馬上就到了，」大家互相安慰著。車子如果突然拋錨，在這前不沾村，後不著店的地方，那就只有摸黑走到韓家坨，連一盞燈籠都沒有帶。

天已經黑了下來，風景也漸漸變了。不知道什麼時候，汽車已經馳出了土溝，眼界陡然一寬，黃昏的天色綠陰陰的，上上下下都像是浸在一個綠玻璃缸裏，陰暗而又明晰。

「到了！到了！」一片歡呼聲。

大路旁邊一片高粱地，高粱稭子長得比人還高，正是青紗帳的季節。過了高粱地，路邊漸漸就有些菜園，夾雜著一塊塊的墳地，偶爾也有一兩間茅屋。然後就看見一丈來高的一道黑土牆，綿延不絕。土牆上挖著大大小小幾個門洞子，在一瞥之間，也可以看見裏面的許多燈火人家。這一帶的村莊，都築上這樣一個土圩子圍在外面，防禦土匪。

忽然一陣鑼鼓聲，土圩子裏擁出一簇燈火，也有紅星燈，也有普通的白殼燈籠，還有火把，火光在雨中流竄不定。隱隱約約可以看見一羣小孩和少年男女在那裏扭秧歌，一路扭了出來，紅綠綢子的飄帶都淋濕了，裏啦裏啦的。又看見一些民兵，頭上紮著白毛巾。許多人搖動著紅綠紙旗，喊著口號。這雨下得人心慌意亂，也聽不清他們喊些什麼，但是大家當然也知道，這是村子上的人冒雨出來歡迎他們。大家心裏不由得一陣溫暖，也都極力的揮著手，大聲歡呼著。就在這時候，卡車已經在人叢中開了過去，嗤啦嗤啦濺著泥漿，燈籠火把都東倒西歪擠在一邊，讓出路來。

卡車並沒有開進村口，仍舊往前走了一截子路，然後才戛然停住了。大家這就揹了背包，從車板子上跨過去，撲突撲突跳下車去。隔著一大片亮汪汪的泥潭，那邊有一座廟在土坡上，廟前掛著兩盞白殼燈籠，發出那昏黃的光，照著兩塊直匾，匾上有「三區韓家圪小學校」字樣。

這時候扭秧歌的人也跟上來了，大鑼小鑼一聲噹噹敲著。那雨卻下得更緊了。有兩個幹部模樣的人跑上來招呼著，讓工作隊的人到小學校去。劉荃只顧照應著大家，一個人落在後面。那黃絹跳下車去的時候，把傘收了起來，下了車再撐開來，但是風太大，掙扎了半天，才撐開了。她打著傘趕上去，看見劉荃彎著腰往上跑，抬起了一隻胳膊來擋著臉，她就叫了一聲「劉同志！」一把傘往他那邊一送。

「行，行！」劉荃先客氣了一聲，然後也就接過傘去，說：「我來我來。」他代撐著傘，卻拿得離他自己遠遠的。也並不一定是有意這樣，他對於她總有一種特殊的感覺，總彷彿她和一切別的女性都不同些。這傘本來不大，完全罩在她頭上，在他這一方面，反而比沒打傘的時候淋得更厲害，那雨水沿著油紙傘的邊緣，亮晶晶的成片的流下來，正落在他頭上。黃絹也覺得了，當然也沒好說什麼，但是大家並排走著的時候，就靠近他些，緊挨著他走。這樣，總算這把傘不是完全一面倒，那成片的雨水也不再淋在他頭上，變為淋在肩膀上了。

然而這時候也就到了廟門口了。先到的一批人都擠在簷下，抖帽子的抖帽子，擰褲腳的擰褲腳，洒了一地的水。他們這一對最後來到的，大家都望著他們。劉荃自己告訴自己那是他心理上的作用，他彷彿覺得大家對於黃絹總特別注意些，說是「虎視眈眈」也許太過分了，但是空氣裏似乎確是有點異樣。一上了台階，他把傘交還給黃絹，謝了她一聲，就匆匆的走開了。

幾個村幹部圍著張勵說話。張勵給他們大家介紹。支部書記李向前是一個瘦子，穿著一件高領子的白布小褂，一雙很精靈的大眼睛，眼泡微微凸出來。

「同志們來了，我們心裏真是說不出來的喜歡，」李向前說：「你們都是有文化的人，我們都要向你們多多學習。」

「哪裏哪裏，是我們要向你們學習，你們幹部是最接近羣眾的。」張勵說。

「同志們肚子一定餓了，」李向前對農會組織孫全貴說：「快讓他們烙餅。」又向工作隊員們抱歉的笑著說：「預備了三十斤白麵，五十個雞蛋，這天熱，肉留不住，也沒敢殺豬，不準知道今天來得成來不成。」

「可千萬別費事，我們有什麼吃什麼。」張勵說。

「不用吃白麵了，」劉荃插進來說：「其實也不用另外給我們做飯，大家都去吃派飯得了。」

李向前搔著頭皮，把眼睛望著他們，嘴裏唏溜唏溜的笑著。「下這麼大雨，就在這兒吃一頓吧，早一點歇著，同志們今天也辛苦了。」

「也不費什麼事，東西都現成，都現成。」孫全貴說。

「我看，我們也不必和大夥兒鬧對立，」張勵微笑著向劉荃說：「無論什麼事，總得結合實際情況，不能死腦筋，說一定要怎麼著怎麼著，那也是一種教條主義。」說到這裏，呵呵的笑了起來。

劉荃真沒有想到，一開口就碰了這麼個釘子。再一想，究竟自己是個沒有經驗的人，這次下鄉，也不過是來見習見習的，大概張勵嫌他鋒芒太露了，故意當著人挫折他一下，好在工作隊裏建立起威信來。他這樣想著，心裏雖然仍舊有些不平，也就忍耐下去了，臉上也是含著微笑。

張勵問李向前，當地有多少黨員。又問了些別的話，說明天要各種團體分別開會，傳達政策。幹部都到齊了，農會主任、婦會主任、民兵隊長、村長、村副、支部組織、支部宣傳。他們大都還帶有幾分農民的羞澀，靜靜的蹲在房門口，聽著這邊說話。也有蹲在簷下的。民兵搬著雞蛋蔬菜，出來進去忙個不了。側屋裏發出烙餅的香味。劉荃不看見那兩個司機，問別人，都說不知道。他出去找他們，去叫他們來吃飯。

不知道什麼時候，雨已經停了。一出廟門，幾棵大槐樹簌簌的往下滴水，還當是又下了起雨來。然而地上已經微微有些月光了。

卡車的黑影矗立在路邊。有一羣人圍在車子旁邊看著，指指戳戳。劉荃向那邊走過去，遠遠的聽見婦女和小孩說話的聲音。

「不許動！」女人呵叱著。「下來！還不下來！打死你！」

小孩帶著哭音說：「揿一揿，輕輕的揿一揿嘛！」

汽車喇叭低低的「嘟」一響，大家都笑了起來。女人仍舊叱罵著。

「這些人是區上下來的還是縣裏下來的？」另一個女人的聲音。

「我也不清楚，」一個男子回答。

「說是要鬧鬥爭了。」

罵孩子的女人說：「不是說要分地嗎？」

沒有人回答。後來正是那男子說了一聲「地也要分的，鬥也得鬥。」

「不鬥光分地不行嗎？」

「不鬥還行！叫鬥就得鬥！」

他的妻在旁邊彷彿有點不安起來。「回去吧，孩子他爹。」

一羣徜徉著走開了，女人們抱著孩子。

劉荃聽他們說話的聲口，就猜著兩個司機絕對不會在卡車裏面。走過去一看，果然車子裏黑洞洞的，一個人也沒有。他躊躇了一會，才追了下去，向那男子喊了一聲，「噯，老鄉！剛才那兩個開車的上哪兒去了，你們看見沒有？」

他們回過頭來望著他。一個赤裸著身子的小男孩站住腳，呆呆的向他望著，手裏撥弄著一個細竹篾搭的框架，大概是剛才拿著去歡迎他們的一盞紅星燈，被雨淋得只剩下一個星形的架子，上面還掛著兩三條破爛的紅紙。

他們沒有說話，劉荃以為他們不會回答他了。

「上合作社去了，」那男子突然向那邊一座小白房子指了一指。然後他們很快的繼續往前走。只有那小男孩還挺著隆起來的肚子，站在那裏眼睜睜望著他，撥弄著那竹篾編的架子。

「小順！」婦人粗聲呵叱著。

小孩也跟著他們走了。

劉荃站在那裏，倒呆了一會。然後他慢慢的向合作社走去。這大路邊上荒涼得很，偶然有兩所房屋，都是高粱稭子紮的牆，只有這合作社是個瓦屋，裏面彷彿點得很亮，窗紙上人影幢幢。劉荃覺得很奇怪，這時倒還開著門。這兩個司機也不知道跑到合作社去幹什麼，這鄉下地方有什麼東西可買的，而且他們明天一早就要回城去了。

他心裏正這樣想著，遠遠的看見合作社的門一開，兩個人走了出來。月光照在那白粉牆上，這兩個人對著牆站著，就溺起尿來。他們嘴裏啣著的香烟頭在黑暗中發出兩點紅光。

劉荃突然往後退了一步，隱身在瓜棚底下。他聽見那兩個人說話的聲音，有一個人聽去很耳熟，就是那農會組織孫全貴。

「鬧不起來的！」他在那裏說，「我們這兒連個大地主都沒有。不像七里堡，他們有大地主，三百頃地，幹起來多有勁！你聽見說沒有，地還沒分呢，大紅綢面子的被窩都堆在幹部炕上了！」

他們一面說著話，繫著褲子走了。

劉荃緩緩的向合作社走過來，心裏也說不上來有些什麼感想，只覺得悄然。一推門進去，迎面攔著櫃台，靠著又有一個貼燒餅的爐子，一個趕麵的櫃台，一塊砧板。有兩個人站在櫃台前面喝酒，櫃上有一隻小小的黃泥罎子。

「怎麼跑到這兒來了？」劉荃走上去指著兩個司機的肩膀，「等著你們吃飯呢。」

「你也來一碗吧，同志？」司機說，「淋得這麼渾身稀濕，要生病。你不喝一點去去寒氣？」

「不喝了，你們也喝得差不多了吧，可以去吃飯了。」

兩個司機吃得臉紅紅的，踉踉蹌蹌跟著他一同出來。

回到廟裏吃了飯，大家就預備安歇。男女隊員各佔一間教室，騰出地方來打地舖，在那青石板地下鋪著一堆堆的高粱稭子。吹熄了燈，那迷離的月光就從窗格子裏照進來，照在地下，成為朦朧的白玉古錢的圖案。院子裏唧唧嘓嘓的蟲聲，加上雨後的蛙聲，響成一片。屋子裏面又常有一種枯嗤枯嗤撲喇撲喇的聲音，也不知道是老鼠是蝙蝠？還是風振著那破爛的窗子，使人聽著心裏老是不能安定。雖然這樣，大家實在困倦得很厲害，不久也就鼾聲四起了。

劉荃心裏有事，一直沒睡著，翻來覆去的，身底下的高粱稭子老是窸窣作聲。睡久了，那青石板裏透出一股子寒氣來。秋後的蚊子也非常厲害。大概是他拍蚊子的聲音，把張勵驚醒了。他看見張勵從舖位上坐起來，趿上鞋走了出去，想必是去解手。過了一會，張勵回來了，坐了下來沉重的打了兩個呵欠。在黑暗中只看見他的汗背心的白影子。

「你還沒睡著，劉同志？」他問：「睡不慣吧？」

劉荃本來想說被蚊子咬得睡不著，但是聽張勵的口氣裏似乎含有一種譏笑的意味，就不願意這樣回答。他頓了一頓，然後微笑著說：「不是。我在這兒想著，這村子的情形不簡單。」

「哪兒的情形都不簡單。——怎麼，你聽見什麼話了？」張勵似乎很感興趣，從口袋裏摸出一包香烟，自己先抽出一支，把盒子扔到劉荃的舖位上，「抽烟。」

劉荃走過來拿洋火，在他旁邊坐了下來，把孫全貴的話告訴了他。

張勵聽見說七里堡還沒鬥爭，地主的被窩倒已經堆到幹部的炕上去了，他笑了起來。「幹部的確有許多已經腐化了，生活也一味的追求享受。不過我們搞工作，是不能撇開幹部的。應當就利用這工作來進行幹部教育。」

他的語氣那樣堅定，態度又那樣輕鬆。在這黑暗中聽著他說話，劉荃不由得就覺得心裏踏實了許多。

他又告訴他那幾個農民的態度，幾乎帶著敵意。他們似乎反對鬥爭。

「唉，農民嘛！——本來就是落後，」張勵笑了。「他們心裏有多糊塗，你都不知道——就只看見眼前的一點利益，常常不識好歹，把人民的敵人當是好人。常常動搖，常常靠不住，一腦袋的變天思想，胆子又小，樹葉子掉下來都怕打破了頭。」

劉荃非常驚異，想不到他把農民估計得這樣低。「照這樣，這土改怎麼搞得起來呢？我們不是要走羣眾路線嗎？」

「走羣眾的路線，一方面得倚賴羣眾，一方面就得啟發羣眾，幫助羣眾，進行思想動員。」

劉荃默然吸著烟。

張勵呼起一口痰在喉嚨裏，吐了出去，然後就躺了下來，在石板地上揿滅了香烟。「你也小心點，別把高粱稭子燒著了。」

二

清晨的蟬，剛剛叫起來，聲音還很嫩。那雞蛋的陽光，照在那筆直的黃土巷子裏，牆根堆著一攤攤的糞便。在這靜悄悄的土黃色的世界裏，李向前領著一羣土改工作隊員一拐彎走了過來，大家都還沒有睡醒，背上揹著背包。

走過了一家人家，在那光滑的土牆上，開著兩扇舊黑木板門。李向前在那虛掩的門上隨意的拍了兩下，叫了「唐占魁！」就領頭走了進去。

裏面一個四方的院子，支起一個小小的黃瓜棚，正中又牽著一根繩子，晾著婦人與小孩的花布兜肚。

「唐占魁！」李向前大聲叫著。

屋裏出來了一個婦人，蒼黃的臉上浮著一臉侷促的笑容，站在那土台階上，把她捲起的袖子放了下來，兩隻袖子只管輪流的往下抹著，抹個不了。

「他爹下地去了，李同志。」

李向前特地指出劉荃來。「這位是劉同志，以後他就住在你們這兒了。人家可是替咱們辦事來的，咱們可得好好招呼著。」

「對，對！應當的！」女人陪著笑說：「咱知道，昨天晚上農會來囑咐過了。」

「你進去瞧瞧吧，劉同志。不用客氣，都是自己人。」李向前匆匆帶著別的工作隊員走了。

「進來坐，你這位同志，」女人帶著很不確定的神氣，笑著說。「吃啦嗎？」

「還沒有呢。」

「喲！那我去生火去，給你蒸兩個饝吧？」

「就吃涼的也行，不用蒸了。」

「進來坐，進來坐。」她領他走了進去，一面就昂著頭喊了一聲，「二妞呀，拿個饝來！多拿幾個！——還是蒸一蒸吧？」她有點担憂地問他。

他又客氣地再三拒絕了。她領他走進右首一間屋子，一進去看見光禿禿的一張土炕，倒佔掉大半間房。炕頭只堆著幾隻空籮空缸，和一些零亂的麥草。然而這家人家大概光景還不算壞，那凹凸不平的黃土牆上，還刷著幾塊白粉，屋頂上淋下來的雨，又在那白粉上沖出兩大條黃色的痕跡，倒更透出一種蕭條的況味。緊挨著炕，有一個長方形的小桌子，那婦人從桌子下面拖出一張黑木方櫈，讓他坐下，自己卻靠著門框站著相陪。

「你們有幾個孩子？」劉荃想引著她說話，他要學習接近羣眾。

「唉，早先丟了兩個小子，現在就剩一個了，還有一個閨女。」

他又問長問短，和她敘起家常來。

「他們唐家不是本地人！」雖然已經結了婚二十了，她仍舊稱她婆家為「他們唐家」。「二妞她爹十幾歲的時候，跟他爹娘逃荒到這兒來，苦扒苦掙，好容易混的，總算自己有地種了。」她說的都是這些老話，近年來鄉下的情形卻一句也沒提。

進來了一個十六七歲的姑娘，穿著一身紫花布衫褲，繫著黑布圍裙，兩隻手提著圍裙的角，走到桌子面前，把圍裙往上一掀，六七隻黑麵饅頭骨突骨突滾到桌上去，聽那聲音，就可以知道是硬得像鐵打的一樣。

「二妞你把炕上掃掃。」

那二妞爬上炕去，拿著一把高粱稭子紮的小掃帚在土炕上沙沙掃著，面積很大，她跪著爬來爬去。她的背影很苗條，一雙腳胖墩墩的帶著幾分稚氣，腳穿著褪色的粉紅線襪，圓口青布鞋。

她母親老是把眼睛望著她，彷彿有點憂慮似的。「我來掃，」她突然說：「去拿醬蘿蔔來。帶雙筷子來。」

婦人一面掃著炕，掉過頭來看著二妞送了一碟醬蘿蔔來，又看著她走出去。然後那婦人又用憂愁的眼光望著劉荃吃東西。「吃得慣麼？」她微笑著問，「我聽見說，這次來的都是學生。」

「學生就吃不了苦嗎？」劉荃笑著說。

她也笑。但是過了一會，她又說，「對付著吃一頓，待會兒給你趕麵條。」彷彿帶著一種安慰的意味。

他覺得她這人很可親。「不用費事了，唐大嬸，我一會兒要出去，中飯不在這兒吃。」

「說是今天要開會，有我們沒有呀？」婦人皺著眉望著他。

「你們在會不在會？今天開農會跟婦聯會。」

「農會本來沒有我們，說我們是中農。今年春上又鬧『糾偏』，說中農也在會。」她別過頭來向門外喊了一聲，「二妞呀！去到地裏去告訴你爹一聲，叫他去開會。聽見沒有呀，妞兒？回頭開婦會，你也去聽聽。聽見沒有？」

那饅頭裏面夾著沙子，吃起來卡嗤卡嗤響著，很難下嚥。劉荃向她要一點水喝，她連聲說「有，有，」走了出去。但是一去不來。他勉強吃了兩隻饅頭，就匆匆走出房去，叫了聲「我出去了，唐大嬸！」

「我這兒生火呢，同志，水一會兒就得。」

「不用做開水，我出去了。」

他走到院子裏，二妞拿著個鋤頭，在瓜棚下面刨土，見人走過，頭也沒抬，只抬起手背擦了擦汗。

他應當回到小學校去集中，但是剛才來的時候，一路上大家說說笑笑，也沒留神，回去的路倒有點記不清楚了。在大門口站著，躊躇了一會，又轉過身來。他看那二妞見了人總是很怕羞的樣子，因此特地正了臉色，向她點了個頭。「我上小學校去，是不是一直朝東走？」

「朝東……」她拿鋤頭比劃了一下，彷彿不知道應當怎樣說，想了一想，才又說：「朝東走，看見那棵棗樹就轉彎。再走一截子，看見綠豆田，出了壚子就是那廟了。」她走到大門口來指點著。她的臉晒得紅紅的。頭髮已經剪了，齊齊的披在脖子背後，兩鬢攏得高高的。被風吹亂了的前劉海，都簇擁到臉的兩邊，倒更襯托出臉的鵝蛋形。她是單眼皮，烏亮的眼珠子上罩著一排直而長的睫毛，側面看去，很有一種東方美。

「二妞！你還沒去叫你爹？」她母親聽見她說話的聲音，就在裏面叫喊著。「我還當你走了呢！」

「忙什麼，開會還早呢。還沒響鑼。」她雖然這樣回答著，一面也就把圍裙解了下來，用圍裙周身撣著，彷彿預備出門的樣子。

劉荃本來想再問得更仔細一點，因為用棗樹和綠豆田來做標幟，是很靠不住的，不一定認識。但是聽她母親叫她，倒像是她母親聽見她和他說話，就有點不放心似的。他就沒有再囉唆下去，謝了一聲就走了。

在小巷裏走著，腳底下的浮土窸窣窸窣響著，聽著就像背後有人跟著似的。他可以想像，要不是這青天白日的時候，如果半夜裏一個人走著，還真有點害怕。兩邊永遠是單調的黃土牆，到了那轉彎的地方，實在不容易辨認。他正站在一個三叉路口，向一棵樹端相著，背後忽然有人說起話來，倒使他吃了一驚。

「那不是棗樹。」

他回過來一看，不覺咦了一聲，然後就笑了。「倒幸虧你跟我順路，不然真會迷了路了。」

二妞微笑著把衣襟牽了一牽，沒有說什麼，偏過頭去望著那日光中的土牆上的人影子。

這巷子裏的地，中間低兩邊高，很不好走，因此兩人依舊一前一後，在中間一條窄溝裏走著。劉荃和她說話，需要回過頭去，就照顧不到面前高低不平的路。說話既不方便，而且也實在是沒有什麼話可說，因此大家靜悄悄的，也還是和剛才一樣，只聽見腳底下踩著浮土，刷刷的發出響聲來。

「你加入了識字班沒有？」在很長的一段靜默以後，劉荃終於想出這樣一句話來。

「加入了。」

「認識了好些字了？」

「不認識字。」

「怎麼入了識字班會不識字呢？你是客氣吧？」

「該轉彎了。」她雖然沒有回答他的問句，但是語聲中帶著笑聲，彷彿剛才是極力忍住了笑。

可以看得見土墟子了。牆洞裏露出一方方碧綠的麥田，紅通通的高粱地。

「哪，那是綠豆田。」她終於指著一個門洞子說。

「哦，那就是綠豆田。」

「我就猜著你不認識。」她噗嗤一聲笑了出來。

他也笑了。

出了那黃土圍牆，就正站在一棵大樹下面。這樹長在個小土坡上，下去幾步路就是大路。在路那邊，老遠就可以看見那綠樹叢中露出一株紅牆來，是那關帝廟。再往遠處看去，又是那一條條一方方的田地，綠錦似的一直伸展到天際。

「你們的地是旱地還是水地？」

「喏，就是那邊那個。」她指了一指。

「噯呀，那不是早走過了嗎？」

「那邊那個廟就是小學堂，」她又指了指。

假使走到這裏還找不到那小學校，那也未免太低能了，他心裏想。他笑著向她道謝，「真是對不住，讓你多走了這些路，」他說。

「我們走慣了的，」她隨口回答著，眼睛已經向對面的廟宇望了過去。廟前似乎很熱鬧，許多穿制服的人忙忙的向裏走，大概都是工作隊裏的人。

劉荃獨自在那山坡上走了下去，到了路上，不由得又回過頭去望了望。她還站在那裏，手裏扳著一根樹幹，把它扳得低低的，搖撼著玩。強烈的陽光正照在她臉上。她的頭髮不大黑，是被太陽晒焦了的；再被陽光一照，那頭髮與臉與手臂都像是有金色光澤的木頭。她整個的像一個古艷的黃楊木雕像。然而就在他回過頭來的一剎那間，她已經一扭身走了進去。那扳下來的樹枝被她突然一鬆手，一彈彈了回去，那碧綠的枝條映著淡藍色的天，儘在空中一上一下，動盪個不停。劉荃站在那裏望著那樹枝，倒看呆了。

牆的門洞子裏忽然又走出一個人來，卻是黃絹。劉荃定了定神，再看了看，是黃絹。她舉起一本筆記簿來擋著頭上的太陽。天熱，她把帽子推到腦後去，短頭髮也掖在耳朵背後，但是依舊有幾根散亂的髮絲被汗水黏在面頰上，瑩白的臉上透出淺淺的紅暈。劉荃站在這裏向上面望著，就像是在這裏等著她似的，也只好將錯就錯，就算是早已看見了她，向她帶笑點著頭。

「這兒的路真不好認，」他說，「幸虧遇見一個村子裏的人，送了一程子。你倒真有本事，一個人走了來了。」

她笑了起來。「你當我認識路？要不是有你們在前頭帶路，我繞來繞去，不知道要繞到什麼時候呢！」

「哦，你看見我在前頭走？」劉荃笑著說。底下接下去很自然的一句問句，就是「怎麼沒叫我呢？」但是結果並沒有問出口來。

「那是哪家的姑娘？很活潑的。」

「我就住在他們家裏。剛巧順路，她到田上去叫她父親去開會。」

他附帶加上的兩句解釋，也許是多餘的，她即使聽見了，似乎也並沒有加以注意。因為這時候有別的女同志走過，她立刻趕上去招呼她們，態度彷彿比平常更親熱些，大家一面談笑著，匆匆的走上廟的石級，倒把他丟在後面。這本來也是很自然的行動，她剛才的談話裏也並沒有絲毫不愉快的表示，然而他直覺的感到她是對他有些不滿。但是為什麼呢？如果他以為她不高興是為了二妞，他應當覺得高興才是。但是究竟不是那樣自命不凡的人，以為任何女性都對他有好感。證據是，他並不覺得高興，只覺得無緣無故的心裏很不痛快。

工作隊在廟裏集中以後，分兩組去參加農會與婦聯會開會。全部同志與一小部份男同志去主持婦聯的大會。劉荃這一組是到一個大族的祠堂去開農會的。今天的會，不過是例行公事。由張勵和幾個隊員輪流演講土地改革的原理，從私有制度的由來說起，農民等於上了一課社會發展史，都聽得昏昏欲睡。劉荃也講了一段。

一個會開了六個鐘頭。散會以後，大家回到村子裏來，天已經黑了。劉荃回到唐家，他一進門，就看一個瘦瘦的中年漢子，身量不高，啣著個旱烟袋迎上前來，向他點頭笑著。想必就是唐占魁了。

「上那邊屋去坐！」他彷彿比他女人還要木訥，連個「同志」也不會叫。

他把劉荃讓到今天早晨那間房裏去，二妞隨即送了一盞燈進來。但是這油燈擱在桌上，擱不穩，大概因為這泥地凹凸不平的緣故。二妞把燈放在炕上，又出去找了塊磚頭墊在桌腿下面。她蹲在桌子底下，把磚頭墊上了，屢次昂頭來看看墊平正了沒有，又推了推桌子，看它搖晃不搖晃。這時候劉荃注意到她頭髮上戴了一朵淺粉色的小花，早晨似乎沒有看見。

唐占魁坐在炕上吮著旱烟袋。他光著膀子，穿著一件白布背心，燈光照在他赭黃色的臉上，臉上很平坦，但是像泥土開裂一樣，有幾道很深的皺紋。

「今天的會開得太長了吧？」劉荃說。

唐占魁唏唏的笑了幾聲，客氣的說，「也不算長，不算長。」然後又沉默下來了。

劉荃看他彷彿有心事的樣子，就又把土改的大致辦法向他講解了一遍。問知他有十一畝地，一年收不到十石糧食，交了糧，一家人剛夠吃的。像他這樣的中農，按照「中間不動兩頭平」的定律，他的財產是在政府保護下的，可以絕對用不著憂慮。

然而唐占魁仍舊皺著眉頭。「說是要『打亂重分』，有這話沒有呀？」

「沒有的話。像你們這中農的地，絕對不去動你們的。」

「那就好，那就好，」唐占魁嘆了口氣，「自從聽見那話，心裏就是一個疙瘩。我這幾畝地，別的沒什麼，地性是摸熟了。沿河那塊地，是大前年買的楊老二的，挺好的地，楊家幾個兄弟不成材，把地都荒了，那土不知多硬。自從我種上了，一年翻兩回，又常常挑些熟土來墊上，這現在收成已經比從前好多了。要是換給別人，就是多換兩畝都有點捨不得。」

他的田都是一畝一畝零碎置進的，聽他說起來，一塊地有一塊地的歷史，也有它獨特的個性。他也像一切沉默寡言的人一樣，有時候一開口說起他喜愛的事物，忽然滔滔不絕起來，變得非常嘮叨。劉荃聽著，倒覺得很有興味。

二妞出去了又進來了，倚在房門口呆呆地聽著。唐占魁的女人在外間叫他們出去吃飯，她做了蕎麥麵烙餅。大家圍著桌子坐下來。灶上的火還很旺，她叫二妞去坐上一鍋水。

灶旁有一隻醬黃色的大水缸。二妞揭開缸蓋，拿起葫蘆瓢來舀水，但是還沒有舀下去，先在水裏匆匆的照了一照自己的臉。她把那朵花向後面掖了掖。再照了照，總彷彿有點不放心。結果又把那朵花摘了下來，倒插在鬢邊。這次卻沒有插牢，那粉紅的花聲息毫無的落了下來，在那暗黃色的水面上漂浮著。影沉沉的水裏映出她的臉，那朵花正棲息在她眼睛上，一動也不動，二妞也沒有去撈它，手扶著缸沿，只管望著自己的影子。

「怎麼舀點水要那麼許多時候，又不是綉花，」她母親說話了，「儘在那兒看些什麼？」

「我看今天這水也不知道怎麼這麼渾，」二妞說，「底下那麼厚的泥。」

她把花撈起來洒了洒水，依舊插在頭髮上，匆匆的舀上一鍋水，送到灶上去，然後也坐到桌上來吃飯。她斜簽著身子坐著，低著頭吃飯，劉荃因為不願意讓她覺得窘，也儘量避免朝她那邊看去。但是她剛才在水缸裏照鏡子的神氣，卻看得很清楚。他心裏也說不出來是一種什麼感覺，似乎有一種渺茫的快感，又覺得有些不安。

三

工作隊這兩天忙著出去訪貧問苦，兩三個人一組，到村子裏去挨家訪問。白天大都只有婦女在家，因此他們白天黑夜都出動，利用談天的方式，誘導農民吐苦水。工作隊員每天一次，聚集在小學校裏彙報，把當天採集的材料歸納起來，加以討論。

「老百姓還是有顧忌，不敢說話，」張勵說：「他們怕封建殘餘勢力的報復。」

大家研究他們究竟是怕地主？怕惡霸？韓家坨的幾個地主，只有很少的土地出租，專靠吃租子是不夠生活的。他們家裏都有人在城市裏做小買賣或是教書，經常的往家裏帶錢，貼補家用。地面上也有幾個「混混」，卻沒有一個夠得上稱惡霸的。幹部裏面的李向前，從前就是個「二流子」，但是他現在既然改邪歸正了，當上支部書記，自然沒有人去翻他的舊賬。淪陷時期當甲長的兩個人，都是被逼，鄉公所裏來了公文，指名派定的。不但沒有得到什麼好處，而且送往迎來，供應日偽軍隊，賠累得非常厲害，賣了田又賣了房子。這些情形，村子裏的人也都知道得很清楚，因此也並沒有把怨毒結在他們身上。

訪貧問苦的工作繼續進行。這些工作隊員秉著年青人的熱誠，用出了最大的力量，像施用人工呼吸一樣，按撳著肚子把水擠出來；苦水終於陸陸續續吐了些出來。

最普遍的控訴是說去年秋收以後，四鄉競賽提早交糧，村幹部只想奪紅旗，拼命催著要大家快點繳上去，拿罰修公路作為威脅。後來索性亂打亂捕人。有一個貧農韓得祿被逼得沒有辦法，哭了四次。又有許多人給催逼得，穀子還沒到收割的時候，就把穀種賣掉了交糧。

又有些人訴說幹部私心，「做負担」的時候不公平。又有幾個人吐露，去年接連的遭了火災和蟲患，損失五成以上，本來已經報荒報了上去，應當可以准許減征公糧，幹部又左說右說，逼著他們自動「請求免予減征」。

工作隊員們擠苦水的時候非常興奮賣力，等到彙報的時候又覺得為難起來。都是這一類的瑣瑣碎碎的怨言，十分嚴重的話當然也沒有人敢說；都是對幹部表示不滿，而對地主都漠然。

「這裏的農民對地主的仇恨不深。」劉荃作了這樣的結論。

「什麼地主的仇恨不深？實在是他們的政治覺悟的程度不夠，所以對於被地主剝削的事實並不感到憤恨，」張勵說：「而你們祇看到表面，就武斷的認為他們對地主的仇恨不深，這正證明了你們對政策理解的程度不夠。」

於是大家又作了詳盡的檢討與反省。

李向前向工作隊提出一個意見，每天中午用大鍋煮「鬥爭飯」吃，工作隊和幹部民兵一同吃吃，叫起人來比較方便，省得滿處去找。反正糧食是現成的，是春上清匪反霸的鬥爭果實，由農會保管著。

「那是人民的財產。」劉荃立刻說：「不應當由我們來享受。」

黃絹向來不大說話的，這次也說：「本來我們下鄉應當『三同』，」她是指同吃、同住、同工作。「現在我們不下地工作，已經不對了，再要吃得比別人好，未免太說不過去。我住的那家人家是個赤貧戶，就靠吃些豆皮麩皮糠皮過日子，從來沒吃過什麼正經糧食。」

被分派在赤貧戶家裏的，不止她一個，也都是跟著吃糠，自然也有人急於想換換口味，就和她辯駁起來。「不下地工作，那是因為時間上不許可——這次土改是有時限的，要儘早的完成它。其實是經濟時間，大家在一起吃『鬥爭飯』倒也是一個辦法，幹部民兵都會齊了，叫人有人。」

一時大家議論紛紜。

「同志們是來幫助老百姓鬧鬥爭的，」李向前說：「就是吃老百姓兩頓飯，也是應該的。」

「那麼難道說，不吃，就不鬥爭了？」黃絹說。

張勵是支持她的。他說：「吃得太講究了也的確是不好，要照顧到影響。」

「鬥爭飯」的建議就擱淺了。但是不久他們又發現，因為農會的穀倉設備不大好，經過一個炎熱的夏季，穀子都發熱，變紅了，也有的發了芽。這樣看起來，也就沒有理由反對拿點出來吃吃。於是就在小學校的院子裏砌起大灶來，每天給工作人員做一頓午飯。後來一度有謠言說李向前和農會主任串通了，大批的盜賣糧食，都報銷在鬥爭飯上。也是因為別的幹部看著眼紅，所以才鬧到張勵跟前，但是李向前把張勵敷衍得很好，因此事態並沒有擴大。工作隊員們也只是恍惚聽見有這樣的傳說。

訪問貧僱農的工作已經告一結束，忙著給區上寫彙報，大家幫著抄錄。發給黃絹的一份似乎特別長些，一直抄到黃昏後，人都走光了，只剩她一個人在那小學校的教務室裏埋頭抄寫。桌上點著一根紅蠟燭，插在泥製的燭台上。在那黃昏的燭光中，隱隱約約可以看見那白粉剝落的牆上貼著一張石印的　孫中山先生像，一張彩印的毛澤東像，每一張畫像的兩邊都貼著兩條白紙標語，像對聯似的。對面牆上又高掛著兩隻大紅色的腰鼓，那銅皮銅釘微微的閃出金光來。小學生的作文，寫在綠絲格的竹紙上，高高下下貼了一牆。

張勵走了過來，說：「我們突擊一下吧，我來幫你抄，今天晚上抄好它，明天一早派人送去。」

他站在黃絹背後看她抄到哪裏，手裏拿著頂帽子不住的搧著，一半也是替她搧著。他雖然是出於好意，但是他一下一下的搧著，那蠟燭的光燄一閃一閃，跳動得很厲害。黃絹只管把眼光注視在紙張上，不由得一陣陣的眩暈起來。她心裏覺得十分不耐煩，但是極力忍耐著，擱下筆來，把草稿分了一半給他，又把燭台往那邊推了一推。但是他並沒有坐到那邊去，依舊挨著桌子角站著，不經意的把那一疊稿紙豎起來在桌面上托托的敲著，慢慢的把那一疊子稿紙比齊了。

「你好好的往下幹吧，黃同志，」他笑著拍了拍她的肩膀。「我一直在觀察你，你表現得非常好，今天在會上發言，思想性也很強。你是候補黨員，等我回去反應上去，應當可以提前准許入黨。」

他的手就此按在她肩膀上了。黃絹只管繼續抄寫著，頭也沒抬，卻在挪動紙張的時候，有意無意的把身子一偏，讓了過去。「我是很虛心學習的，可是我覺得我並沒有什麼突出的表現。」她微笑著說。

「要求突出，那還是小資產階級的看法。」他一面說著，已經把她按在紙上的左手握在手裏，但是又被她掙脫了。她只管低垂著眼睛，眼窩裏簇擁著那長睫毛的陰影，腮頰上的紅暈一陣陣的深起來。

「你瘦了吧？怎麼會剛巧把你派到一個赤貧家裏住著，」他俯身望著她，蠟燭的火光離他的嘴唇很近，現在那火燄是因為他的言語而顫抖著。「給你換一家中農吧，調劑調劑。」

「那又何必呢？我們下鄉來又不是為了享受，吃這一點苦算得了什麼。」

「吃苦也得一步步的練習著來，自己的健康也不能不注意。身體是革命的本錢哪。」他又撫摩著她的手，並且漸漸的順著胳膊往上溜。

這一次她很突兀的把手一縮了回去，跟著就往上一站。「我去多叫幾個人來幫著抄，可以快一點。」她紅著臉，臉上一絲笑容也沒有，一面說著，已經向門外走去。

「叫校工去叫去。」他高聲喊著：「老韓！老韓！」

沒有人答應，只聽見一間間的空房裏嗡嗡的發出「韓！韓！」的迴聲，似乎更有一種恐怖的感覺。

「不用叫他了，我自己去，反正我也要回去吃飯去。」她匆匆的說，人已經到了院子裏。

她回到村子裏，動員了好幾個人來。她自己先去吃飯，吃完了飯，才邀了一個女同志一同來到廟裏，那時候大家七手八腳，也已經抄得差不多了。張勵的態度也依舊和平時一樣，和她們隨便談笑著，在和悅中帶著幾分莊嚴。完工以後，大家一同打著燈籠回到村上去。

但是第二天中午大家聚集在一起吃鬥爭飯的時候，他忽然捧著碗踱了過來，正著臉色向黃絹說：「黃絹同志，你這種作風不大好，要注意影響。」

黃絹倒呆住了，還以為他是指昨天晚上的事，想不到他竟有臉當眾宣佈出來。

「把蒼蠅撈出來也就算了，你把這一碗粥都糟蹋了，」張勵拿筷子指著她擱下來不吃的那碗粥。「這樣浪費人民的血汗。我記得你是第一個反對吃鬥爭飯的，認為太浪費。這正是知識份子好高騖遠的一個最好的例子。」

「張同志，你這話太不科學了，」黃絹紅著臉氣烘烘的說：「蒼蠅是傳染病菌的，連小學生都知道。」

「蒼蠅在粥裏熬著，早已死了，病菌還能生存著麼？你這完全是小資產階級的潔癖。」

「我親眼看見牠掉進粥裏，還活著呢，」黃絹又端起碗來用筷子把那蒼蠅挑給他看。

「這算什麼，人家農民還不是照樣吃，憑什麼你的性命比農民值錢？」

兩個人一個大聲指責，一個大聲抗辯，許多幹部和民兵都在旁邊看熱鬧，張勵也覺得有些不妥，隨即微笑著說：「自己同志，跟你提意見是好意，是要幫助你進步，你這樣不接受批評，態度實在不大好，應當提出來在小組上討論。」

當時劉荃非常替她不平，但同時也稍稍覺得有一點詫異，因為她今天不知為什麼火氣這麼大，一開口就和張勵頂撞起來。

她後來也懊悔她太沉不住氣，明明知道是鬥不過他的，即使大胆暴露他昨天的曖昧態度，也不會得到組織上的支持，徒然毀了她自己的前途。

那天他們小組開會，把她批評得體無完膚。這些人雖然都是天真的青年，為情勢所逼，不能不顧到自己的前程，彼此之間本來就競爭得很厲害；既是示意叫他們抨擊某人，當然加以無情的圍剿，正是一個邀功的好機會。隔了好幾天以後，還又有人在會上提出來質問：「那天開完會以後，曾經有人看見黃絹同志跑到野地裏去，哭了一場。可見她表面上裝作接受批評，心裏還是不服。」

有片刻的寂靜。然後黃絹微笑著說：「是有這麼回事。我是因為大家對我這麼關切，這麼熱心的幫助我進步，不由得感動得哭了。」

這樣，總算這件事情告一段落了。

這兩天工作隊員天天參加幹部會議，在合作社裏秘密開會，醞釀鬥爭對象，這一天正在開會，忽然有人嚷了起來：「有奸細！有奸細！」

「是韓廷榜！」

「是他！我看見他在門口探頭探腦的！」大家嚷成一片。

那當下就有幾個幹部跑出門去，把那地主韓廷榜架了進來，又喝罵那守門的民兵不管事。那韓廷榜是個高個子，黃瘦面龐，高鼻子，細眼睛，頭髮留得長長的，已經有幾莖花白的了，正中挑著頭路，兩面分披下來。穿著一件白夏布長衫，藍色帆布鞋。

「韓廷榜，你來幹什麼？」李向前大聲喝問。

「我來見各位主任有話說，看見同志們在這兒開會，沒敢進來……沒敢進來。」他不住的點著頭哈著腰笑著。

「你有什麼話說？」張勵說。

「我是來獻地的。」他想掙脫一隻手，往口袋裏掏地契，結果由別人代他掏了出來，把那小布包呈了上去。

張勵取出裏面的地契來看，一面笑著說：「他們地主獻地有三獻，獻壞、獻遠、獻少。」李向前也湊上來看，說：「這還不是揀的他最壞最遠的幾畝旱地，拿來糊弄人。」

「原則上不應當拿他的。這地是應當還給他的佃戶的，他不能拿別人的地做人情。」張勵把幾張地契仍舊用那塊白布一裹，擲還給韓廷榜。

「去去去！」李向前吆喝著：「快走！還不是借著獻地來打聽消息的！」

眾人把韓廷榜叉了出去。當下繼續開會，張勵便問起韓廷榜的出身與歷史。這人祖上傳下來有四十來畝地，他年青的時候也曾經在城裏讀過幾年中學。後來經親戚介紹出去，在外面混小差使，因為人太老實，也沒撈到什麼油水，而且後來被人排擠，終於還是鎩羽回來。但是家裏人口多，負担重，所以每隔一兩年的工夫，也仍舊要到北京去一趟，託他丈人替他謀事，照例總是在丈人家裏住一兩個月，就又無可奈何地回來了。這一向看看鄉下情形不對，風聲一天緊似一天，他半個月前就想溜，預備留下老婆孩子，一個人逃出去投奔他丈人。但是這時候村口上已經查得很緊，他被民兵截留了下來，送到村公所去盤問了一番，依舊放他回去，只是此後就加派了幾個人看守著他家前後門。

這時候幹部會議裏又把他提出來討論，是否應當早一點把他扣起來。同時又怕他會把地契藏匿起來或是銷毀掉，決定提前叫他的佃戶去跟他算賬，去問他把地契要了來。

一共有五個人種著他家的田，都是老佃戶了。農會把他們叫了來，教了他們一番話，叫他們去索取地契。他們只管笑著答應著，一個眼不見，就少了一個人，不知溜到哪裏去了。剩下的幾個說是去找他去，一個個的也都溜了。幹部們等來等去，等得焦急起來，再派人去找，原來他們幾個人都下地工作去了。

李向前、孫全貴氣得直罵：「這些人死落後，真拿他們沒有辦法！」

「一步一步來嘛，別著急，」張勵說：「搞工作總不免有碰釘子的時候。」

又把幾個佃戶叫了來，反覆曉諭。佃戶們終於到韓廷榜家裏把地契要了來，但是並沒有經過算賬的手續，也沒有給他難堪。農會事後一調查，非常不滿。再開幹部會議，孫全貴就在會上發言，說：「咱早就說了——鬧不起來的！又沒個大地主，貧僱農倒有一百六十多戶，一個人才能分多少地？鬧個什麼勁兒！」

李向前也說：「一家分不到一畝地，眼看著人家富農中農，一二十畝地，動都不去動他，怎麼不眼紅？要分就都拿來分了——不是我說！一家鬧上兩畝地種種，誰不樂意，不怕老百姓不起來！」

工作隊員起初都沉默著，後來就有人吱吱喳喳議論起來，終於由劉荃開口說：「這是違反政策的。」

又有人用比較緩和的口吻說：「鬥爭對象多了似乎不好。」

「應當縮小打擊面，」黃絹說。

「我們不能死抱著條文，」張勵考慮了一會之後，這樣說了：「各地的人口與耕地的比例非常不一樣，所以根據土地多少來劃分階級，也不能有硬性的規定。過去劃分的階級也可能有不正確的，儘可以提出來重新討論。」

他再向幹部們一解釋，一時大家都活潑起來了，七嘴八舌發言的人很多，提出許多人名來，認為都可以劃入地主階級。

一向從不開口的支部宣傳夏逢春也興奮的說：「韓長鎖那小子，別看他地少——一個青少年，三畝好水地哪！去年還娶了老婆！」夏逢春是個老實人，跟在李向前孫全貴後頭轉，當了一年多的幹部，連一個老婆都沒混上，到現在還是打光棍。

婦會主席也開了口：「老婆還穿著新棉襖哪！」

當下大家你一言我一語，擬出一張單子來。前三名裏就有唐占魁的名字。唐占魁雖然沒有佃戶，也僱不起長工，在農忙的時候卻僱過短工。村子裏有好幾個人都給他打過工。農會就把這幾個人找了來，發動他們鬥爭唐占魁。

幾個僱工都有點怯寒，內中只有一個馮天佑比較胆子大些，敢說話。

「唐占魁倒是……待人還厚道，」他遲疑的說：「同志們面前，咱不敢瞎扯，咱有一句說一句。替他家幹活，他們自己吃什麼，咱也吃什麼，給起工錢也爽快。」

「你別這麼傻，自己給人家剝削了去都不知道，還拿人家當好人，」李向前說：「你不想想，他不剝削窮人，他哪兒來的那些地？」

「那是他們一家子齊心，這幾十年來都是不分男女，大人孩子都下地幹活，甚至他爹在世的時候，七十多歲還下地去。」

「你別這麼死心眼兒，胳膊肘子朝外彎，不幫著自己窮哥兒們，倒去護著那些騎在窮人頭上的人。」

「不是這麼說，李同志。人不能沒良心，老唐對咱不能算壞，那年咱死了爹，自己家裏叔公叔婆都不肯幫忙，還是他借的錢買的棺材。」
「原來是這樣，」張勵岔進來說：「他這麼一點小恩就買住你的心了！」
「別這麼傻了，」李向前說：「這一點小恩小惠算得了什麼？你真跟他算起賬來，他的地怕不要分一半給你！」
馮天佑聽了這話，心裏不由得活動起來。
李向前早已看出他臉色動了一動，就又釘上一句：「你仔細想想吧，馮天佑。不要這樣死腦筋，死不肯翻身！」
「你翻身就在今天哪！」張勵拍著他的肩膀說。
「現在的天下都是窮人的天下，人窮就大三輩，」李向前說：「你儘管去跟他鬧，他欠你的工錢你去跟他要回來。放心，有政府給你撐腰！」
馮天佑只管低著頭不作聲，同來的兩個傭工卻囁嚅著，斷斷續續的說起話來，說唐占魁少算了工錢給他們。
「你聽聽，你聽聽！」李向前對馮天佑說：「人家都說出來了，只有你一個人護著他，甘心做他的狗腿子。」
「準是給他收買了，」張勵隨即追問：「他給了你什麼好處？」

「沒有的事！誰要是拿了他什麼，左手拿的爛掉左手，右手拿的爛掉右手。」

「那你怎麼不說實話？」

磨了半天，最後馮天佑也期期艾艾的說，唐占魁借給他的錢，是閻王債，利上滾利，後來幾年替他挑水、墊土、修渠、碾麥子、碾黍棒，統統都是白做的。

劉荃在旁邊看著，心裏像火燒的一樣，給張勵連遞了兩張條子，張勵約略看了一遍之後就揉成一團，往褲袋裏一塞，並沒有什麼表示。劉荃自己心裏想著，他是住在唐占魁家裏，也許倒不能不避一點嫌疑，要不然，甚至於會有人說他也是被收買了。但是後來實在忍不住，還是說了一句：「張同志，我認為用這種方式發動羣眾，並不能鼓勵羣眾說實話。」

「你這話是什麼意思？」張勵冷靜的望著他說：「我們一天到晚說發動老百姓，老百姓真的起來了，難道我們又給他澆冷水？」

劉荃頓了一頓，正要再開口說話，張勵又厲聲剪斷了他：「劉荃同志，你這階級路線走錯了，你自己先去反省一下，你這問題我們過一天再討論。」

他這兩句話分明含有一種恫嚇的意味。劉荃默然了，其餘的工作隊員看了他的榜樣，更加誰也不敢作聲。

那天散了會出來，黃絹就趕上來輕輕向劉荃說：「實在太不民主了！」

劉荃起初沉默著，沒有說什麼，然後他突然憤激的向她說：「你看今天這情形，誰要是有一句異議，簡直就是地主的狗腿子！」

「算，算，別說了！」另一個隊員走過他們身邊，低低說了一聲：「讓人家聽見了，又要說我們『開小會』。」

黃絹也就悄悄的走開了。

劉荃緩緩的走著，一個人落在後面。他有點怕回家去，他不願意看見唐占魁家裏的人。看見他們而裝作若無其事的樣子，不透露一點消息，自己覺得實在太虛偽。但是更不能告訴他們什麼。那不但違反紀律的事，而且犯了最嚴重的「破壞土改」的罪名，有被處死刑的可能。而且，更重要的是，完全與事無補。他們無處可逃，也逃不出去。

他這樣想著，心裏有點惘惘的，順著腳走著。不知不覺的就繞了一條遠路回去，彷彿多挨一刻也是好的。沿著這條路走過去，遠遠的就看見那邊一個小河溝，溝邊生著高高的一棵金色的柳樹，夕陽正照在那枯黃的柳枝上。這兩天已經不聽見蟬聲了。

那小河溝上搭著一塊石板橋，有人蹲在石板上洗衣服。劉荃起初也沒注意，走到近前方才覺得那紫花布衫褲有點眼熟，一看那背影就知道是二妞。他不由得呆住了，但是腳底下一直不停的緩緩往前走著，倒已經走到河溝旁邊。

二妞正低著頭拿著根棒槌舂著衣裳，時而抬起一隻肩膀來擦一擦臉上濺的水沫。她那紫花布袖子捲得高高的，露出那金黃色的圓圓的手臂。劉荃站在水邊，離她沒有幾步遠，但是沒有朝她那邊看去，只望著那溝裏的水，那混濁的水夾著草屑，流得很急，又夾著一縷縷厚膩的黃泥，就像雞蛋清裏的一縷縷蛋黃一樣。

這水雖然黃濁，究竟人影子倒映在裏面映得出的。二妞早就在水裏看見了他的影子，故意裝作不知道，看他是不是和她打招呼。沒想到他老是呆呆的站在那裏，一動也不動，她起初覺得詫異，漸漸的也不知道怎麼，臉上一陣陣的紅暈起來，手裏仍舊一下一上的舂著衣裳，也有點心不在焉的。

她突然噯呀了一聲，那棒槌一下子滑到水裏去，的溜溜轉著，順著水流走了。她只管望著它發呆，但是她這樣噯呀一聲叫了出來，倒把劉荃驚醒了。他立刻跨到水裏去，急急的走了兩步，俯身去撈。這水雖然很淺，水勢卻很湍急，他的動作又太急遽，身體一連搖晃了幾下，幾乎栽了下去。但是總算把那根棒槌撈了回來。

二妞在石板橋上已經立起身來，站在那裏一聲不響。等到他上了岸，看他褲腳上的水像牽線似的往下流著，她呵喲了一聲，直說：「你瞧，你瞧！」她自己手裏捧著一團濕衣服，那衣服上的水也是牽線似的往下流，正淋在腳背上，她卻沒有覺得。

「不要緊的，沒關係。」他把棒槌遞給她，一面自己彎下腰去擰絞褲腳上的水。濕透了的褲子已經變成了深灰色。

「這怎麼辦，」二妞皺著眉說。她也像一切北方鄉村裏的人，對於雨與水因為生疎，總彷彿懷著一種恐懼。衣服弄濕了似乎是很嚴重的事。「又沒的換，那一套我剛洗了。」

「沒關係，沒關係，一會兒就乾了。」他向她點了點頭。「那我先回去了。」

這一次他倒是走得很快，一半也是因為那潮濕的褲子冰涼的裹在腿上，非常不舒服。太陽下山了，一陣陣的風吹到濕衣服上，很有幾分寒意。而且腳上那雙橡膠鞋，糊上厚厚的一層淤泥，在地上一走一軟，就像雲裏霧裏似的，很不對勁。

進了圩子，在那小巷裏遇見兩個工作隊員，是他的同學。

「你怎麼回事？」他們吃驚的問：「掉了河裏去了？」

他含糊的笑著點了點頭，假使據實告訴他們，說是幫著一個村子裏的姑娘撈棒槌，一定要被他們大大的取笑一番。

「怎麼會掉了河裏的？」

「一個不小心栽了下去，幸虧水淺。」他隨口回答著。

「真是笑話，人家地主沒投河，你這土改工作隊員倒投了河！」

大家笑了一會，各自走散了。

他回到唐家，唐占魁的女人一看見了他，也是驚異的問：「怎麼了？」

他很可以告訴她實話，但是他一直有這感覺，覺得她對於這女兒防範得很厲害，只要是個穿制服的人，一走近她女兒，她就驚慌起來。當時他也沒有仔細思索，就隨口答了一句，說是在河邊上沒站穩，滑到水裏去了。

「噯呀，沒摔著吧？」她說：「快到灶跟前烤烤，濕衣裳穿著要生病的。」

唐占魁從田上回來了，放下鋤頭，就去揭開水缸蓋，舀了一瓢水喝了，然後又舀了一瓢，含在嘴裏噴在手上，兩隻手互相搓著。

他女人就告訴他劉荃跌到河裏去的事，他只是隨口答應著，彷彿並沒有聽見，只管慢慢的搓洗著兩隻手。洗完了就在他身上那件白布背心上揩擦著，背心上擦上一條條的黃泥痕子。

他女人也就沉默下來了。劉荃站在灶前烤火，不安地挪動著他的腳。橡膠鞋裏汪著的水嗤咕一響。

唐占魁從那土牆上凹進去的一個窟窿裏取出他的旱烟袋，伸到灶眼裏點著了，拖過一張板櫈，坐下來抽烟，身體向前傴僂著，直著一雙眼睛，彷彿非常疲倦似的。

今天他和他女人有過一番爭論。因為這兩天村子裏空氣很緊張，謠言非常多，許多富農中農紛紛的都去獻地。唐占魁的女人也恐慌起來，勸他把地獻出一半。他只是不作聲。

「有什麼辦法，趕上這個時世，」他女人說：「你心疼我難道不心疼，地是一畝一畝置的，倒要整大塊的拿出去——」說著，不由得哭了起來。

她又說：「唉，不是我說你，真是何苦呵！一輩子捨不得吃，就想買地。去年春上為買耿家那塊地，還拉上那麼個大窟窿，欠上二百斤糧食到現在也沒還！」

她一面數落著，拿出他們收著地契的那隻木頭盒子，又傷心起來，說：「早先那時候，這些地契就拿一塊破布包著。後來買的多了，拿張桑皮紙包著，再包上個小包袱。後來你做了這麼個匣子，我就說：『算了，咱又不是什麼財主人家，紅木匣子裝著地契。』都是這匣子防的，不是我說！」

他只是坐在那裏不開口。她再逼著他到合作社去獻地，他站起身來，拿起鋤頭來扛在肩膀上，就下地去了。

這時候天黑了，他回來了。他女人心裏想著，趁著劉荃在這裏，應當設法向劉荃打聽打聽消息。因此在一陣沉默之後，她就開口向她丈夫說：「唉，這兩天村子上的話是真多，也不知信誰的好。我說二妞他爹，你也不用發愁，反正沒咱們的事，咱們苦了這半輩子，就算落下這幾畝地，也還沒吃三天飽飯哪，哪兒就鬥到咱們身上？」她嘴裏和她丈夫說著，卻把眼睛望著劉荃。

劉荃背著身子站在那裏烤火，並沒有接這個碴。

那女人又向她丈夫說：「劉同志不是跟你說過嗎，叫你放心，沒咱們的事。」

她本來想他們夫婦倆一遞一聲的談講著，好引著劉荃說話，但是唐占魁是個實心眼子的人，根本就沒有明白她的意思，她向他使眼色，他也沒有看見。他只是默默的坐在那裏吸烟。她自己說上一陣子，始終沒有人答碴，只好不言語了。

這時候二妞洗完了衣服回來了。唐占魁的女人一面揉著麵粉，就又把劉荃失足落水的事當作一件新聞告訴她。二妞聽了，不由得噗嗤一聲笑了起來，同時就向劉荃看了一眼。劉荃心裏正是苦悶得厲害，但是看她這樣笑嘻嘻的向他望了過來，也只好勉強報之以微笑，兩人的眼光遇到一起，二妞大約覺得他們共同保守著一項秘密，她把臉別了過去，倒越發忍不住嗤嗤的笑了起來。

「笑什麼？」唐占魁傴僂著坐在那裏抽烟，猛然抬起頭來大聲問。

劉荃看見他瞪著眼向二妞望著，倒不由得有點著急起來。

「沒什麼。」她更加笑不可仰。

「傻孩子！」他皺著眉掄起旱烟袋來，用烟袋鍋在她頭上卜的敲了一下。

二妞偎在他身邊，把頭抵在他肩膀上，用力揉搓著。她今天彷彿特別高興，對於她父親也突然像是愛戀得無法可想。

「這麼大的人了，也不怕人家笑話。越大越傻了！」唐占魁咕嚕著說，一面撫摩著她的頭髮，同時無緣無故的卻嘆了口氣。

劉荃越是看見他們那融融洩洩的樣子，越是心裏十分難受。

不久就吃晚飯了。飯後，唐占魁的女人在一隻木桶裏洗滌碗筷。二妞把桌子擦乾淨了之後，便到院子裏去，把她今天洗的劉荃那套制服收了進來。晾在外面，雖然還沒有乾，已經不是那麼水淋淋的了。她把那衣服鋪在桌子上，用手抹平它，重重的抹著，使那灰藍色的布平滑得像燙出來的差不多。

劉荃站起身來，拿起一隻燈台，走到灶前去，湊在灶上掛著的一盞燈上點亮了它，影影綽綽走進自己的房間。他想早一點睡覺，可以避免和唐家的人談話，他坐在炕上，才解了兩顆鈕子，忽然聽見唐占魁的女人在外面喊了一聲：「劉同志！有人找你！」

「是誰？」他一面扣著鈕子，走了出來，在那昏黃的燈光裏，突然覺得眼前一亮，看見黃絹微笑著站在燈前，兩隻手抄在口袋裏，斜斜的站著，更加襯托出她那纖窄的身材，那微尖的圓臉，那幽深的眼睛。在燈影裏，她那長長的眼梢也顯得特別的深而長，那紅嫩的嘴唇上的一道薄稜也非常好看。

「你們吃過飯沒有？」她問。

「剛吃過，」劉荎笑著說：「請坐請坐。」

「這位同志貴姓呀？」唐占魁的女人搭訕著說。

「我姓黃。這是你們的姑娘吧？」她把一隻手擱在二妞肩上。

二妞把頭低得更低一點，繼續去抹平那桌上鋪著的衣裳，非常專心的樣子。

「你叫什麼名字？」黃絹俯下身去望著她。

二妞依舊眼睛向下注視著，只在嘴角泛起一絲微笑，但是臉上紅紅的，那笑容顯得十分勉強。

「叫二妞，」她母親代她回答：「今年都十七了，還是一點也不懂事。」

「這是你客氣的話，我一直就看見她頂活潑。」黃絹忽然注意到劉荎的兩隻糊滿了黃泥的鞋子，不禁咦了一聲，說：「你上哪兒去的，淌水來著？衣服也濕了。」

「就是剛才回來，在河溝旁邊走著，一個不小心，掉了下去。」劉荎嘴裏這樣回答著，也不知道怎麼，就像是有點心虛似的，那眼光不由得就向二妞臉上瞟過來。二妞這是第二次聽見他這樣說了。這一次她不但沒有笑，而且似乎非常不高興。她那短而直的頭髮在面頰上披下來，遮住了半邊臉，但是依舊可以看出她那腮幫子鼓綳綳的，眼光也非常沉鬱。劉荎看見她這神情，心裏想著「你這生氣得實在沒有理由。怎麼見得我是怕她，不敢說實話。我剛才對你母親是這樣說，現在當著你母親，不見得能夠改口，說是下河幫你撈棒槌，弄濕了衣服鞋子。」

他雖然這樣想著，但是心裏還是有點慚愧，他對二妞總覺得是對不起她。

黃絹走到裏間的門口張了一張，笑著問劉荃：「這是你的屋子？」

「對了。你進來瞧瞧。」

她一走了進去，立刻從口袋裏摸出一張摺疊著的信紙，打開來遞到他手裏。「我寫了封信，」她輕聲說：「你要是同意的話，也把你的名字簽上。我希望多找幾個人簽名。」

劉荃把油燈撥亮了些，匆匆把那封信看了一遍。看了一遍之後，又看第二遍。他唯一覺得安慰的，就是信尾只有她一個人的署名，可見她還沒有拿去給別人看。

「我當然同意的，」他說：「不過我認為你這封信不能寄。」

「我也知道隨便寫信是無組織無紀律的行為，」黃絹微笑著說。她靠著桌子角站著，伸著一隻食指在油燈的火燄上劃過來劃過去，試驗燙不燙。

「而且一定沒有用的。我們不是黨員，我們沒有組織關係，說的話不被重視。」

她突然抬起頭來。「不過這兒搞得實在太不像話。我想毛主席未必知道。」

劉荃沒有作聲，半晌才說：「毛主席自己也說過，『矯枉必須過正』。」

「可是總不能亂鬥人！」她因為氣憤，聲音不由得高了些。

劉荃急忙向她微微搖了搖頭，向門外看了一眼，然後輕聲說：「我們出去走走吧，還是外頭說話方便。」

她接過那張信紙，仍舊摺疊起來向口袋裏一塞，兩個人一同走出房去。

二妞正蹲在灶前撥灰。唐占魁夫婦倆隔著一張桌子坐著，一個在吸烟，一個在做活，兩人的臉色都很緊張。顯然他們以為黃絹今天晚上來也許與他們有關，把劉荃叫到裏屋去也不知說了些什麼話，現在又和他一同走了。

劉荃他們走出大門，這天晚上月色很好，那青霜似的月光照在那淡黃色的光禿禿的土牆上，有一種說不出來的淒清的況味，使人不由得想起這是有著三千年的回憶的北中國。那月光十分明亮，遠遠近近不時的發出一縷縷搖曳的雞啼，雞都當是天已經亮了。他們沿著那小巷子走著，有些人家窮得連扇門都沒有，從那門洞子裏望進去，小院子裏黑漆漆的，土房子裏隱隱透出一點暗黃色的微光。一路走過去，有時候也聽見小孩的哭聲，也渺茫得很，彷彿這不知道是什麼年代的孩子，可能他後來活到很大的年紀，死的時候已經是兩千年前了。

在那土巷子裏高一腳低一腳走著，也不便說話。後來劉荃在牆根下面站住了。

「我要你答應我不要寄那封信，」他說。

她沒有作聲。

「真的，我們現在完全沒有地位，組織不過拿我們當羣眾看待。我們毀了自己也救不了別人。」

「我知道，」她終於說。

「譬如那天無緣無故的跟你找碴子。實在太沒有理由了。我真火極了，可是我覺得跟他正面衝突沒有好處的，我們現在只有忍耐。」

黃絹微微嘆了口氣：「唉！回去吧，讓人看見了又說我們鬧小圈子主義。」

「我送你回去。」

在回去的路上忽然聽見一陣皇皇的犬吠聲，夾雜著一陣腳步聲，是排著隊走得齊整的步伐。這時候他轉了個彎，是土房子的後身，只看見窗戶裏的燈一個個都熄滅了，變成一片黑暗與死寂。他們閃身在簷下的黑影中，遠遠看見橫巷裏走過一隊民兵，打著燈籠，前面走的兩個拿著鎗，身上佩著子彈帶、盒子砲，後面的幾個就只看見一些白色頭巾在黑暗中晃動。

「索性等一會再走吧，」劉荃輕聲說。

「看這樣子是去逮人的，」黃絹恐怖地說。

「不知道是往誰家去。」

東頭的狗吠起來了。他們猜測著是不是到韓廷榜家。

「這些人也都是剛巧陷在時代的夾縫裏，」黃絹低聲說。

青黝黝的天空裏高高掛著大半個冷白的月亮。看著那沒有時間性的月亮，劉荃心裏想他也願意生在另一個時代。這時候他毫無理由的忽然想起他一個舊同學的故事。還是中學時代的同學，那人有一個青梅竹馬的戀人，和他一同參了幹；他因為級位低，沒有結婚的權利，一方面那女孩子已經被迫嫁給一個老幹部了。

即使早生幾年也好，劉荃想。不能早生幾年，早幾年見她也好，不至於這樣咫尺天涯。

「你的家在北京？」他問。

「我一直住在北京。」

「那也說不定我們在路上遇見過好些次，大家都不認識。」

她笑了。「那很可能。」她在簷下的一個石春床上坐了下來，用手撫摸著那上面的扶手，又把下頦擱在手背上。

「這次服從分配，也不知道分配到什麼地方，」劉荃說。

「也許我們又在新疆碰見了。」

「也難說。」

她突然在那春床上站了起來，把手指了指巷西牆根下的一團黑影，彷彿是個人蹲在那裏。

「是誰？」劉荃也吃了一驚，大聲問著。

沒有回答。

「是什麼人？」他走過去問。

「放哨的，」那民兵短短的回覆了一句，在地下啪的吐了口痰。

「不早了，回去吧。」黃絹說。

他們從橫巷裏穿過去，一抬頭，又看見迎面的屋脊上蹲著一個黑影，想必又是放哨的。他們一路上都沒有說話。

到了黃絹寄住的那家人家，她進去了，然後一個人走回去。他忽然又聽見那齊整的腳步聲，「嗒——嗒——嗒——嗒——」在他後面，漸漸跟上來了。四鄰的狗又零零落落叫了起來。在那死寂的村莊裏，老遠的就可以聽見民兵隊伍裏說話的聲音。那隱隱的人語聲與寒冷的犬吠聲在他耳朵裏嗡嗡起伏著，使他懷疑那僅只是他的興奮的響聲，一切都出於他的幻想。

在月光中，那黃土的甬道筆直的在眼前伸展著。轉一個彎，還是那月光中的黃土甬道，永遠走不完，像在朦朧的夢境中一樣。而那「嗒——嗒——嗒——」的腳步聲永遠跟在他後面。

他甚至於有一個神經錯亂的感覺，覺得他要是不回家去，改走另一條路，他們盲目地跟在他後頭走著，就會找不到唐家。

四

劉荃倉皇地把他自己的東西收集在一起，牙刷、襯衫之類，一件件抓起來就往背包裏一塞。桌上那盞豆油燈，燈油快乾了，只剩下青熒熒的一點微光，使那整個的黃土屋子裏充滿了青黑色的陰影，彷彿有了這點光亮，反而比沒有倒更加黑暗些。

唐家那邊屋子裏黑魆魆的，一點響動也沒有，似乎他們已經睡了。也許他們也在屏息聽著外面的腳步聲。也許他們也有一種錯覺，以為只要悄悄地一聲不出，就不會找到他們頭上來。

他應當立刻搬出去，回到小學校去，土改工作隊員不能住在地主家裏。要劃清界限。其實他自己也知道，要搬也用不著這樣倉卒，根本住在唐家也並不是他的過錯。他僅只是一種逃避的心理，不願意親眼看見馬上就要發生的這件事。

他提著背包匆匆走到外面的月光中，迎面正遇見民兵的隊伍打著燈籠擁到院子裏來。

「什麼人？」有人喝問。

「是我。工作隊裏的。」

一個民兵舉起燈籠來在他臉上照了一照，沒言語。這裏大家已經紛紛喝吆著衝進屋去。

「唐占魁呢？叫他出來！帶他去問話！」

大家嚷成一片，劉荃就乘亂裏擠了出去，在那月光下的黃土街中連跑帶走，很快地已經把那喧嘩丟在後面老遠了。

然後他忽然想起來，還有二妞給他洗的那套衣服丟在唐家沒有帶走。他在心裏詛咒著，他討厭自己在這種時候還會記得這樣瑣屑的事。但是無論如何，得要去拿回來，那是他僅有的換洗的一套。要拿還是趁現在亂烘烘的時候去，比較好些，要是明天單獨再到他們家去，他實在是怕唐占魁的女人和二妞對他哭訴。而且也要避嫌疑，再到他們家去，被人看見了要發生誤會的。

於是他又逼迫著自己往回走。還沒到唐家門口，在黑暗中已經聽見唐占魁的女人哭喊著：

「求求大爺們，行行好，饒了他吧，行好的爺們！大家都是街坊——」

「有那些廢話！叫唐占魁出來！」

「人呢？——躲也躲不掉的，罪上加罪！快叫他出來！」

「去搜去！」

「咱們一不是地主，二沒有犯法，幹嗎逮他？」那女人哭叫著，「他爹一輩子沒幹屈心事，不信去問，——都是街坊，有什麼不知道的？」

「再嚷，再嚷，把你也綑了去！」

「劉同志！」二妞的聲音絕望地叫著：「劉同志呢？劉同志上哪兒去了？」

劉荃一進院門就看見她，也看見他自己的衣服，衣服抹平了之後又晾了出來，晾在院子裏那根鐵絲上。二妞牽著他那制服上的一隻袖子，彷彿拿它當作他的手臂，把額角抵在那袖子上，發急地揉搓著。

劉荃覺得他是世界上最可鄙的人，但是他沒有辦法，他只能鎮靜地走上去，把他那制服的褲子取下來搭在手臂上，再來拿那件上衣。

二妞一看見他回來了，本能地把手一縮，把他那隻袖子放了下來，大概自己覺得她這種舉動太不妥當，然而隨即又忘其所以地拉住他的手臂，顫聲叫著：「劉同志！你救救我爹！救救我爹！你看他們怎麼亂逮人！」

「他媽的，上了房了！」突然有一個民兵大叫起來。「揍他媽的！」跟著就聽見「砰！」一聲鎗響，一道火光向空中射了出去。

「救命呀！要打了人了！」二妞狂叫起來。她抓住劉荃的手臂拼命搖撼著。「我求求你！我求求你！救救我爹！」

劉荃一面掙扎著甩開二妞的手，一面去拿他那件衣服，但是也不知怎麼，衣服掛在那裏，扯來扯去再也扯不下來。他不明白那是怎麼回事。那種奇窘，簡直像在噩夢中一樣。

然後他發現，原來衣服上的一排鈕子全都扣著，把那件上衣橫穿在鐵絲上。他匆忙地去解鈕子，一個個地解開。他可以覺得二妞站在旁邊呆呆地向他望著，她的臉在月光中是一個淡藍色的面具，兩隻眼珠子像兩顆圓而大的銀色薄殼玻璃珠。

「趁早給我滾下來！」有人向屋頂上喊話。「再不下來真揍死你！送你回姥姥家去！」

「砰！砰！」接連又是兩聲鎗響，隨即哄然地又在人叢中起了一陣騷動。恍惚看見屋脊上一個黑影子一晃，倒栽了下來。

「爹！爹！」二妞狂喊著擠到人堆裏去。

劉荃在混亂中脫身走了。

小學校裏那天晚上燈燭輝煌，因為捕人的事徹夜地在進行。逮來的人都送到後院兩間空房裏鎖著。張勵也還沒有睡，幾個重要的幹部也都在那裏。劉荃隨即從他們那裏聽見說，唐占魁不過臂部中了一鎗，摔下來的時候傷得也不重，已經扣押起來了。

第二天早晨，劉荃換上他的另一套制服，發現胸前的鈕子少了一顆，大約是昨天晚上晾在鐵絲上的時候，拼命扯它，扯掉了一顆鈕子。他不由得苦笑了，他覺得他在昨天那一幕慘劇裏演的是一個可笑的角色。

唐占魁的女人提著個籃子來送飯，鬧著要進去見唐占魁一面，她不放心他的傷口。民兵沒讓她進去，她就坐在地下嗚嗚地哭了起來。劉荃隔著兩間屋子聽見她一頭哭一頭訴苦：「一早就來了人，什麼都給貼上封條，櫃上貼一張，缸上貼一張，三間屋子封上了兩間——儘自在旁邊叩頭，求他們少貼兩張，還給磨盤上也貼上一張，油鹽罐子都給封上了！」

開鬥爭大會那天，她在開會之前又在會場裏慟哭著，見了幹部就叩頭。「幾十年的老街坊哪，您行行好，寬大寬大他吧！」

「出去出去！——跑了這兒來胡鬧！」孫全貴這樣說了一聲，匆匆走了過去。

有一個土改工作隊員倒是耐心地勸告她：「你要站穩立場呀！你到現在還不肯覺悟，不肯把你們倆的命運分開，那是死路一條，連你也要受到人民的裁判！」

她看見那年青人脾氣好，更是釘住了他不放鬆，哭著說個不完。「做做好事吧同志！我們也是受苦的人哪！可憐他苦了一輩子才落下這幾畝地，哪怕地都拿了去，好歹留下他一條命，往後做牛做馬報答各位爺們！」

「去去去！你再鬧，也綑你一繩子！」李向前走過來說。

她並不走開，依舊站在台前，四面張望著，尋找她哀求的對象。她那紅腫的眼睛裏含著兩泡眼淚像兩個玻璃泡泡，鼻孔也是亮汪汪的，嘴裏不住地抽抽噎噎吸著氣。會場裏人聲嘈雜，一陣陣地像波浪似地湧上來，她心裏恍惚得厲害，只有那抵在她背脊上的粗糙的台板是真實的。

這次的大會是在韓家祠堂前面的空場中舉行，場地上搭著一個戲台，逢年過節總在這裏唱戲。戲台上面罩著小小的屋頂，蓋著黑瓦，四角捲起了飛簷。台前兩隻古舊的朱紅漆柱子，一隻柱子上貼著一條標語，像對聯似的：「全國農民團結起來，」「徹底打垮封建勢力。」簷前張掛著一條白布橫額，戲台後面又掛著幾幅舊藍布帷幔，還是往日村子裏唱戲的時候用的。台前的幾棵槐樹，葉子稀稀朗朗，落掉了一半，太陽黃黃的直照到戲台上來。那秋天的陽光，也不知道怎麼，總有一種蕭瑟的意味，才過正午就已經像斜陽了。

小學生打著紅綠紙旗子，排著隊唱著歌，唱得震耳欲聾，由教員領導著走進會場，站到台前靠東的一個角落。民兵也排隊進場，一個個都拿著鎗，一色穿著白布小褂，攔腰繫著一根皮帶，胸前十字交叉扣著子彈帶與手榴彈帶。台前站了一排，台後又站了一排，四下裏把守定了。農會組織孫全貴在人叢中擠來擠去，拿著個厚紙糊的大喇叭作為擴聲筒，嗡聲嗡氣地叫喊著。

「婦女都站到西邊去！青年隊站到這邊來，挨著小學生站著！大家站好了不要亂動！孩子該溺尿的先帶出去溺了尿，待會兒不許出去！喂，你們牆跟前的都站過來些，遠了聽不見！」

幹部與土改工作隊員大都分佈在羣眾中間，以便鼓舞與監督。張勵卻和一小部份隊員閑閑地站在會場後面，彷彿他們不過是旁觀者。張勵的一隻護身的手鎗，今天也拿了出來佩帶著，為人民大眾助威，防備會場上萬一有壞份子搗亂。他的外貌很悠閒，心情卻十分沉重，也像一切舞台導演在新劇上演前的緊張心理。

搖鈴開會之後，先由農會主席報告了開會的宗旨，然後就有一些苦主一個個從人叢裏走上台去，輪流提出控訴。台上說著，台下就有幹部與積極份子領著頭喊口號，轟雷似地一唱一和。張勵不斷地輕聲嘟囔著自言自語：「發言人還是佈置得太少，太少。跳出跳進總是這幾個人。」

看了一會，他又別過頭去和李向前耳語：「你去跟婦會主任說一聲，叫她再加一把勁。怎麼看不見那些女人出拳頭？」

李向前一會又走過來說：「我讓他們挑了兩担水來，大家都潤潤喉嚨。羣眾喉嚨都喊啞了。」

「喝水還是慢一慢。」

「怕鬆下氣來？」

張勵微微點了點頭。「而且大家跑來跑去，都離開了部位，沒有人督促他們，怕他們不跟著吼，不出拳頭。」

台上有片刻的「空場」。羣眾都紛紛回頭過來向場外張望著。

「對象來了！對象來了！」有人輕聲說。

又進來了一隊民兵，押著一羣鬥爭對象，都是兩隻手反綁在背後，低著頭一個跟著一個，走了進來。全場頓時寂靜無聲，只聽見台前台後排列著的民兵齊齊地伸出一隻手來，豁喇一聲響，把鎗栓扳上了。如臨大敵，空氣更加緊張起來。

在死寂中突然聽見孫全貴大叫一聲：「打倒封建剝削大地主！」他在人叢中高高伸起一隻手臂。

「打倒封建剝削大地主！」羣眾也密密地擎起無數手臂。

劉荃站的地方靠近婦女那邊，可以聽見婦會主任在那裏頓著腳發急，指著名字一個個催促著：「上勁些呀，夏三孀！大聲著點！拳頭捏得緊點！招呀招的，衝誰招手呀？」

「永遠跟著毛主席走！」孫全貴叫喊著。

「永遠跟著毛主席走！」暴雷似地響應著。

鬥爭對象逐個被牽上台去，由苦主輪流上去鬥爭他們。如夢的陽光照在台上，也和往年演戲的時候一樣，只是今年這班子行頭特別襤褸些。輪到唐占魁的時候，他瘸著腿走上台去。張勵看見那僱工馮天佑上去向他追討積欠的工資，不由得氣憤地說：「這馮天佑還是不行！一上台就慌了！」他覺得非常失望，因為這馮天佑是他一手發掘出來的新人。

「都是那稀泥泥扶不上牆的貨，」李向前也微微搖了搖頭。

「我早說過的，演習的次數太多了反而不好，像唱留聲機，沒有感情。」

「不演習不成哪，背不上來，」李向前笑著說。

「你打算拿點小恩小惠收買咱，就買住咱的心了？」馮天佑一隻手叉著腰，一隻手指著唐占魁，直指到他鼻子上去。但是他的聲調十分軟弱，說得又斷斷續續的。接不上氣的時候，台下的孫全貴就拼命地帶著頭喊口號，像川劇裏的幫腔。

「打垮封建地主！」大家轟雷似地跟著喊。

「天下農民是一家！」

「擁護毛主席！」

「跟著毛主席走到頭！」

喊過一陣口號，再度靜寂下來的時候，馮天佑似乎忘了說到哪裏了，竟僵在台上。

「唐占魁還不跪下！」台下有人不耐煩地叫喊著。「這台上沒有他站著的份兒！快叫他跪下來！」

旁邊有人搬過兩塊灰色的磚頭，兩個民兵一邊一個，揿著他的肩膀，讓他跪在磚頭上。

「唐占魁，你別裝蒜！」馮天佑重振旗鼓衝上前去，一把揪住唐占魁的衣領。「這筆賬今天咱們得算一算！大前年咱死了爹，你假仁假義，算是借錢給咱買棺材，借了你那閻王債，咱一輩子都還不清！有這事沒有？你說！你說！」

台上瀰漫著那充滿了灰塵的陽光。唐占魁始終把頭低著，他的臉是在陰影裏，但是劉荃站在前面看得十分清楚，他並沒有抬起眼睛來，可是臉色略微動了一動，那忠厚的平坦的臉上突然有一種奇異的怨毒的表情，他嘴角的皺紋也近於嘲笑。

他的臉向著台下，馮天佑僅只看到他的側面，但是不知道為什麼，馮天佑竟頓住了，說不下去了。

「馮天佑你別怕他！儘管說！有羣眾給你撐腰！」台下的孫全貴高聲叫喊著。

「他媽的，咱冤了你啦？」馮天佑紅著臉走近一步，把唐占魁當胸推撞了一下。「你說！咱冤了你啦？」

唐占魁兩隻手反綁在後面，被他一推就失去了重心，從磚頭上溜了下去，倒在地下。

「對！打他！打這狗入的！」台下幾個積極份子一遞一聲嚷著。「拖下來打！讓大家打！」

民兵把唐占魁扶了起來，馮天佑又質問他，打他的嘴巴，吐他一臉的唾沫。

「讓大家吐吐！」有兩個人爬上台來幫著唾他。

唐占魁帶著平靜而執著的臉色，極力把身體向前傴僂著，彷彿護著他心底裏藏著的一些什麼東西，彷彿暴露在外面的一切都不是他，只是一些皮毛。

鬥爭已經達到了高潮。再給他戴上了一頂丑角式的白紙糊的高帽子，上面寫著「消滅封建勢力」，此後他就被牽下台去，另換了別人上來。地主一個個被鬥倒了之後，農會主席下令把台上的白布橫額拆了下來，綁在竹竿上，兩個人扛著走下台去，民兵押著地主們在後面跟了上來，一長串地主戴著高帽子遊街。民眾依舊分組跟在後面，高呼口號。繞著村子遊行了一周，仍舊把地主送回小學校去扣押起來。

開過了鬥爭大會，土改工作並沒有結束，其實才正進入緊張階段。第二天再度召開羣眾大會，選出了一個評地委員會，評議闔村田地的優劣。土改工作隊員幫著他們計算畝數，會珠算的忙著撥算盤，不會珠算的就有無數冗長的算術題要做。同時還要計算地主應當清償的歷年剝削所得的，與積欠的工資。

工作隊員天天聚著在合作社算賬。張勵把這些刻板的工作留給他們做，自己卻騰出身子來和幹部們進行追欠的另一部份——挖底財。

現在小學校裏住著不少的工作隊員，都是像劉荃一樣倉卒地從農民家裏搬出來的，他們的房主人都是由富農中農提升為地主。他們分住在小學校裏的教務室與課堂裏，離後進的小院子很遠，但是夜裏常有時候聽到慘叫的聲音，大家都知道是挖底財的工作在進行，但是誰也不敢深究。

這一天張勵忽然得意洋洋地向劉荃說：「唐占魁自己承認有五十塊洋錢埋在地下。也說不定還不止這些。不要看不起人家──『表壯不如裏壯』，肉子厚得很！所以像你這樣的知識份子是很容易給他們矇過去的。而且你以為他生活過得苦，也還是拿城市裏的生活水準做標準，我早就指出了這一點。」

正說著，孫全貴走了過來說：「張同志，我馬上就帶他去一趟吧，遲了怕他家裏人把東西挖出來挪了地方。」

「他不是說只有他一個人知道嗎？而且要挖也早挖了。不過你現在馬上去一趟也好。」

「劉同志，」孫全貴笑著向劉荃說：「你在他家住過的，他那屋子你橫是摸清楚了，你也跟著走一趟吧？」

劉荃覺得張勵在旁邊微笑著注視著他，大概以為他一定又會犯溫情主義，因而感到為難。他立刻很爽快地回答了一聲：「好。走！」

孫全貴另外帶著四個民兵，又分了一隻破鎗給劉荃拿著，以壯聲勢。當下把唐占魁從後院的黑屋子裏提了出來，用繩子套著他一條胳膊一條腿，繩子握在民兵手裏。唐占魁已經不是在鬥爭大會上的情形了，遍身灰土與血漬，走路依舊不方便，比以前瘸得更厲害了，臉上有些傷痕似乎也是前天開會的時候還沒有的。眼睛腫得合了縫，押解他的人裏面有劉荃，也不知道他看見了沒有。

一行人進了村子，走進唐家的院門。唐占魁的女人在窗戶眼裏張見他們押著他進來，不禁驚喜交集，連忙輕聲叫了聲「二妞！爹回來了！唉，只要人回來就算了！總算老天保佑，只要人沒事就好！」一面念叨著，急忙迎了出來，卻陪著小心沒敢說什麼，也沒敢向劉荃招呼，眼睛卻忍不住連連向唐占魁偷看著。

大家都沒有理睬她，逕自押著唐占魁進了屋子，他老婆也怯怯地跟了進來。

劉荃的第一個感覺是有些詫異，裏面的屋子並沒有怎樣改變。灶門前橫臥著兩捆茅草柴。唐占魁的旱烟袋依舊躺在牆上的黃土窟窿裏。只是滿屋子東一張西一張貼上了許多白紙封條，看著有些刺眼。二妞兩隻手抄在黑布圍裙底下，站得遠遠地望著他們。她看見他就像是不認識一樣。

「拿把鋤頭來！」孫全貴掉過臉來向唐占魁的女人說。

那婦人呆住了，和她女兒面面相覷。顯然她是想起了村子上有一次，有個人犯了事，被幹部一鋤頭打死了的事。她驚慌得說不出話來。

「媽，鋤頭犁耙不是都封起來了？」二妞說。

「是呀，孫同志，都貼上封條了，」她母親連忙接上去說：「不敢動它。」

「胡說！是我叫拿的，有什麼要緊？快去拿來！」

唐占魁的女人只是俄延著不動身。還是二妞明白，看了看他們手裏的鎗，覺得他們要打死唐占魁還不容易，何必一定要鋤頭。她隨即跑到那封了門的磨房裏，把封條撕了，拿了把鋤頭出來。一個民兵接了過去。

「把門關起來！」孫全貴吩咐著。

二妞母女眼睜睜地望著，看見鋤頭又遞到唐占魁手裏。

「快挖！」那民兵在他背後踢了一腳。

「把門背後的東西挪開，掃帚拿走，」孫全貴說。

「挖什麼呀，天哪？」唐占魁的女人顫聲問。

唐占魁一鋤頭築下去，身子往前一栽，幾乎跌了一交。

劉荃實在忍不住了。「算了算了，讓我來吧，叫他滾到一邊去。照他這樣要挖到幾時？」

他把鎗倚在門框下，去奪唐占魁的鋤頭。

二妞的臉色反而變得更加固執而冷漠。

唐占魁卻還不肯放手，昏昏地掄起鋤頭來，又是一下子築下子。大家只怕被他誤傷了，都倒躲不迭。唐占魁雖然東倒西歪的站不穩，究竟他種了一輩子的地，用起鋤頭來總是得勁的。不大的工夫，就已經掘出一個淺淺的坑。

門關著，那陰暗的房間更陰暗了，充滿了泥土的氣息。唐占魁的女人突然感到一種新的恐怖。難道是叫他自己掘了坑來活埋他？

坑邊堆著的半圈泥土越堆越高，幾個民兵各個倚在鎗桿上，無聊地站在旁邊，把腳尖撥著泥塊。孫全貴在一張板櫈上坐了下來，端起桌上的一隻瓦茶壺，兩隻手捧著，就著壺嘴谷篤谷篤喝著，不時回過頭去叱喝一聲：「快挖！」

二妞站在旁邊一動也不動，只是瞪著眼睛望著，兩隻手捲在黑布圍裙裏。

孫全貴鬆了鬆腰帶，又踱到坑邊來，說：「怎麼挖到三尺深還沒有？到底是在這塊地方不是？」

唐占魁把鋤頭柱在地下，伏在那柄上直喘氣。

「你說！老實說！到底是埋在什麼地方？」

唐占魁只是不作聲。逼得緊了，才說了一聲「不知道。」

「不知道！你不是說得清清楚楚，有五十塊銀洋錢裝在罎子裏，埋在門背後？」

「五十塊銀洋錢！」他女人在旁邊叫了起來。

「哪兒有呀，我的老天爺，這是哪兒來的話？」

「得了得了，你這是裝的哪門子的蒜！」孫全貴向她說：「明擺著的，這還不是你挖出來挪了地方了！快拿出來！」

她急得哭喊起來：「叫我拿什麼出來呀？一輩子也沒瞧見過這麼些個錢，他有倆錢就買了地了！去年春上為買耿家那兩畝地，還背了債！哪兒有大把的洋錢埋在地下，倒去借債？」

「知道你們是什麼打算？反正你們這些人別的不會，就會裝蒜！」

他們在這裏大嚷大叫的，唐占魁彷彿害怕起來，舉起鋤頭來，又開始挖掘。

「他媽的，真會裝傻！」孫全貴一回頭看見了，不由得氣往上湧，大聲咒罵起來：「明明不在這兒，還挖些什麼？搗些什麼鬼？媽的皮！裝渾！」

唐占魁依舊耐心地一下一下鋤著地，往下挖掘著。

「媽的！」孫全貴氣得一腳踢在他身上，唐占魁踉蹌著一連倒退了幾步，然後一交跌到土坑裏。

孫全貴再別過身來盤問那女人，她只是指天誓日，孫全貴百般威嚇也不生效力。最後他恨恨地說：「嘴真刁！把她帶了去問話，兩個女的都帶了去！看她們說不說！」

唐占魁一聽見這話，不知道怎麼，突然渾身顫抖了一下，半截身子在土坑裏直豎起來，伸出一隻手臂來在半空中揮舞著，發狂似地喊叫：「是真沒有呀！逼死她們也不中用，是真沒有呀！」

「沒有你幹嗎說有？」他女人哭叫著：「這不坑死人了，我的天！」

「走走！這些人都是不見棺材不下淚的！兩個女的都捆起來帶走！」

唐占魁忽然又改了口：「她們是真不知道！問她們沒用——真的——只有我知道！」

「那你說！錢在哪兒，你說！」

他又不作聲了。

「他媽的，這傢伙，想要弄人是怎麼著？這回回去你小心著點，我告訴你！」孫全貴氣憤憤地說：「走！回去！」

民兵把唐占魁臂上腿上的繩子一緊，橫拖直曳拖了出去。但是他扳住了門框不放。一個民兵從背後又是一腳，把他踢了個觔斗，倒在地下爬不起來。

「別看他裝死，待會兒上了老虎凳，看他醒過來不醒過來，」那民兵笑著說。

唐占魁喘息著，緊緊抱住了門檻。「我說！我說！——我有洋錢——有洋錢埋在地下——」

「走走走！」孫全貴不理睬他，逕自向民兵叱喝：「你們是幹什麼的，就儘著他賴這兒不走了？」

「埋在床底下！床底下！」唐占魁高聲叫喊著。

「爹，你幹嗎淨說瞎話？」二妞痛苦地叫著。她撲在他身上，把臉壓在他肩膀上，呼嗤呼嗤大哭起來，一面哭嚷著：「我爹是個硬漢，從來不說瞎話的，怎麼給你們治得這樣！爹！爹你怎麼了？」

唐占魁沒有說話，卻順著臉流下兩行眼淚來。那鹹水浸到面頰上的一條創痕裏，使他右邊臉上的肌肉微微抽搐了一下。

「滾開滾開！」幾個民兵吆喝著走上來，把二妞一推，把唐占魁一把拖了起來。

「你們——你們把我爹怎麼了？我今天不要命了！跟你們拼了！」二妞哭得嗚嗚咽咽的爬起身來，向一個兵一頭撞過去。

「這丫頭！這丫頭！」她母親慌亂地叫著。

幾隻鎗托子同時向她臉上身上亂砍亂啄。

「噯喲，救命呀，要打死人了！」她母親叫喊著。二妞一交摜出幾丈遠去，她母親奔上去把身體護著她。「饒她吧，我給您叩頭，我給您叩頭！」

劉荃還站在屋子裏面，往外看著，眼睛裏都要冒出火來。手裏拖著一隻鎗，不知不覺的就端起來摸著鎗機。只見二妞在地下撐起半身，吐出一口血來，血裏夾雜著白色的齒。

「你是找死！」民兵氣喘吁吁地又趕上去亂踢。「找死！」

「走走！你們先把唐占魁押回去，」孫全貴吩咐著：「劉同志，你帶他們回去。給我留兩個人在這兒，在床底下掘掘試試，看他是不是又是扯謊。」

劉荃押解著犯人先回去了，後來聽見說在床底下也並沒有掘到什麼。他倒相信這是實情，並不是掘到了五十塊銀洋被孫全貴吞沒了。

第二天，有一組工作隊員出去丈地，查黑田，劉荃也在內。回來的時候他聽見說，所有的犯人都解到縣裏去了，一送到縣裏，大概是凶多吉少。唯一的例外是韓廷榜，不過也並沒有釋放，還扣在小學校的後進。劉荃聽了起初覺得很詫異，因為這韓廷榜倒的確是一個真正的地主，怎麼對他反另眼看待。後來才知道，那是因為他們逼著韓廷榜向親戚借錢，清償他們家累代剝削農民的積欠。韓廷榜寫了許多風急火急的信到北京去，他丈人雖然也籌了一點錢來，離他們的目標太遠，所以還在這裏逼著他寫信。他們在他身上的希望很大。

劉荃這兩天的感想極多，所見所聞的都使他覺得非常刺激，苦於沒有人可說。一直也沒有機會和黃絹談話。雖然天天見面，永遠有許多人在一起，大家從早到晚都是生活在人堆裏。屢次也想製造一個機會，單獨和她說兩句話，但是他自己知道，越是遇見談得來的人，越是忍不住胸中的憤懣。旁邊又實在耳目眾多，即使自己多年的同學，也沒有一個靠得住的，沒有一個不會去告密的。他想他還是暫時忍耐著，索性等到土改工作結束了，回到北京去以後再去找她，可以痛痛快快地談談。

縣裏忽然差人送了個信來，說韓家坨這些地主經過審訊後，一律判處槍決，叫他們村上的民兵與土改工作隊選出幾名代表，明天去參觀行刑。

工作隊員裏面選了三名代表，也有劉荃，由張勵率領著，第二天天還沒亮就出發，步行到縣城裏去。

行刑是在城外，但是大家難得上城去一趟，趁著這機會，都去買一些牙膏肥皂零食之類的東西。朝陽照在那空蕩蕩的黃土街上，只看見到處都是騾馬糞與麥草屑。街上那些小店都是土砌的櫃台。買了東西出來，看見街邊停著個剃頭担子，劉荃脫下帽子來摸了摸頭髮，已經長得很長了，就在攤子上坐下來理髮。附近有一家藥材店，有一輛騾車停在門口，把騾子拴在門框上。那騾子嘩嘩地撒起尿來，直濺到那理髮匠的銅臉盆裏。這家藥店有一棵大樹嵌在他們房屋裏面，側面的一堵牆上凸出半片蒼黑的樹身，屋頂上戳出枝枝椏椏粗大的樹幹。太陽照在那樹梢上，劉荃抬起頭來，正看見兩片金綠色的葉子映著藍天，悠然落下來，在那一排排黑瓦上輕輕搔過，再往下飄，往下飄，一直落到他腳邊的亂頭髮渣裏。一切都是這樣悠閒，然而在唐占魁，這已經是最後的一小時了。他這樣想著，心裏有一種說不出來的感覺，只覺得這理髮匠的剪刀挨在頭皮上，寒冷異常。

剃完了頭，他和其他的兩個隊員緩緩地走到縣公安局去找張勵，張勵也正在那裏派人出來找他們，似乎很緊張，一看見他們就迎上來嚷著：「劉荃同志呢？噯，劉同志，有任務來了！北京有信來，叫我們兩個人提前回去，有新的工作任務。」

劉荃聽了，覺得非常意外。這消息顯然也完全出於張勵意料之外，組織上竟把劉荃和他自己相提並論，似乎相當重視，或者劉荃是有背景的也說不定。這樣看來，以前倒是小覷了他，處處對他擺出老幹部的架子，不免有開罪他的地方，需要好好地和他拉攏才對。因此立刻對劉荃親熱異常，借故把其他兩個工作隊員支開了，把北京的來信給他看，上面寫的是叫他們儘速了結這裏的任務，立即動身南下，到上海向抗美援朝總會華東分會報到。

「好久沒有看見報紙了，」張勵說：「剛才我在這兒借了份報紙來看，現在正在那裏搞這抗美援朝運動，聲勢浩大得很。」

他又把那張舊報紙找出來給劉荃看，報上刊有「各民主黨派聯合宣言」。上面說：「美帝國主義者在今年六月二十五日發動侵朝戰爭，他們的陰謀絕對不止於摧毀朝鮮民主主義共和國，他們要併吞朝鮮，他們要侵略中國，他們要統治亞洲，他們要征服全世界。……誰也知道，朝鮮是一個較小的國家，但其戰略地位則極重要。美帝國主義者侵略朝鮮的目的，主要地不是為了朝鮮本身，而是為了要侵略中國，如像日本帝國主義者過去所做的那樣。……全國人民現已廣泛地熱烈地要求用志願的行動為著抗美援朝保家衛國的神聖任務而奮鬥。……」

劉荃在那裏看報，張勵又把手臂圈在他肩上，悄悄地和他說了兩句體己話：「今天我們早一點回去，還有許多事情沒有解決。比較重要一點的事，最好在這一兩天內結束了它。拖著不處理，會出問題的，你說是不是？這些村幹部担當不了的。」

劉荃只是漫應著。他心裏很亂。聽到這消息之後的第一個感想，就是他馬上要離開北方了。本來以為回北京以後總可以去找黃絹，常常去看她，想不到竟會岔出這樣的事來。難道和她就這樣匆匆地遇見了又分手，白遇見了一場？

公安局裏突然起了一陣小小的騷動。

「到時候了！快去吧！」同來的兩個工作隊員奔進來招呼他們。

縣裏的民兵把犯人們從監裏提出來，參觀行列的各村鎮的幹部與民兵都擁在後面，跟著他們出了城。十幾個犯人，腳踝上繫的繩子一個連著一個，那粗麻繩緩緩地在地下拖著，陽光中淡淡的人影子也在地下拖著，一個接著一個。

犯人都疲乏地垂著頭，使他們衣領背後插著的白紙標更加高高地戳出來。劉荃找到了那寫著「封建地主唐占魁」的紙標。遠遠地望過去，看見唐占魁只穿了一件撕破了的白布短衫，一陣陣的秋風吹上身來，他似乎顫抖得很厲害。在現在這種時候，連顫抖也是甜蜜的吧？因為這身體還活著。但是劉荃懷疑他這時候心裏還有什麼感覺，也不忍去猜想。

看熱鬧的人不多，都遠遠地在後面跟隨著，出了城門。就在城牆外面，有一塊空地。民兵領隊的向犯人喊了聲「站住！」然後，「向右轉！」犯人由縱隊變成橫隊，面對著郊外，那廣闊的黃色原野，邊緣上起伏著淡青的遠山。

民兵也排成一排，站在他們後面，端起鎗來對準了他們的背脊，防備有人逃跑。

「跪下！」領隊的又喊了一聲。

犯人有的比較神經麻木，動作遲緩些，但是陸續地也都跪下了。

民兵開始向後退，齊整的步伐「嗒嗒嗒嗒」響著。領隊的吆喝著「一、二、三、四……」數到「十，」一齊站住了，跪下一條腿，再端起鎗來瞄準。

「砰！」十幾桿槍一齊響。雖然這曠野的地方不聚氣，聲音並不十分大，已經把樹上的鳥都驚飛起來，翅膀拍拍地響成一片，那紫灰色的城樓上也飛起無數的鳥雀。

然後突然又起了一陣意想不到的尖銳顫抖的聲浪。撲倒在地下的一排囚犯，多數還一聲聲地叫喚，不住地掙扎著，咬嚙著那染紅了的荒草。

「再放一槍！好好的瞄準！」民兵隊長漲紅了臉叫喊著。

但是那些民兵不爭氣，都嚇怔住了，一動也不動。現在射擊的目標不是一排馴服的背脊了，而是一些不守規則的瘋狂地蠕動著的尸體。

痙攣的手臂把地下的草一棵棵都拔了起來。那似人非人，似哭非哭的嗚嗚聲繼續在空中顫抖著。

突然張勵從人叢裏跳了出來，拔出手槍走上前去，俯身把槍口湊到那些扭動著的身體上，一槍一個，接連打死了好幾個。然後他掉過身來走到劉荃身邊，把那熱呼呼的手槍向他手裏一塞，笑嘻嘻地拍了拍他的肩膀。「來！看你的！那邊還有一個，你來解決了他！」

劉荃機械地握住了那把手槍，走上前去。

幸而那人是面朝下躺在那裏，他想。身上穿的是白布小褂，但是穿白布小褂的也不止唐占魁一個。衣領裏插著的白紙標只露出反面，也看不出名字。

一槍放出去，那狹窄的身體震顫了一下，十隻手指更深地挖到泥土裏去。劉荃來不及等著看他是否從此就不動了，接連又是砰砰兩槍。他非常害怕那人會在痛苦抽搐中翻過身來，讓他看見他的臉。

他還要再扳槍機，只聽見嗒的一響，子彈已經完了。

他微笑著走回去，把手槍還給張勵。

「不錯！真有你的！」張勵又把一隻手臂兜在他肩膀上拍了拍。

劉荃搭訕著走開去，看著公安人員在佈置陳尸示眾的事，乘機擦了擦臉上的汗。即便是唐占魁，他也不過是早一點替他結束了他的痛苦，良心並沒有什麼對不起人的地方。但是他雖然這樣告訴自己，仍舊像吞了一塊沉重的鉛塊下去，梗在心頭。

縣黨部招待他們吃飯，給預備了炸醬麵。劉荃一坐上桌子，聞見那熱辣辣的蒜味，就覺得心裏一陣陣地往上翻，勉強扶起筷子來，挑了些麵條送到嘴裏去，心裏掀騰得更厲害了，再也壓不下去，突然把碗一放，跑到門外去，哇的一聲嘔吐起來。

「怎麼了？」張勵問。

「吃了個蒼蠅，」劉荃笑著高聲回答。

「給你換一碗吧。」

「不用了，一會兒回去再吃吧。是個啃窩窩頭的命，沒福氣吃炸醬麵。」

張勵這時候敷衍他還來不及，也絕對沒想到吹毛求疵，怪他吃不慣蒼蠅。

飯後，他們就動身回村上來。到了韓家圪，太陽已經偏西了。這一天恰巧是「分浮財」的日子，預先把地主家裏的一切家具與日用品都集中起來，陸續搬運到韓廷榜的院子裏，因為他家地方比較寬敞。張勵一回到村上，也顧不得休息，就趕到韓廷榜的院子裏去看。工作隊員們也都跟了去。

一進了那院子，只看見鬧轟轟的，像拍賣行一樣，又像土產展覽會，黑壓壓地堆滿了桌椅、罎子罐子、木桶木盆、被窩、掃帚、砧板、籮筐、藍布沿邊黑布沿邊的炕蓆。許多人擠來擠去，男女工作隊員都在忙著對條子、發貨、蓋章。本來打算抽籤抽著什麼是什麼，但是李向前說：「抽著的不一定是本人所需要的，應當『缺什麼補什麼』。」因此又訂出幾步手續，每一戶自己填寫一張「需要單」，通過小組的公議，決定分配某一件東西給他，發下一張條子，憑條子領東西。這樣，就仍舊在少數幹部的操縱下。也有人背後抱怨，說：「早知道這樣，咱還是抽籤，還是抽籤公平。」但是也不過是一兩個人悄悄地說著。大家都說：「能白拿一點東西，也就不錯了。就算是幹部揀剩下來的，誰叫人家是幹部呢！」

劉荃老遠就看見黃絹站在那裏分發貨物，民兵隊長夏逢春分到一條綠地小白花布面棉被，嫌太舊了要換一條，要自己挑，正和她爭論得面紅耳赤。劉荃急於告訴她他就要走了，但是站在旁邊等了半天，也沒有機會說話。

旁邊有一個農民分到了一隻舊自鳴鐘，仿黑大理石的座子，長針已經斷了，只剩一隻短針。他捧在手裏只是搖頭，帶著一種諷刺的笑容。莊稼人一向是看不起這一類的浮華的東西。也許是由於一種複雜的自卑與自衛心理，使他裝出這種輕藐嘲笑的態度。

他們最羨慕的還是那些犁耙、鍋鑊、大缸。劉荃看見孫全貴喜孜孜地帶了一條扁担來，抬走他份下的一隻水缸。那棕黃色的大缸，看著很眼熟，邊上的釉缺掉了一塊，劉荃認得那是唐占魁家裏那隻水缸。眼看著孫全貴蹲在地下，用麻繩把缸身綑起來，左一道右一道綑著。他不由得想起那時候二妞在水缸裏照著自己的影子，一朵粉紅色的花落到水面上的情景。又想起唐占魁從田上回來從缸裏舀出一瓢水來，嘴裏含著一口噴到手上，搓洗著雙手。唐占魁到哪裏去了？他的缸現在也被人搬走了。想到這裏，劉荃突然覺得一切的理論都變成了空言，眼前明擺著的事實，這只是殺人越貨。

他惘惘地在人叢中走著。大概也是因為心裏覺得難受，特別容易感到疲乏，今天路也實在是走多了，周身痠痛，就像被打傷了一樣。他想回到小學校去躺一會。

他從韓廷榜的院子裏出來，這條街上就是韓家一家是個磚房，其餘都是些土房子。轉一個彎，就看得見唐占魁的家。他記得聽見說，唐家的房子雖然分派給別人了，仍舊給二妞母女留下了一間柴房，讓她們住在那裏。上次二妞被那民兵打傷了，也不知道是死是活？他當然不便進去探望她們。是地主的家屬，應當劃清界限。

他走過她們門口，那兩扇舊黑漆板門大敞著，可以看見裏面院子裏新砌上了一個土灶，又有一個陌生的老婦人坐在那土台階上做針線。顯然已經有一份新的人家搬進來了。那瓜棚底下又有兩個陌生的小孩，赤著身子，滿身黑泥，一個孩子把另一個抱了起來，讓他伸出了手臂摘瓜吃。劉荃看見了，又想起他第一天到唐家來，看見二妞在這瓜棚下刨土的情形。他突然覺得他非進去看看她不可，管它什麼界限不界限。不知道她受了傷究竟怎樣了。然而立刻又一轉念，你假慈悲些什麼，你剛殺死了她父親。——因為他心底裏確實相信他打死的那人就是唐占魁，雖然對自己一直抵賴著。

一想到這裏，他出了一身冷汗，急急地走了過去，唯恐碰見二妞。

回到小學校裏，那教務室裏現在橫七豎八搭滿了床舖，他就在自己床上側身躺了下來。房間裏一個人也沒有，大家都在合作社算賬。

天還沒黑，房間裏先已經黑了下來，倒顯得外面的天色明亮起來了。他張著眼睛望著那污黃的窗紙漸漸變成蒼白色。窗上現出一個人影子，走了過去。

然後就有一個人站在門口。雖然背著光，面目模糊看不清楚，也可以知道是黃絹。劉荃急忙坐起身來。

「回來了？」她微笑著說。

他笑著站起來讓座。

「我聽見他們說你就要走了，我想托你寄封信回去。」她把一隻信封遞到他手裏。

信封上寫著「北京前門石井胡同四十三號黃太太收」。

「這是你家裏麼？」他說。

她笑著點了點頭。

他依舊把信封拿在手裏看著。「以後我可以寫信給你麼？」

「當然可以，有空你來玩。」

「我不回北京去了，現在直接到上海去。」

「到上海去？」她吃了一驚。

「去搞抗美援朝工作。詳細情形我也不清楚。」

黃絹默然了。

劉荃從一張床鋪上跨了過去，到桌子旁邊，端起那黃籐套子渥著的茶壺，倒了一杯茶。

「喝茶，」他說。

黃絹倚著桌子站著，只管把那桌上的抽屜拉出來又關上，拉出來又關上。

「我一回來就想告訴你的，」他說：「心裏實在憋悶得慌。我想我走之前無論如何要找你談談。」

「我也是憋了一肚子的話，有好些事實在看不慣，」黃絹說。

窗紙上又現出一個人影來。黃絹背對著窗戶，沒有看見。劉荃突然伸出手來扯了扯她的袖子，不要她說下去。他那動作太急遽了，袖子一絆，把茶杯帶翻了，流了一桌子的茶。

窗外的黑影緩緩地走過，帶著一團淡黃色的濛濛的光。是校役老韓，端著泥蠟台送了支蠟燭進來。

劉荃連忙把桌上那封信拿起來，湊在燭光上一看，那信封浸在水裏，字跡已經一片模糊。

「糟糕！」

「沒關係的，換一個信封得了。」

「我這兒有。」他找出一隻信封來，又遞給她一支自來水筆。

她彎著腰站在桌子旁邊，把那地址又寫了一遍。然後拆開舊信封，把裏面的信拿出來。

「看看裏邊濕了沒有，」劉荃說。

她把那對摺著的信紙打開來看了看。他看見那張紙上只寫著寥寥兩行字，而且筆劃似乎非常潦草，顯然是在倉卒中寫的。難道她寫這封信的目的就是要他知道她的地址？

她蘸了一點茶把信封黏上了，又很小心地揭下舊信封上的郵票，貼在窗櫺上晾著。

以後她服從分配，也不知道會分配到什麼地方去。

「大概寫信給你，寄到你家裏去總可以轉給你的，」他突然說。

「總收得到的，」她說。她把舊信封團成一團，替他揩擦著桌上汪著的水，又把他那一包牙粉與肥皂挪了挪地方。「這是你今天在城裏買的？我倒忘了托你帶塊肥皂來。」

「其實這些我都用不著了，你留著用，好不好？早知道要走，我也不用買了。」

她拿起那包牙粉來，把那花花綠綠的紙袋的上端摺一摺，再摺一摺；一直捲到無可再捲為止。那紙袋上印著一隻彩色蝴蝶，雖然畫得很俗氣，在這燭光中和她的面容掩映著，卻顯得十分艷麗。

外面一陣雜亂的腳步聲，進來了幾個工作隊員，都在嚷著：「老韓呢？老韓！快開飯，吃了飯還要開會去！」

「開什麼會？」

「今天晚上要開農會。大概因為張同志要走了，有許多事情都要提前處理。」

「喂，劉荃，你們幾時走？調到哪兒去？」大家圍著他紛紛發問。

「我去吃飯去了，」黃絹說，一面就拿著那包牙粉與肥皂匆匆走了。

那天晚上開會，是為了鬥爭果實呈報鄉政府的事。事情的內容相當複雜，就連身當其境的工作隊員們也都摸不大清楚。主要是為了韓廷榜家裏抄出的一夾牆糧食。韓家有一個長工廖永鎖，到工作隊去告密，說他家有一堵牆是空心的，裏面儲藏著糧食。一抄，果然抄出許多米麵雜糧。這兩天幹部與工作隊正忙著準備分地工作，把全村的人口重新劃了一下等級。這長工廖永鎖是個赤貧戶，照理比普通的貧農應當晉一級，告密又應當晉一級，至少應當和軍屬一樣，列為特等，多分些給他。李向前卻因為有一年新年裏賭錢的時候，和廖永鎖拌過嘴，不免記了仇，就說他平日不積極，不大去開會。又說他雖然是赤貧，不是「正派赤貧」。結果只勉強算了個貧農，並沒有晉級。

抄出來的一夾牆糧食，張勵主張立刻算到「果實賬」裏，呈報鄉政府。李向前卻延挨著不肯報上去，推說是羣眾的意見，串出兩個積極份子帶著頭起鬨，一定要留下來大家均分。只要一聲說分，分多分少，還不是由他支配，而且這些積極份子，也得稍微給他們點甜頭嘗嘗，也就堵住了嘴，等到分地的時候，縱然讓幹部們佔盡了便宜，也不怕他們搗蛋了。

張勵也猜到他是這個打算，然而也並不去點穿他。那天從縣裏回來，知道自己馬上就要調走了，就用快刀斬亂麻的手段，立即召開幹部會議，在會上說，「我們幹羣眾工作的，第一要有辨別力，要仔細分辨羣眾中間來的各種各樣的聲音。這次說要把沒收的糧食隱瞞不報，我看並不是真正的羣眾的意見，而是一兩個壞份子利用羣眾的落後思想在搗亂。我們得要查出這意見的來源，對羣眾揭發他們。」

李向前聽出他話中有話，簡直就是針對著自己的一種恫嚇，心裏卻也有些胆寒，立刻就決定犧牲那兩個積極份子，把他們指為「壞份子」。

這一天晚上開農會，張勵一方面指出了隱瞞不報是不正確的，同時極力為羣眾開脫，一口咬定這不是他們的本意，都是幾個壞份子在中間作祟。李向前也十分賣力，幫助他徹底查究，查出了那兩個煽動羣眾的壞份子。那兩個被利用的積極份子正是有口難分，倘然咬出李向前來，土改工作隊走了之後須要防他報復，只有低頭認罪的一個辦法。羣眾自然更不敢說什麼，一致通過一項決議，將壞份子處罰，綑起來打一頓。

這一件事是張勵急於在他離開之前辦妥的。李向前卻另有一宗事，急於要在張勵離開之前了結它。就是那地主韓廷榜，一直扣押在小學校後進，把他當作一塊肥肉，等著他的丈人匯錢來贖取他的性命。但是討價還價，距離太遠，最初也曾經陸續匯了一點錢來，再寫信去催逼，也就沒有回音了。老是把韓廷榜夫婦押在那裏，也不是事，遲早得要解決了他們。但是李向前下手之前不免有一些顧慮。他是個伶俐人，一向深知政府每次發起一個運動，在事前儘管一味鼓勵幹部們「放手去幹」，但是一看到羣眾的反抗情緒高漲，馬上就來一個「糾偏」，又叫做「煮夾生飯，吃回頭草，」補救過去的錯誤。但是殺死的人沒法叫他再活，充了公的財物也決不肯再吐出來。唯一的補救方法是懲罰幹部，犧牲一兩個下級幹部來收買人心。這次土改，把那一批富農中農提升為地主，送縣槍決，李向前並不負責，反正有張勵在這裏做主。所以要處置韓廷榜夫婦，最好也要趁張勵在這裏的時候，萬一出了亂子，可以往他身上一推。

李向前自己不出面，偷偷地去找韓廷榜的幾個佃戶，叫他們鼓噪著鬧到監牢裏去，就說是別的地主都已經槍斃了，單單便宜了一個韓廷榜，於心不甘。上次李向前串出那幾個積極份子出頭說話，後來又處罰他們，村子裏的人誰不知道，但是韓廷榜這幾個佃戶，自從眼看著唐占魁他們被槍斃，已經把胆子嚇破了，哪裏還敢倔強，自然說一是一，說二是二，怎說怎好。

就在次日午後，張勵正在小學教務室裏檢閱鬥爭果實賬，忽然聽見後進嚷成一片。

「媽的，太便宜了那狗入的！」

「人家都報了仇了，單單不讓咱們報仇！」

「把那王八蛋提出來，好好幹他一下！」

「老鄉們！老鄉們！」是李向前的聲音，在那裏陪笑央求著。「你們先回去，再等兩天，等我把你們的意見反映上去，反正你們放心，政府的意見也就是你們羣眾的意見！」

他越是央告，倒反而鬧得更兇了。

「不行！政府太寬大了！太便宜了那狗入的！」

「欠我們的錢等到哪一天才還！」

「把他提出來，等我們問他！不拿錢出來，馬上要了他的狗命！」

李向前氣急敗壞跑了來找張勵。說也奇怪，他一離開後進，那邊嚷鬧的聲音立刻沉寂了下去。

「怎麼辦，韓廷榜的佃戶等不及了，要把他們夫妻倆馬上提出來，大力幹他們。」

張勵放下賬簿，把一隻毛筆倒過來搔著頭皮，一面盯眼朝李向前臉上望著。

「韓家那幾個佃戶倒是進步得真快，」他望著李向前笑：「你記得那回叫他們去拿地契，推三推四，一個個都溜了，這時候怎麼忽然這樣積極起來。」

李向前也笑了。「隨他怎樣死腦筋的人，也該醒過來了——親眼看見前兩天的鬥爭大會鬧得那麼轟轟烈烈，又槍斃了那些地主，他們也知道現在世道是真變了，是他們的天下了！」

張勵只得微笑著點了點頭，然後就又別過臉去，向旁邊的幾個工作隊員說：「你們看，羣眾這下子真站起來了！羣眾真站起來的時候我們可別又害怕，別縮在後頭，做了羣眾的尾巴。」

「對！」李向前連忙說：「這麼著吧，我去把同志們都找來，我們大家去看，給他們打氣。」

工作隊員們都在小學校裏會齊了。張勵在階下迎著他們，像訓話似的講了一通，使大家在參觀施刑之前先有了思想上的準備。

「我們不是片面的人道主義者。毛主席說得好：『革命不是請客吃飯，不是作文章，不是繪畫綉花，不能那樣雅致，那樣從容不迫，文質彬彬，那樣溫良恭儉謙讓。革命是一個階級推翻另一個階級的暴烈行動。每一個農村都必須造成一個短時期的恐怖現象，非如此決不能鎮壓農村反革命派的活動，決不能打倒紳權。』我們要記著毛主席的話：『矯枉必須過正，不過正不足以矯枉。』」

經他這樣一講解，大家走進小學校的時候都覺得有點慄慄的，又有一種稚氣的好奇心，加上興奮緊張與神秘感。他們從課室旁邊走過，裏面小學生正在上課，教員照著書本子唸一句，滿堂的學生跟著唸一句，坐在板欖上搖擺著身體，唸得有腔有調。在那下午的陽光中，那瞌睡的書聽得人昏昏欲睡。工作隊員們向學校的後進走去，聽去那書聲漸漸遠了，不由得有一種異樣的感覺，彷彿離開他們熟悉的世界漸漸遠了。

他們一個個都放出沉著的臉色，莊嚴而並不陰鬱，走到後進的院子裏。一上台階，就看見簷下繫著一根粗麻繩。那繩子在空中掛下來，被風吹著，微微搖晃著，使人看了，先有三分心悸。簷下站著幾個佃農，看他們那個樣子，都有點惶惶然。那一種氣氛，就像是這裏剛才有人自縊身亡，尸首剛解了下來。

大家站在簷下等著。李向前、孫全貴也都來了。隨即有一羣人從後面的柴房把一個中年婦人架了出來。是韓廷榜的妻子，懷著孕已經快足月了，穿著一身污舊的灰色條紋布夾襖褲，剪短了的頭髮披散了一臉。

「你這封建剝削大地主，死到臨頭還不知道害怕！」人叢裏有人叱喝著：「從前對你太客氣了，你偏自討苦吃，反動到底！今天再不坦白，要了你的狗命！」

女人雖然垂著頭，雖然黃瘦，但是她挺著那六七個月的大肚子，總像是有一股驕矜不屈，腸肥腦滿的神氣。

「捆起來！給她『吊半邊豬』！」

幾個積極份子指揮著韓家的佃戶們，把她拖翻在地上，就用簷下那根繩子把她的右臂右腿綁紮在一起，把繩子往上一扯，身體就忽悠悠的離開了地面，高高吊在空中。再把那懸空掛下來的左臂和左腿綁在一起，再在那條腿上拴上兩隻沉重的木桶。

那女人一聲聲地發出微弱的呻吟，有時候彷彿也在喃喃地哀告求饒，只是因為前面的牙齒都被打落了，發音不清楚，聲音又低，也不知道在說什麼話。簷下有一道陽光斜斜地射進來，照亮了她的上半身。一隻蒼蠅在陽光中飛過，通身成為金色，蒼蠅繞了個圈子，歇在她鼻子上，那鼻子只是一胞膿血。

旁邊預備了一大桶水，兩個佃戶抬起水桶來，一點點地往她身上拴著的兩隻桶裏加水。

「噯喲！噯喲！」她的呻吟聲漸漸高了，痛苦使她臉上漸漸有了生氣。那隻蒼蠅也飛開了，在陽光中通身金色。

「快坦白！還有錢呢？首飾呢？收在什麼地方？」一個積極份子大聲問。

「噯喲！噯喲！」只是一聲聲地呻吟著，變換著各種音調，翻來覆去掉換著，似乎想在各種不同的聲調裏尋找片刻的安慰，能夠減輕一絲一毫的痛苦也好。

「快說！說了馬上放你下來！只要你肯坦白，馬上放你回家去！錢收在哪兒？還有金子呢？金戒指呢？」

「沒有哇！」她喘息著，「噯喲真的沒有！噯喲我的媽呀，疼死我了！受不了了！」她的一顆頭往下歪垂著，臉上的肌肉被地心吸力往下扯拉著，眉梢眼角都吊了起來，倒顯得年青了許多。眼睛也變得非常明亮。臉上像是在笑。不知道為什麼，恐怖與痛苦的表情過了一個程度，就有點笑容。

工作隊員們站在旁邊，極力避免擠在一堆，免得像是害怕似的。心裏也不一定是害怕。看著那大肚子的孕婦吊在那裏，吊成那樣奇異的形式，一個人變成像一隻肥粽子似的，彷彿人類最後的一點尊嚴都被剝奪淨盡了，無論什麼人看了，都不免感覺到一種本能的羞慚。

「怎麼樣？到底肯不肯坦白？」

「噯喲，冤枉呀！噯喲，我前世作了什麼孽，這輩子死得這樣慘呵！」

「這就死啦？有這麼容易！」李向前背著手站在旁邊，不由得笑了起來。

「來來，大家加油！」孫全貴說：「今天非得突破她這頑固堡壘！」

「啊……」突然聽見一聲拖得極長的慘叫，那聲音那樣尖銳清亮，彷彿破空而來，簡直不知是什麼人，人在什麼地方？

地下那隻水桶裏的水已經剩得不多，應當輕些了，但是那佃戶拎著桶倒水，竟拎它不動，手一軟，潑濺了許多在腳上。

「你說！快說！有金子沒有？」那積極份子更加逼著問。

「有！有！噯喲饒了我吧！有金戒指！」

「金戒指在哪兒？」

「有金戒指！噯喲！噯喲！饒命吧大爺！」

「在哪兒？快說！」

「想不起來了——噯喲！放我下來讓我想想——」

「說了就放你下來！」

「在夾牆裏！在夾牆裏！」

「胡說，夾牆裏早抄過了，有一根針也抄出來了！」

「那就沒有了！」她喘息著說。

「好，你不說——不說——你這是自討苦吃，反動到底！」

手腕和腿腕紮在一起，那豬毛繩子深深地咬嚙到腫脹的肌肉裏。呻吟聲低微得聽不見了。

「操他奶奶——昏過去了！」孫全貴說。

李向前說：「媽的，快澆水，給她臉上澆水。」

佃戶搬起地下的水桶，把桶底一掀，剩下的水統統潑在她臉上了。汪了一地的水。那倒掛著油膩的髮梢上，一滴滴的往下滴水。

「噯喲！噯喲！」漸漸又恢復了她那嘆息似的呻吟，只有出的氣沒有入的氣，眼睛微微張開一線。在那亮晶晶濕淋淋的臉上，只有眼睛沒有光。

「快坦白！不然老子又來！——媽的，沒有水了！」

恰巧有個小學生從課堂裏溜了出來，也擠在人縫裏張望著。這人就叫著他的名字：「噯，耿小三，去打桶水來！」

那孩子害怕，一抹頭跑了。

「小狗腿！」那人罵了一聲。

「我去我去。」另一個人提起了水桶走下台階。

「噯喲！噯喲！」那婦人一面呻吟著，臉色卻漸漸轉成灰暗而平和。又有兩隻蒼蠅飛了來叮在她鼻子上那塊膿血上。她額上的汗珠晶瑩地突出來，很大的一顆顆。蒼蠅也是晶瑩地叮在那裏，一動也不動。

劉荃兩隻手插在口袋裏，不知不覺地一直握緊了拳頭，手臂由緊張而感到酸痛。他想換一個姿勢，但是胳膊已經麻了，動彈不得。只能讓手指在身上爬著，一點一點從口袋裏爬了出來。

「怎麼還不來，我瞧瞧去，」那積極份子不耐煩地說。他走下台階。那小學生並沒有捨得去遠，還蹲在院子裏玩，把牆陰的一塊大石頭掀起一兩寸，在石頭底下捉蟋蟀。那積極份子忽然一個轉念，便三腳兩步走了過去，彎下腰去搬那塊石頭，把那孩子又嚇跑了。

「媽的，今天幹他一個痛快！」那人端著那塊長滿了青苔的石頭，走上台階，砰的一聲，就丟到那婦女身下掛著的水桶裏去，水花四濺。大家不由得譁然叫喊起來，在混亂中也聽不見那婦女的一聲銳叫。

隨即來了一陣寂靜，在那寂靜中可以聽到一種奇異的輕柔而又沉重的聲音，像是鴨蹼踏在淺水裏，泊泊作聲。那被撕裂的身體依舊高高懸掛在那裏，卻流下一灘深紅色的鮮血，在地下那水潭裏緩緩漾開來，漸漸溶化在水中。

那隻吊桶還在空中滴溜溜亂轉。女人的身體也跟著微微動盪，卻像是完全漠不關心的樣子，變得超然起來。一顆頭倒掛下來，微風撥動著她那潮濕垢膩的髮絲。

「媽的，太便宜了她！來，把她解下來，抬出去！」只有李向前一個人還很鎮靜。

積極份子與佃戶們七手八腳擁上來解繩子。劉荃注意到黃絹的臉色非常蒼白，用失神的眼睛四面望著，僅是在找他，他很快地走上去，從後面握住她的一隻肘彎。

「來，我們快出去，去看他們怎麼對付韓廷榜。也不能饒了他！」

她木然地跟著他走了出去，過了兩重院落，出了小學校。劉荃也並沒有想好到哪裏去，只是想逃走，逃到無人的地方去，稍微鎮定一下之後再回來。他們穿過了大路，走到野地裏。外面的陽光這樣的明亮，使他們覺得很詫異。那陽光雖然溫暖，一陣秋風吹上身來，卻又寒浸浸的。太陽快下去了，鳥雀都忙碌起來，到處聽見牠們唧唧喳喳叫著。那蒼黃的田野一直伸展到天盡頭，看著自然使人心裏一寬。

黃絹突然扯了扯他的手臂。「你看那是幹什麼，」她輕聲說。

那田野裏有一輛騾車縱橫奔馳著，來往地繞圈子，彷彿沒有一定的目的。在他們這樣不懂農務的人看來，也不知道這是什麼工作，只覺得很奇異，看它常揀田地裏鋸斷的樹樁上馳過。遠遠地也有些人站在田徑上觀看，並且吶喊著，也不知喊些什麼。

那車子後面拖著一個東西，劉荃起初以為犁耙，原來是一個灰黑色的長長包裹。他這一連串的發現，非常迅速地一個接著一個。車子後面是拖著一個人。聽說有一種叫做「輾地滾子」的刑罰，原來就是這樣。這人一定就是韓廷榜了。

劉荃與黃絹呆呆地站在那裏看著。那騾車橫衝直撞，就像是一輛機件壞了的汽車，彷彿隨時都可以瘋狂地衝到他們身上來。

黃絹突然轉過身去，拉著他就走。她的手指一根根都是硬叉叉的，又硬又冷。

本來大概不會注意到，現在他們看見地上有一棵樹樁，那砍斷了的粗糙的平面上鈎著一些灰黑色的破布條。顯然是韓廷榜衣服上扯下來的。那布條上又黏著些灰白色的東西，不成片又不成縷，大概是皮膚。

又有一棵樹樁上掛著一搭子柔軟黏膩的紅鮮鮮的東西，像是扯爛的腸子。

他們很快地走著，走到那土圩子那裏，順著那土牆轉了個彎，又走了一截路。然後他們停了下來，把背脊貼在牆上。心裏也不知道是什麼感覺，就像整個的人裏面都掏空了似的。

那斜陽正是迎面照過來，慘紅的陽光照在那黃土牆上，說不出來的一種慘淡。

他們靠在牆上一動也不動。然後劉荃忽然發覺他們還握著手。他把她的手拖了過來，但是她彷彿覺都不覺得，半晌，才別過頭來望著他。

劉荃突然擁抱著她。她把臉埋在他胸前，他便用力把她的臉撳沒在他身上。他緊緊地抱著她不要留一點空隙，要把四周那可怕的世界完全排擠出去，關在外面。

「黃絹，」他輕聲說。

然後他又說：「我永遠不會忘記你的。」

她不動，也不作聲。然後她突然抬起頭來向他望了望，隨即別過臉去。

「你這樣說，好像我們永遠不會再見面了。」她說。

「好，那麼忘記你，好不好，」他笑著說：「馬上一轉背就忘了。」

她的臉雖然別了過去，他可以看見她的面頰圓圓地突了出來，知道她是在笑。

他吻她，那恐怖的世界終於像退潮似的，轟然澎湃著退了下去，把他們孤孤單單留在虛空中。

「你什麼時候走？」黃絹說：「是不是明天就要走了？」

他沒有回答，只抱得她更緊一點。

她的面頰貼在他胸前的口袋上，可以聽見口袋裏有些紙張發出細微的清脆的響聲。「這是什麼？」

「你的信。——真不願寄掉它，寄了就沒了。」

「那你就帶到上海去再寄。」

「你家裏的人看見上海的郵戳，不會覺得奇怪麼？」

她嗤嗤地笑了起來。「你怕我以後不寫信給你？」

「你總要等收到了我的信，知道了我的地址才會寫來。你算算，那還要等多少時候。」

牆根的枯草瑟瑟響著。一陣陣的歸鴉呱呱叫著，在紅色的天上飛了過去。

「第一次看見你那天，你記得，大家在卡車上唱歌，」劉荃說：「我就留神聽你的聲音。」

「我的喉嚨不好。」

「你唱歌的聲音比平常說話聲音尖些，不過也非常好聽。」

黃絹低下頭去把額角抵在他胸前，格格地笑了起來。

「幹嗎笑？」

「我根本沒有唱，就光是假裝著張張嘴。」

不知道為什麼，兩人都狂笑得無法停止。

「我們都有點歇斯底里。」劉荃說。

他也像一切人一樣，面對著極大的恐怖的時候，首先只想到自全。他擁抱著她，這時他知道，只有兩個人在一起的時候是有一種絕對的安全感，除此以外，在這種世界上，也根本沒有別的安全。只要有她在一起，他什麼都能忍受，什麼苦難都能想辦法度過。他一定要好好地照顧她，照顧他自己，他們一定要設法通過這兇殘的時代。

於是他有了一個決定，那是簡單得近於可笑的，彷彿是一種極世俗的「上進」的念頭。他一定要在工作上有好的表現，希望能一步步地升遷，等到當上了團級幹部，就可以有結婚的權利。

「黃絹，我到南邊去，也許很快就會回來，也許一時不會回來，」他說：「反正在一兩年內我一定要想辦法，我們要調在一個地方工作，以後永遠不分開。」

她僅只撫摸著他的臉與頭髮，癡癡地望著他。

「看什麼？」他終於問。

「你的頭髮是新剃的？」她微笑著說：「怪不得看著有點兩樣。」
「昨天在縣城裏剃的。」
「有點土頭土腦。」她扳下他的頸項，用力吻著他的頭髮。
他雖然在這樣沉醉的時候，也還是有半個人是警覺的。彷彿聽見土牆那邊有人聲。他們很快地分開了。有人一路說著話走了過來。
劉荃與黃絹立即轉過身去，沿著牆根緩緩走著。走到土牆的盡頭，一轉彎正是大路，路邊的合作社倒已經點上了燈。看到那燈火，他們才惘惘地意識到天色已經昏黑了。
有人在合作社的窗口招著手喊叫：「劉荃！劉荃！張同志找你呢！果實賬還沒結清。」
劉荃只得走了進去。一進去就無法脫身。這天晚上，劉荃因為明天一早就要動身，照理應當早一點去睡，卻表現了無比的工作熱情，在合作社陪著黃絹與其他的工作隊員們，算盤滴答滴答，算了大半夜的賬。
他回到小學校裏收拾收拾，剛睡下沒有一會，就被張勵叫醒了。天色還是漆黑的，校役送上燈來，匆匆吃了早飯就上路。李向前孫全貴也都來了，搶著替他們揹了背包，依依不捨送了一程子。張勵又叮囑一番話，方才分手。
太陽還沒出土。漫天都是一條條橙紅淺粉的雲霞，天空非常高遠廣闊，那黑暗的地面卻顯得十分扁平。遠遠近近一聲顫抖搖曳的雞啼，彷彿炊烟四起，在地平線上裊裊上升。

劉荃一路走著，不由得時時地向那昏暗的原野中望去，看見地面上露出一撅撅的樹樁，就似乎有些心驚肉跳。上面是否還掛著皮肉與肚腸，自然也看不清楚。黎明的鳥雀唧唧喳喳叫得正歡。想必早被鳥雀啄得乾乾淨淨了。

他這樣望著，卻注意到那野地裏蹲著一個黑影，依稀看見是一個女人，在地裏挖掘山芋。他也不知道為什麼，心裏忽然動一動。已經走過去老遠了，又回頭來看了看。天色漸漸明亮起來了，那蹲踞著的人形彷彿縮小了許多，卻變得很清晰。可不是二妞嗎？

劉荃繼續往前走著。那條騾車路漸漸凹陷下去，兩旁的土岸漸漸遮住了視線。被露水濕潤了泥土微微發出土腥氣。兩邊的土地不住地升高，升高，把他們關在土腥氣的甬道裏。那遍地都是恐怖的大地，終於被關閉在外面，看不見了，也許永遠不會再看見了，而他突然感到無限的依戀。

他向張勵說：「你先走一步，我去解個手再來。」

張勵在這土溝裏走著，決看不見他的。

他往回跑，跑到平原上，轉到一棵樹後面，向大路上張望了一會。沒有人在偵察他。

二妞彷彿吃了一驚，遠遠地看見一個穿制服的人向她飛跑過來。她本能地把破爛的短衫拉扯著掩在胸前，半站起身來，像要逃跑似的。

「二妞！是我！」劉荃第一次叫著她的名字。「你怎麼樣？還好麼？我一直惦記著。」

二妞又蹲到地下去掘紅薯，漠然地。

他在她跟前站住了，望著她用手指在泥地裏挖掘著。

「我現在馬上就要走了，不回來了。」他默然了一會之後，這樣說著。

二妞依舊沒有說什麼，卻抬起一隻手來，把手指插在她那灰撲撲的澀成一片的頭髮裏，艱難地爬梳著。然後彷彿又省悟過來，一手的泥土，全抹到頭髮上去了，於是又垂下了手。

「我很不放心你，」劉荃說。

她似乎又忘了，又用手指去梳理頭髮，低著頭，十隻手都插在亂頭髮裏，緩緩地爬梳著。

「二妞，你……」他想說「你恨我嗎？」但是又覺得問得太無聊。她當然恨他的。一方面他又直覺地感到她並不十分恨他。「你跟你母親說一聲，」他接著說下去：「說我走了，我沒能幫助你們，心裏非常難受。」

太陽出來了，黃黃地照在樹梢上。

樹枝上結著一顆顆小小的棗子，兩頭尖，青色中微泛黃紅。從前她笑他不認識棗樹，要不是看見這樹上結著棗子，他也還是不認識。

他惘然地站在樹下，不知道說什麼好。

「二妞，」他又說：「你年紀還輕得很。年紀這樣輕的人，不要灰心。」

二妞微微搖了搖頭。那樣子也可能是說不灰心。但是她隨即流下兩行眼淚來，抬起兩隻泥污的手，用手背在臉上不住地揩擦著。

劉荃站在那裏，半天沒有作聲。「我走了，」他終於說：「你自己保重。」

二妞忽然抬起頭來，向他微微點了點頭，笑了一笑。她那潔白的牙齒打落了兩隻，前面露出黑洞洞的一個缺口，那笑容使人看著不由得覺得震動，有一種慘厲之感。

劉荃轉過身去走了。他走得很快，但是那棗樹葉子成陣地沙沙落下地了，嗤溜嗤溜順地溜著，總是跑在他前頭。

五

車廂裏的廣播機播送著解放歌曲與蘇聯音樂，從早到晚無休無歇，震耳欲聾。火車轟隆轟隆向前面疾馳，但是永遠衝不出那音樂的氛圍，隨它跑得多麼快，那鬧轟轟的音樂永遠黏附在它身上，拉不完扯不斷，摔不開。

天黑了，車上亮了電燈。廣播機播出一個尖銳的女音：「現在——開始——供應——晚餐——現在——開始——供應——晚餐——」

乘客開始騷動起來，聽從那尖銳的聲音的調度，按照車輛的號碼，分批輪流到餐車去吃飯。

吃飯時間過了，窗外一片漆黑。廣播機裏奏的是一個蘇聯紅軍的軍歌，金鼓齊鳴，喊聲震天。聽眾彷彿被關閉在黑暗窒息的留聲機匣子裏面，捲在那瘋狂的旋律裏，毫無閃避騰挪的餘地。

幸而中國人一向對於喧囂的聲音不大敏感。大家依舊打盹的打盹，看報的看報，在那昏黃的燈光下。

廣播機裏的女人突然又銳叫起來：「偉大的——黃河——鐵橋——就要——到了！——偉大的——黃河——鐵橋——就要——到了！——大家——提高——警惕！保衛——黃河——鐵橋！——大家——把窗子——關起來！——大家——保衛——列車！——保衛——黃河——鐵橋！」

車廂裏一片砰砰的響聲。大家紛紛站起來關車窗。

張勵與劉荃本來倚在椅背上打盹，也都驚醒了。劉荃坐在近窗的一面，睡眼惺忪站起來關窗。但是那扇窗戶嵌牢在裏面，澀滯得厲害，再也推不上去。張勵也站起來，幫著他扳，也沒有用。

「乘務員！乘務員同志！」張勵叫喊著。

不看見乘務員。只有一個解放軍揹著鎗在車廂裏出現，緩緩地在座位中間的一條甬道裏踱過來又踱過去。

劉荃繼續用力扳那扇窗戶，火車正在疾馳，風力非常大，另一個關窗的人隨便向外面吐了口痰，立刻被風颳到後面去，劉荃正把臉探到窗外，落了幾點唾沫星子在他臉上。他皺了皺眉，伸手到口袋裏去掏手絹子。

然後他突然注意到那解放軍緊張地端著鎗對準了他。他衣袋裏的那隻手不敢拿出來了。

顯然是以為他是在掏手榴彈，預備炸燬鐵橋。

火車輪軌轟隆轟隆的響聲突放大了一百倍。車子正在過橋，濃黑的窗外不斷地掠過較淺淡的灰黑斜十字架，鋼鐵的橋闌干的剪影，倉皇地一瞥即逝。

「乘務員同志！」張勵還在著急地叫喊著：「這扇窗子怎麼回事，關不上！」

最後的一個灰色斜十字架在黑暗中消逝了。輪軌的隆隆聲突然輕了下來，恢復正常。解放軍放下了槍。劉荃也鬆了口氣，手從口袋裏拔了出來。也忘了剛才是為什麼要拿手帕，只軟弱地用手帕擦了擦頭上的汗。

「同志們！」廣播機裏那尖厲的聲音又叫了起來：「列車——現在——已經——勝利地——通過了——黃河——鐵橋！勝利地——通過了——黃河——鐵橋！」充滿了喜悅，彷彿剛打了一個勝仗似的。

這一段路軌常常出事嗎？常常有游擊隊或是特工人員炸燬鐵橋，經過搶修後又照常通車？如果有過這類的事，報紙上當然不會刊載，大家也無從知道。劉荃不禁和張勵互相看了一眼，彼此心裏都想著：「剛才真是想不到，原來處在這樣危險的境地。」

但是劉荃隨即想著：「真要是那樣倒又好了，至少可以覺得中國的地面上並不是死氣沉沉。但是恐怕不見得有這樣的事。不過，也不怪共產黨這樣神經質——不要說中國才解放了一兩年，就連蘇聯，建國已經三十年了，尚且是經常地緊張著，到處架著機關槍，經常在戰鬥狀態中，每一個國民都可能是反動份子與奸細。」

廣播機還在那裏驚聲嚦嚦歡天喜地慶祝列車安渡黃河鐵橋。跟著乘務員就出現在車廂裏，提著水壺替乘客們的茶杯添水，也彷彿寓有「壓驚」之意。這乘務員是個瘦長身材的青年，穿著一身稀縐的藍灰色布人民裝，精神萎頓，一路斟茶斟過來，不住地衝著乘客的臉打呵欠。大家都厭惡地別過頭去。

「看他瞌睡的那樣子，」張勵微笑著用肘彎推了推劉荃。「今天白天走過的一個小站，你看見沒有那黑板報，表揚這條路上的乘務員，愛國加班，連續工作二十七小時以上的，不算一回事；三十小時以上的，從月初算起有三次，三十五小時以上的有兩次，」他滿意地背誦著：「甚至於有三十九小時的。」

劉荃看著那乘務員踉踉蹌蹌一溜歪斜地走過來，忍不住說了一句：「這樣單純地追求效率也不對，工人的健康也要注意。」

「這是工人自動自發的工作熱情嘛，領導上也拿他們沒有辦法。現在各處工廠裏都是這樣的情形。」

那乘務員睡眼朦朧站在他們桌子前面，一隻手揭開了張勵的玻璃杯蓋，一隻手高高提著那糊了煤烟的黑色硬殼的大水壺，遠遠地朝著那玻璃杯灌下去。那一尺長的水苗發射得不夠準確，統統澆到張勵的腿上了。

張勵是一個經過考驗的共產黨員，但是這襲擊實在來得太突然了，頓時粉碎了他的鋼鐵意志。

「噯呀——噯喲噯喲！疼死我了！」他跳起身來，那乘務員猛不防被他一撞，一壺滾水失手掉在地下，都潑在腳上，也有一部分濺到張勵的腳背上，等於火上澆油。

那乘務員也大喊起來了。

「他這是誠心的！」張勵紅著眼睛嚷著：「好傢伙，這樣飛滾的水，鬧著玩的呀，瞪著眼朝人身上澆！這要不是誠心的才怪！找車上負責同志說話去——出了特務了！」

那乘務員疼得蹲在地下直哼哼，也顧不得答辯。

張勵也疼得眼中落淚，臉上直顫抖，心裏像火炙著似的。「媽的準是特務！媽的，老子是什麼人你知道不知道？一條命差點送在你手裏！革命還需要我，你知道不知道？」

「算了算了，張同志，快到醫務室去，找衛生員給上藥，包起來，耽擱了倒不好！」劉荃拼命解勸著：「這傢伙交給我，放心，跑不了！」

張勵也不敢耽擱，罵罵咧咧扶牆摸壁的，也就掙扎著到車尾的醫務室去。兩個衛生員倒都是女的，長得也不壞，替他敷上藥，包上繃帶，陪著他聊了回子天，又約著明天再來換藥，張勵的氣也就消了一半。

他回來的時候，車廂裏已經搭上了臥鋪，大家都躺下了。劉荃特地把下鋪留給他，因為他傷了腿，爬梯子不方便。地板上濕膩膩的，剛用拖把拖過。

「媽的，非向鐵路局提意見不可！」張勵站在那裏解鈕子，向睡在上鋪的劉荃說：「什麼愛國加班、突擊加班、競賽加班、義務加班、無限制地拖長工時，闖出禍來誰負責？領導上只曉得要求『消滅事故』，照這樣怎麼能不出事？乘客的生命安全一點保障也沒有！」

劉荃沒有作聲，似已經睡熟了。全車都沉入不習慣的靜默中，因為那廣播機終於靜默下來了。只剩下那轟隆轟隆的輪軌聲，於單調中也顯得很悅耳。一節節的火車平滑而沉重地抽搐著，顛聳著，向無窮盡的黑夜中馳去。

六

劉荃坐在寫字枱旁邊的一把椅子上等候著。桌上的電話鈴叮鈴叮響了起來。沒有人接。一個戴著黃色玻璃框眼鏡滿臉面疱的青年從旁邊一張桌上站了起來，走過來代接。

「解放日報館，」他說：「戈同志不在這兒，一會兒再打來吧。」他把耳機擱回原處。

外面天還沒有黑，這龐大的房間裏已經需要點燈了。桌上一盞碧綠玻璃罩的枱燈，照在一張粉紅吸墨水紙上。那吸墨水紙非常鮮艷而乾淨，上面沒有一點墨水漬。

「資料組的工作想必比較清閒，」劉荃想。

也許別的部門也是一樣。

「聽說現在報館裏的人根本沒有什麼事可做，」他想：「一切新聞都由新華社供給，用不著出去採訪。編輯拿到了新華社的稿子就照樣發下去，一個字也不能改，連標題都是現成的。」

然而這廣廳裏依舊空氣很緊張，無數的寫字枱上時時有電話鈴響著，工作人員輕捷地跑來跑去，抑低了聲音談話，充分表現出「黨報」的森嚴氣象。

劉荃是抗美援朝總會華東分會派他來的，要求報館裏供給他們朝鮮戰場上美軍的暴行的圖片，作為宣傳材料。這裏的資料組長到資料室去找去了，叫他在這兒等著。

電話鈴又響了。隔壁桌上那小伙子又跑了過來。

「戈珊同志走開了，一會兒就來。……噯，一會兒再打來吧。」

劉荃已經等了很久很久，覺得很疲倦。向那邊望過去，一盞盞綠瑩瑩的枱燈，在那廣大的半黑暗中像荷花燈似的飄浮著。

然後他看見那資料組長戈珊遠遠地走了過來。劉荃略有一點詫異地看著她。剛才沒注意，這女人原來長得很漂亮，像一個演電影或是演話劇的。是在舞台與銀幕上常看見的那種明艷的圓臉，杏仁形的眼睛，鼻子很直，而鼻尖似乎銼掉了一小塊，更有一種甜厚的感覺。但是她年紀似乎不輕了，頷與腮的線條已經嫌太鬆柔，眉梢眼角也帶著一些秋意了。她的頭髮是燙過的，養得很長，素樸地向耳後攏著，身材適中，藏青呢的列寧裝裏露出大紅絨衫線的領口。

劉荃站起身來。她向他的椅子略伸了伸手，表示讓坐，一方面也就在自己的座位上坐了下來，翻閱著她帶來的幾張照片。

她遞了給他。照片拍得很清晰，而且一望而知是實地拍攝的。第一張就使人看了觸目驚心，是一個半裸的女人被綑綁在一棵樹上，一個淡黃頭髮的青年兵士叉著腰站在旁邊看著，另一個兵士俯身拾取樹枝堆在那女人腳邊，顯然是要放火燒死她。
「沒有美國兵的照片，」戈珊說：「只有德國兵的。」
「這是第二次世界大戰的時候？」劉荃問。
戈珊略點了點頭。
「是在什麼地方？」他注意到那被縛在樹上的女人也和那兵士一樣是黃頭髮，臉型也顯然是高加索人種。
「在歐洲，」她簡短地回答著，隨即探身過來指點著，「女人的頭髮需要塗黑，兵士的制服也得稍微修改一下。——這兒這一張是美國兵在那兒上操，制服的式樣照得很清楚，可以做參考。」
「可是——」劉荃不知道說什麼好。「我們那一個部門裏沒有會修照片的，」他終於說。
「這也並不需要什麼專門技術，」戈珊笑著說：「而且事實是，照相館裏修照片的也就管替女人畫眼睫毛，叫他改軍裝，也不一定在行。」
這女人似乎過過長期的都市生活，劉荃心裏想。
她又用鉛筆指了指照片上那女人的胸部。「這兒可以塗黑，表示乳房被割掉了。」
劉荃怔了一怔。「完全塗黑麼？」他不能想像。那變成像乳罩一樣。

「不是。斑斑點點的黑迹子，看上去像血淋淋的傷口。」

她看他彷彿很為難的樣子，就又耐心地解釋著：「很簡單的。而且你要知道，我們現階段的印刷技術還需要改進，這照片在畫報上登出來，不定多麼糊塗。能不能看出是個女人來，還是個問題。主要還是靠下面的圖片說明，要做得醒目。」

劉荃雖然唯唯諾諾，似乎有些不以為然，戈珊也覺得了。她頓了一頓，把臉一仰，用空濛的眼睛淡淡地望著他。「你也許覺得，這跟帝國主義的欺騙造謠有什麼分別。」

「那當然兩樣的，」劉荃紅著臉說。

「有什麼兩樣？」她微笑著追問。

「本質上的不同。」

她仍舊淡漠地微笑著望著他，帶著一種嘲弄的神氣。然後她把鉛筆倒過來，不經意地用尾端的橡皮輕輕敲著桌子，用平淡的語氣說：「是的。首先，我們確定知道美軍的暴行絕對是事實，而我們宣傳這件事實，單靠文字報導是不夠的。羣眾要求把報導具體化。所以照片是必要的。」

「對。我完全同意。」劉荃很快地把照片收了起來，立刻站起來準備告辭。

她依舊坐在那裏不動，含著微笑。他發現她似乎用一種鑒定的眼光望著他，使他感到不安。

「以後我們經常地保持聯絡。」她突然欠起身來，隔著書桌伸出手來和他握手，臉上現出典型的共產黨員的明快的笑容，露出整排的潔白的牙齒。

劉荃伏在書桌上改照片。辦公室裏只有他一個人。張勵到醫院裏去看腿去了，他腿上燙傷的創口潰爛了，到現在還沒有痊癒。

忽然有一個勤雜人員走了進來。

「劉同志，周同志找你。」

「在樓上？」劉荃問。

「噯。叫你上去一趟。」

周同志是辦公廳副主任周玉寶，也就是辦公廳主任趙楚的愛人，劉荃可以說是他們的直接下屬。他們夫婦倆就住在樓上。抗美援朝總會華東分會的會址新近遷到這座花園洋房裏，地方既幽靜又寬敞，於是一些領導幹部都搬了進來住著，按照地位高下，每人佔據一間或兩三間房間。

周玉寶是管照顧的，房間與家具的分配自然也在她經管的範圍內，因此他們夫婦倆雖然只分到一間房，卻是位置在二層樓，上下很方便，而且是朝南，牆上糊的粉紅色花紙也有八成新。房間並不大，擱上一套深紅皮沙發，已經相當擁擠了，此外還有一隻桃花心木碗櫥，與書桌、書架、雙人大床、兩用沙發、衣櫥、冰箱、電爐、無線電，這都是玉寶的戰利品。單是電話就有兩架，一隻白的，一隻黑的。冰箱的門鈕上牽著一根麻繩，另一端繫在水汀管上，晾滿了衣褲與短襪。水汀上也披著幾件濕衣服。一進門，只覺得東西滿坑滿谷，看得人眼花撩亂。近窗還有一架大鋼琴，琴上鋪著鏤空花邊長條白桌布，上面擱著花瓶與周玉寶的深藍色鴨舌帽。為了這隻鋼琴，劉荃聽見說周玉寶和主持人事科的賴秀英還鬧了點意見，賴秀英是秘書處處長崔平的愛人，她也要放一隻鋼琴在臥室裏。據劉荃所知，兩位太太都不會彈鋼琴，不知道為什麼搶奪得這樣厲害。

玉寶是山東人，出身農村，一張紫棠色的鴨蛋臉，翠黑的一字長眉，生得很有幾分姿色。頭髮是新燙的，家常穿著一套半舊的青布棉制服，腰帶束得緊緊的，顯出那俏麗的身段。她有兩個孩子，大的一個是男的，有兩三歲了，保姆抱著他湊在粉紫花洋磁痰盂上把尿。玉寶自己抱著那週歲的女孩子在房間裏來回走著，一面哄著拍著她，一面侃侃地責罵著炊事員孔同志。

孔同志站在房門口訕訕地笑著，把帽子摘了下來，不住地搔著頭皮。孔同志因為革命歷史長，全面勝利後雖然仍舊是當著一名炊事員，已經享受著營級幹部的待遇。

「你不能總是這樣老一套，搞工作不是這樣搞的！」玉寶板著臉說：「現在城市是學習重點哪，路也該學著認認！」

「唉，就吃虧不認識字呵！」孔同志說：「早先在部隊裏，生活苦，也顧不上學文化。行起軍來，背上揹著三口大鍋一氣走七八十里路——是指導員說的：『你當炊事員的，保護大夥的飯鍋就跟保護自己的眼睛一樣——』」

「得了得了，別又跟我來這一套！一腦袋的功臣思想，自尊自大，再也不肯虛心學習了，犯了錯誤還不肯接受批評！」玉寶的聲音越提越高，孔同志不敢回言了，把鴨舌帽又戴上頭去，一隻手握著帽簷，另一隻手卻又在腦後的青頭皮上抓得沙沙地一片聲響，這似乎是他唯一的答辯。

劉荃在孔同志背後探了探頭。「周同志，找我有什麼事嗎？」

「哪，劉同志，你告訴他，八仙橋小菜場在哪兒。——早上已經白跑一趟了！」

「八仙橋小菜場——」劉荃想了一想。「離大世界不遠。」

孔同志不認識大世界。

「靠近八仙橋青年會，」劉荃說。

劉荃對於上海的路徑本來也不很熟悉，也就技窮了，不知道應當怎樣解釋。「我給畫張地圖吧？」

「俺不會看地圖。」孔同志眼睛朝上一翻，滿心不快的樣子。玉寶對他儘管像排揎大姪兒似的，他也能夠忍受，那是服從紀律；要是連這些非黨員非無產階級出身的幹部也要騎在他頭上，那卻心有不甘。他把帽簷重重地往下一扯，這次把帽子戴得牢牢的，頭皮也不抓了。

「他不會看地圖，你講給他聽吧，」玉寶說。

現在輪到劉荃抓頭皮了。

「算了算了，俺去找個通訊員帶俺去一趟，下回不就認識了。」孔同志不等玉寶表同意，轉身就走。有劉荃在場，他的態度比剛才強硬了許多。

玉寶把孩子抱在手裏一顛一顛。「乍到上海來，過得慣嗎，劉同志？」她每次見到劉荃，照例總是這幾句門面話，卻把語氣放得極誠懇而親熱。「這兩天忙著搬家，也沒空找你來談談。我很願意幫助你進步。」

「希望周同志儘量地幫助我，不客氣地對我提意見，」劉荃敷衍地說。

她的意見馬上來了。「劉同志，你文化程度高，孔同志現在進識字班了，他年紀比較大，記性差，你有空的時候給他溫習溫習——」

劉荃不覺抽了口涼氣，心裏想這又是一個難題。孔同志怎麼肯屈尊做他的一個綠窗問字的學生。

「——你幫助他進步，我幫助你進步，好不好？」玉寶向他嫣然露出一排牙齒，呈現著典型共產黨員的笑容。

「好。有機會的時候一定要請周同志多多指教。」劉荃只求脫身，匆匆走了出去，下樓回到他自己的辦公室裏。

他在房間的中央站住了，茫然地向寫字枱望過去。

這不是他的寫字枱。

起初他以為走錯了一間屋子。新搬了個地方，容易走錯房間的。但是他在窗台上看見他的筆硯與枱燈，還有張勵敷腿傷的一瓶藥膏。剛才都是擱在書桌上的，顯然是書桌被人搬走了，東西給隨手挪到窗台上。原來的那張書桌很大，兩人面對面坐著。現在代替它的是一張破舊的橘黃色兩屜小條桌，桌面上橫貫著一條深而闊的裂縫，那一道裂縫裏灰塵滿積，還嵌著一粒粒的芝蔴，想必是燒餅上落下來的。

劉荃忽然想起他正在修改著的幾張照片，剛才收在寫字枱抽屜裏。他急忙抽開那張小桌子的抽屜，兩個抽屜裏都是空空的，什麼都沒有。

他著急起了。他那幾張照片是非常寶貴的，也可能是「海內孤本」，絕對不能被他失落了。搞工作怎麼能這樣不負責。對解放日報也無法交代。他可以想像那位戈珊同志的那雙眼睛空濛地嘲弄地向他望著的神氣。

他走出辦公室去找勤雜人員打聽，桌子是誰搬走的。誰也不知道。

他再到樓上去問。保姆帶著周玉寶的孩子在樓梯口玩。那保姆說：

「剛才看見兩個人搬了張書桌上來，送到賴同志屋裏去了。」

賴秀英住在二樓靠後的一間房間。為了工作上的便利，她和她丈夫都把辦公室設在臥室隔壁。辦公室的門開著，劉荃探頭進去看了看，只有一個女服務員在裏面，爬在窗檻上懸掛那珠羅紗窗簾。迎面放著一張墨綠絲絨沙發，緊挨著那沙發就是一張大書桌。

劉荃走了進去。「這張書桌是剛才樓底下搬上來的吧？」

「你問幹什麼？」賴秀英突然出現在通臥室的門口。她抱著胳膊站在那裏，身材矮小而肥壯，挺著個肚子，把一件呢制服撐得高高的，頗有點像史達林。她到上海來了一年多，倒還保存著女幹部的本色，一臉黃油，黑膩的短髮切掉半邊面頰。

「我有點東西在這抽屜裏，沒來得及拿出來，」劉荃陪著笑解釋，一面走上前去，拉開第二隻抽屜。

賴秀英仍舊虎視眈眈站在那裏，顯然懷疑他來意不善，大概是追踪前來索討書桌，被她剛才那一聲叱喝，嚇得臨時改了口。

劉荃從抽屜裏取出那一包照片。「是要緊的文件，」他說。

「要緊的文件怎麼不鎖上？」她理直氣壯地質問：「樓梯上搬上搬下的，丟了誰負責？」

劉荃開始解釋：「我剛才不過走開一會，沒想到桌子給搬——」

「下次小心點！在一個機關裏工作，第一要注意保密！」

劉荃沒有作聲。他走出去的時候，她站在書桌旁邊監視著，像一隻狗看守著牠新生的小狗。

他回到樓下的辦公室裏，把筆硯搬過來，又來描他的照片。但是勤雜人員又來叫他了。

「周同志叫你上去一趟。」

劉荃只得又擱下筆來，把照片收到抽屜裏，打算把抽屜鎖上。但是這抽屜並沒有裝鎖。他想了一想，結果捻開枱燈，把照片上的墨漬在燈上烘乾了，用一張紙包起來，揣在衣袋裏隨身帶著，這總萬無一失了。

玉寶在她的房間裏不耐煩地走來走去等著他。

「剛才你問那張書桌是怎麼回事？」她說。一定是那保姆報告給她聽了。「搬到賴同志屋的那張書桌是你的？」

「是的，給換了一張小的。」

「幹嗎？」玉寶憤怒起來。「你馬上給換回來！去叫兩個通訊員來幫著你搬！」

「我認為……還是先將就著用著吧。」劉荃覺得很為難。「現在那一張，小是小一點，也還可以對付，就是抽屜上要配個鎖，為了保密——」

「配什麼鎖，那麼張破桌子！樓底下一天到晚人來人往的，萬一有國際友人來參觀，太不像樣了！你馬上去把那一張給我搬回來！」

「賴同志一定不讓搬的，剛才我去問了一聲，已經不高興了，」劉荃只得說了出來。

「你這話奇怪不奇怪，憑什麼自己屋裏的東西讓人家拿去了，還一聲都不敢吭氣？」玉寶瞪著眼向他嚷了起來：「青天白日的，有本事就把人家的東西往自己屋裏搬！成天只聽見他們嚷嚷，說現在機關裏『正規化』，『正規化』，不能再那麼『游擊作風』了，這又是什麼作風？——成了強盜？也不是什麼游擊隊！」

她立逼著劉荃去和賴秀英交涉。劉荃在革命隊伍裏混了這些時候，人情世故已經懂得了不少。他知道賴秀英這樣的人決不能得罪，但是上司太太還更不能得罪。他終於無可奈何地向賴秀英的辦公室走去。

房門仍舊大開著，迎面正看見賴秀英坐在書桌前面，低著頭在那裏辦公，也不知是記賬。她的短而直的頭髮斜披在臉上，她把一綹子頭髮梢放在嘴角咀嚼著，像十九世紀的歐洲男子咀嚼他們菱角鬚的梢子。

劉荃在門上敲了敲，引起她的注意。「賴同志，」他硬著頭皮說：「關於這張書桌——」

賴秀英萬萬沒有想到，剛剛才把他嚇回去了，他倒又來了。

「怎麼著？」她大聲說：「是我叫搬上來的——你打算怎麼著？東西也不是你的，也不是我的，是公家的東西！我是不像有些人那麼眼皮子淺，什麼都霸著往自己屋裏摟——什麼鋼琴呀，冰箱呀，沙發呀……你瞧瞧我們這沙發，彈簧都塌了！分給我們的汽車也是舊的，好汽車輪不到我們坐！我是一聲也沒出——我才不那麼小氣！可是你不出聲，真就當你是好欺負的！」

她越說越火上來，翻身向書桌上一坐，彎著腰把桌子拍得山響。「有威風別在我跟前使！什麼東西！解放上海的時候要不是我們崔同志救了她男人一條命，她還有今天這一天呀？就憑她那塊料，要是沒有她男人她也當上了副主任，我把我這『賴』字倒過來寫！」

劉荃走出去，周玉寶早已抱著孩子站在她房門口等著。

「在那兒嚷什麼？」她皺著眉問。

「賴同志堅決地不讓搬，」劉荃又籠統地回答了這樣一句。

她其實是明知故問，早已都聽見了：「什麼舊汽車新汽車——還有臉說！他們崔同志拿了去就給漆了一通，裏裏外外都見了新，這該多少錢，你算算！這不是鋪張浪費是什麼？又是什麼崔同志救了我們趙同志的命——告訴你，當初在孟良岡，要不是我們趙同志救了他一命，那崔平早就死了，她也嫁不了他，也抖不起來！要不然，哼，就憑她賴秀英，什麼人事科，連人屎也輪不到她管！」

劉荃沒有作聲，在樓梯口站了一會，轉身下樓去了。玉寶卻又喚住了他。

「等孔同志回來了，叫他幫著你去搬書桌。非換回來不可！這會兒我沒那麼大的工夫搞這個，一會兒還有民主人士來開會。」

劉荃猜她也是借此落場，當時也只有含糊答應著，走下樓去。

「還沒有體驗到『革命大家庭的溫暖』，先感到了大家庭的苦痛，」他想。

他回到辦公室裏，張勵剛從醫院裏看了腿回來，一看見他就問他們的寫字枱到哪裏去了。劉荃只約略地說了兩句。他這種地方是寸步留心的，話說多了要被稱作「小廣播」，要被檢討。

但是剛才聽周玉寶賴秀英提到她們的丈夫過去的歷史，不免引起了他的好奇心，談話間就隨口問了一聲：「趙楚同志和崔平同志是不是都曾經參加解放上海的戰役？」

「是呀，他們都是團長，他們那兩團人並肩作戰，都是由虹橋路進上海的。」張勵雖然也是初來，他神通廣大，已經把上司們的來歷打聽得一清二楚。那是因為他沒事的時候常找著那炊事員孔同志套交情，孔同志看他是個黨員份上，也很樂意和他聊天。孔同志是趙楚的老部，所以源源本本把趙楚的全部歷史都講給他聽了。

「說起來真是可歌可泣，」張勵四面張望了一下，很神秘地把椅子向劉荃這邊挪了挪。「像趙楚同志跟崔平同志，真夠得上是生死之交了。在中學時代就是最要好的同學，一塊兒考進大學。在大學二年級的時候，一塊兒跑到延安去參加革命。在半路上崔平害痢疾，非常危險，幸虧趙楚日夜看護他，總算保全了性命。到了延安，兩人都進了抗日大學。畢業以後，毛主席派他們倆化裝穿過淪陷區，到江南參加新四軍，在軍隊裏幹政治工作。又遇到皖南事變，趙楚的腿上中了一鎗，沒法逃走，崔平捨命忘生地去救他，兩人一同被俘，囚在江西上饒。然後抗日戰爭發生了，大批的囚犯都得往裏挪。半路上走到赤石，犯人暴動起來，趙楚受了傷，崔平揹著他逃跑，從福建的赤石鎮一直揹到福建江西邊境的武夷山頂。」

劉荃默默地聽著。他所知道的趙楚與崔平，已經是一副「革命老油子」的姿態了，但是他也能夠想像他們是兩個熱情的青年的時候。

「在一九四七年的孟良崗戰役裏，」張勵繼續說著：「趙楚是華東野戰軍裏的一個營長，崔平是他那一營裏的政治指導員。崔平在火線上受了傷，趙楚又冒了生命的危險爬上去，把他救了回來。一九四九年解放上海的時候，他們一人帶了一團兵由虹橋路進上海，趙楚受了重傷，又是崔平捨命忘生救了他的性命。」

劉荃不由得為這故事所感動了。無論如何，這兩個人是為了一種理想流過血的，而他們的友情是這樣真摯。這兩個人的妻子彼此嫉恨，也是人情之常吧，因為她們的丈夫屢次為了救朋友，差一點犧牲了自己的性命，做妻子的對這樣的朋友當然沒有好感。

她們只是極普通的女人，劉荃心裏想。他最初見到她們的時候，的確是覺得驚異而且起反感，因為她們身為「革命幹部」，而竟是這樣世俗、貪婪、腦筋簡單。現在也看慣了。她們是精明的主婦，不過因為當幹部的永遠是東調西調，環境太不安定，所以她們是一種獷悍的遊牧民族的主婦……

「真是偉大的友誼。」張勵忽然把聲音壓得極低，秘密的說：「甚至於同愛一個女人，也沒有影響到他們的友誼。」然後他連忙解釋：「當然這也是因為一個幹革命工作的人，工作的熱情比愛情更——」

「那女人是誰，是周玉寶嗎？」劉荃有點好奇地問。

張勵一句話說了一半，被打斷了，略有點不高興，微微搖了搖頭。

「難道是賴秀英？」也許那時候他們是在一個極荒涼的，女人非常稀少的地方。

「不是。——是他們在抗大讀書的時候的一個女同學。兩人同時追求她，後來是崔平勝利了。可是那時候他還是下級幹部，沒有資格結婚。後來他跟趙楚兩人被派到江西去了，那女人在延安，由組織上給做媒，嫁了個老幹部。」

這一類的故事劉荃聽得多了，常常有年青的男女一同參加革命，兩人發生了愛情，但是男方不能結婚，需要耐心等待，慢慢地熬資格。然而事實卻不容許女方等待那樣久。無論她怎樣強硬，組織上總有辦法「說服」她，使她嫁給一個老幹部。

每逢聽到這樣的事情，他總是立刻想起黃絹來。她能夠等他等多麼久呢？自從來到上海，已經陸續地接到她三封信，但是信的內容是那樣空虛，僅只是一些冠冕堂皇的門面話。韓家圪的土改已經勝利完成，她已經回北京去了。因為土改工作努力，已經被批准入團，最近被派到濟南的團部裏工作，生活雖然苦，精神上非常愉快，對於他也僅只是勉勵他努力工作，完全是一派樂觀的論調。他明知道她信裏不能夠說真心話，因為組織上隨時可以拆閱一切信件。不但信裏不能發牢騷，信寫得太勤或是太像情書也要害他挨批評的。其實他自己寫給她的信也是一樣，永遠是愉快積極而空洞的。但是每次收到她的信，總是感到不滿。這樣的信，使人越看越覺得渺茫起來，彷彿漸漸地不認識她了。

也甚至於現在已經有人對她加以壓力，要她嫁給一個有地位的幹部。如果有這樣的事情，他知道她的信裏也決不會透露的。當然這一類的話也在不能說之列。同時，她一定也不願意讓他感到煩惱。但是因為他知道是這樣，反而使他一直煩惱著。

被派到上海來搞抗美援朝工作，也許他應當覺得他是有前途的，被重視的。張勵大概也曾經這樣想過。如果他們當時曾經被「沖昏了頭腦」，來到這裏不久，也就清醒了過來，感到自身的渺小了。現在全國的宣傳員的隊伍有一百五十萬之多。單說在這機關裏，就不知道有多少人壓在他們頭上，一個個都是汗馬功勞的。他們在這裏的地位還抵不上從前衙門裏的一個師爺。

隔壁房間裏忽然地板上咕咚咕咚，發出沉重的響聲，震得他們這邊桌上的茶杯都在碟子裏霍霍響著。是隔壁辦公室裏的一個職員因天氣太冷，在那裏蹦跳著取暖。

窗外的天空是純淨的一色的淺灰。外面園子裏，竹籬笆圈著一塊棕黃色的草地，紅灰色三角形的石頭砌的一條小路穿過草坪，一塊塊石頭因為天氣潮濕，顏色深淺不勻。在那陰寒的下午，房間裏的空氣像一缸冷水一樣，坐久了使人覺得渾身鹽潮滷滴，如同吃食店裏高掛著的一隻滷鴨。劉荃與張勵每人在棉制服裏穿著兩套夏季制服，所有的衣服都穿在身上，還是冷得受不住。張勵找了點廢紙，在銅火盆裏燃燒著取暖，然後索性把整捲的朱絲欄信箋稿紙都加上去。辦公室裏別的沒有，紙張是豐富的。他們這邊屋裏分到這麼一隻火盆，大概也還是沾了周玉寶的光，因為她是管照顧的。

聽說這座房子本來是一個闊人的住宅，淪陷時期被日本人佔用了，勝利後也就糊裏糊塗當作敵產接收了下來，解放後又被共產黨接收了去，所以飽經滄桑。像樓下這間辦公室，就破壞得相當厲害，白粉的天花板上有一塊塊煤烟薰的黑漬子，是燒飯的煤球爐子薰的。地板上也是斑斑點點，都是香烟頭燙出的焦痕。那粉藍色糊壁花紙上也抹著一條條臭蟲血，又有沒撕乾淨的白紙標語。劉荃瑟縮地向著火，忽然想起黃仲則的兩句詩：「易主樓台常似夢，依人心事總如灰。」以前在學校裏讀到，倒也覺得平常，這時候卻顛來倒去放在心裏回味著，覺得和自己的心境非常接近。

怎麼會忽然耽溺在舊詩的趣味裏，真是沒有出息，他想。但是也許並不算沒出息，現在從毛主席到陳毅，不都是喜歡作詩填詞嗎？動不動就要橫槊賦詩一番。似乎中共的儒將特別多，就連這裏的趙楚崔平兩位同志，不也是知識份子出身的軍官嗎？——他們並沒有作了歪詩送到報上去發表，劉荃認為這也是他們的好處。但是也說不定是因為他們只做到團長的地位，官還不夠大。

他看到趙楚與周玉寶的家庭生活，不免有時候想像著，不知道他自己和黃絹有沒有這樣的一天。他現在雖然消極得厲害，總仍覺得他和黃絹如果處在趙周的地位裏，多少總可以做一點有益的事，因為現在根本不是「法治」而是「人治」，有許多措施完全是由個別幹部決定的。

當然一方面仍舊不免要造謠、說謊，做他現在幹的這一類的工作。但是至少晚上回到家裏來，有黃絹在那裏，在他們兩人之間，不必說違心的話，不會覺得是非黑白完全沒有標準，使一個人的理性完全失去憑依，而至於瘋狂。

要是有一天能夠和她在一起，也像趙楚與周玉寶一樣，有孩子，有一個流浪的小家庭，也就感到滿足了。然而這是一個疲倦的中年人的願望；在一個年青人，這是精神上的萎縮。這樣的願望，已經最沒出息的了。然而，還是沒有希望達到目的。

火盆裏那一點紅紅的火光很快地已經要熄滅了。劉荃心裏異常灰暗。張勵又去找些紙來燒，背著身子站在那裏尋找燃料。劉荃突然從衣袋裏摸出黃絹最近的兩封信，連著信封用力團成一團，丟到火盆裏。火焰突然往上一竄，照亮了他的臉。

他倒又覺得空虛起來，開始計算著幾時可以收到她下一封信。

七

五十萬人參加五一節大遊行，鑼鼓喧天，軍樂隊銅樂隊吹吹打打。馬路上斷絕交通，一個販羊的人牽了一羣羊，等了半天，無法穿過馬路，把羊繫在路邊的一棵樹上。羊們披著一身骯髒襤褸的鬈毛，低著頭把鼻子嗅來嗅去，在那棵洋梧桐下小小的一方泥土上尋找可吃的東西。牠們對於人們的喧囂的世界完全不感興趣，只偶爾對另一隻羊淡淡地看一眼。

遊行的隊伍停下來了，因為前面在那裏耍龍燈。其實也並不是燈，只是一個布製的龍身，店員們新學著耍弄，像京戲票友拙劣地舞動飄帶。遠遠望過去，只看見許多黑壓壓的人頭上湧現一個蚯蚓式的白布圓筒，在空中一上一下。舞了一會，白布圓筒扯直了，暫時休息一下，那邊一個淡青色的布筒又蚯蚓式地波動起來。

劉荃站在隊伍裏，無聊地望著路邊的羊羣。他很想撫摸牠們。搔搔牠們頷下含黯的鬈毛。

馬路旁邊一個看熱鬧的小孩子忽然在一隻羊面前蹲了下來，在牠頷下撈了一把。

劉荃很意外地高興起來。「可見是『人同此心』，」他想。

那孩子蹲在那裏對著羊的臉望著。「羊媽媽！」他突然叫了一聲，把聲音壓得很扁，像羊的叫聲。「羊媽媽！」

那隻羊淡漠地看了他一眼，「咩！」了一聲，隨即掉過頭去。

隊伍又開始向前移動。劉荃和機關裏的一個通訊員一同推著一輛囚車，囚車裏是孔同志扮的杜魯門。另一輛囚車是張勵扮的反革命。樂隊的調子一變，杜魯門與反革命從檻車裏衝了出來，戴著巨大的彩色面具跳跳縱縱，像西藏的「跳神」儀式。

各種賣吃食的小販都挽著籃子，在遊行的隊伍裏穿來穿去，輕聲吆喝著，兜售油條、麻花、麻球、奶油麵包、黃鬆糕。有時候擁不進隊伍的中心，就在旁邊陪著他們走。只有這些小販，倒真是自動地參加遊行。

遊行者為了經濟起見，大都是預先備下了早午兩餐，揣在口袋裏帶著麵包、冷饅頭、山東千層大餅、白煮雞蛋。排在劉荃這單位前面的是一家百貨公司的職工。劉荃看他們帶來的食物大家交換著，每樣嘗一點，有時也彼此開玩笑，你搶我奪吃得津津有味。

「中國人反正無論做一件什麼事，結果總是變成大家吃一頓，」劉荃想：「即使是像今天這樣，大家都認為是苦役，也還是帶著些野餐性質。」

然而無論怎樣善於苦中作樂，從早上走到中午，中午走到下午，面前依舊長途漫漫，也就撐不住這口氣了。

「我不行了，老陳，痔瘡要發了！」劉荃聽見他前面的一個店員在呻吟著：「早上三四點鐘起來了，天還墨黑，就從家裏出來——電車還沒出廠，只好走——走到公司去集合。你算算看有多少路！家裏住在提籃橋——足足穿過半個上海！」

「我也不懂，要那麼早集合幹什麼？」那老陳說：「排著隊站在那裏，一等等了三個鐘頭才出發。下次帶張小板櫈來坐坐。」

「操那，」那人輕輕地罵了一句：「哪裏帶得了這許多東西？十里路走下來，一斤重也變成了十斤重。」

「誰說不是呢，連件雨衣都不好帶。拿在手裏累死了，穿上身上悶死了。這天氣也說不定的，出起大太陽來，熱得你走投無路。」

「雨是一定要下的。哪一次遊行不下雨？」

這是一個老笑話了，說自從共產黨來了，每一次大遊行都碰到雨天。學習小組裏早已指出了這是一種要不得的「變天思想」，分明是說老天與共產黨不合作，共產黨一定站不長的。

老陳沒敢接口。老陳高高舉著竹竿，竿頂綴著一隻銀紙飛機。他那患痔瘡的同事也擎著根竹竿，上面卻是一隻紙糊的小白豬，像狄斯耐卡通中的人物，不知是什麼寓意。

担任舞獅的一個學徒把那紙紮的青色獅子揹在背上，疲乏地埋著頭前走。那獅子完全直立了起來，腰身很長很長，屁股圓圓地墜在下面，雖然不十分像人，反正毫無獅意。

人們手裏舉著的紅綠紙旗漸漸東倒西歪，如同大風吹折了的蘆葦。大家一步拖一步，時而向地下吐口痰，像大出喪的行列裏僱來的乞丐。

蕭蕭地下起雨來了。劉荃看見老陳與他那同事互相望了一眼，臉上同時泛起了苦笑。雖然是苦笑，也仍然帶有一種滿意的神情。

劉荃看到那笑容卻有些憎惡，他覺得那是阿Q式的滿足。

前面三叉路口有一個慰勞站，在那裏大聲喊著：「向大興公司的同志們致敬！大興公司的同志們，加油呀！向大興公司的同志們致敬！」

大興公司的職工們微窘地苦笑著。雨越下越大了。紅綠紙旗只剩下了一些光桿，一根根旗竿卻都直豎了起來。慰勞站的店員同志們用洋磁漱盂從大缸裏舀出冷茶，在密密的雨絲中遞到他們唇邊。

隊伍繼續前進。一個撐著大黑洋傘站在街沿上看熱鬧的女人忽然走上前來，「喂」了一聲，把一件舊雨衣向老陳手裏一塞。

「咦，陳家嫂嫂給老陳送了雨衣來！」職工的隊伍裏騰起一陣譁笑。

「噯，老陳，你太太真心疼你呀！你看，下這樣大的雨還等在這裏，怕你淋了雨受涼！」

「有孟姜女送寒衣，就有陳師母送雨衣！」

大家七嘴八舌取笑他，老陳漲紅了臉說：「人家老夫老妻了，吃什麼豆腐！」

他把竹竿挾在脅下，騰出兩隻手來，一頭走一頭扣雨衣的鈕子。黑洋傘已經走開了，遊行的隊伍已經走過了十幾家門面，同事們也已經停止打趣他了，老陳卻還在那裏紅著臉分辯：「我們是一點感情也沒有的。回去從來一句話也不說的。」又打了個哈哈，說：「哪是什麼心疼我——怕我傷了風過給小孩子們，那還差不多！」

沒有人接口。大家都是又冷又濕又疲倦。只有老陳旁邊那人蒼白著臉嘟囔了一聲：「痔瘡一定要發了！我曉得不對——一定要發了！」

「吃什麼豆腐！」老陳還在那裏臉紅紅地抗議著。他顯然十分得意，眼睛裏閃爍著快樂的光。

劉荃跟在他們後面走著，把這一幕看得很清楚。這些人都是在時代的輪齒縫裏偷生的人，他悵惘地想著。眼前他們不過生活苦些，還是可以容許他們照常過日子，可以在人生味中得到一點安慰。像土地改革那樣巨大的變動還沒有臨到他們身上。遲早要輪到他們的，他們現在只是偷生。但是雖然是偷來的，究竟是真實的人生。想到這裏，劉荃突然感到一陣難堪的空虛。

前面的隊伍轉了彎。他遠遠看見前面火炬的行列在寒雨中行進，火炬頭上的黃紅色的火舌頭縮得很小，在雨中流竄著，舐著那灰色的空白的天，像狗舌頭惘惘舐著空碟子，有一下沒一下。

劉荃大概是因為工作過度，那天淋著雨遊行回來，就患感冒躺下了，熱度久久不退。他們這機關裏的人生了病，都是包在一家市立醫院裏診治。劉荃到醫院裏去了一次，醫生說有肺病嫌疑，叫他明天再來透視一下。

青年學生與幹部患肺病的本來非常多，由於生活太苦。「個個幹部身上都生臭蟲，就稱臭蟲為『革命蟲』——那麼肺癆菌應當叫『解放菌』，」劉荃曾經這樣想著。終於輪到自己頭上了。

那醫院的門診非常擠，早晨七點鐘就得去排班掛號，站在那裏等著，下午二時起診，輪到劉荃看了病出來，天都黑了。走到楓林橋那裏搭公共汽車，車站上還有兩個婦人站在那裏等著，一老一少，劉荃覺得她們似乎有點眼熟，大概她們也是剛從醫院裏出來，不是病人就是探病的家屬。兩人雖然也一問一答地說著話，似乎並不是一路來的，也是在醫院裏認識的。那少婦穿著一件舊花布旗袍，十分寒素。另一個婦人有五十來歲，戴著眼鏡，胖胖的身材，手裏提著一隻洋磁食籃。

這地段相當荒涼，橋邊只有一盞黯淡的街燈，照著那灰白色的廣闊的橋身，此外什麼都看不見，連橋下的水都看不見。

劉荃忽然聽見一陣陣息息率率啜泣的聲音。是那少婦。

「鄭太太，快不要這樣，」那老婦人在旁邊勸著。

「盧太太，你說他說的這種話叫人聽了難受不難受，」那年青的女人一面哭一面說：「今天又在那裏說：『我不中用了，丟下你們怎麼辦，真得餓死！你無論如何要答應我，馬上就嫁人，孩子一個也別留下，統統獻給國家。』」她在嗚咽中忽然發出一聲笑聲來。「我沒好說的——這麼點大，獻給國家，國家要嗎？真不要了！非得要等你把他們養活大了，哼，那時候一聲說要，你不給可也不成！」

那老婦人起初沒有作聲，再開口的時候，聲音卻意外地強硬刺耳：「可不是嗎？要等到十六七，十七八，中學畢業——那歲數的孩子，正是最傻的時候，真肯賣命，送了命都不哼一聲！就是這時候最有用！我這孩子不就是這樣，去年參了幹，吃不了那苦，害了場大病，一生病馬上給送回來了。噯，有什麼辦法，我就是當當也得給他請醫生吃藥，好好的調養。後來總算好了，天天吃雞湯呀，牛肉汁呀，養得他胖胖的，跟他回來那時候簡直換了個人。興興頭頭的走了。這回又害傷寒，又給送回來，反正做父母的就是傻，自己哪怕喝粥，也得想法子讓他住醫院，天天熬了雞湯給他送去。這兩天總算見好了。好了他又要走了！」說到這裏，不由得也淌眼抹淚起來。

他們三個人只是三條黑影，映在那大橋的灰白色的駝峯上。劉荃稍稍走遠了幾步。很奇異地，他的第一個感覺僅只是：「上海人真是——還一點也不知道害怕！大概一直對他們還算是特別寬容。在鄉下或是別的城市裏就絕對不敢這樣亂說。——知道我是什麼人？可能是政治保衛處的特務，馬上可以逮捕她們。」

「非得逼著我，要我馬上答應他！叫我說什麼好，你說！」那少婦抽咽著說。

「不要難過了，鄭太太，生病的人說的話怎麼能當真？」那老婦人勸著別人，自己似乎已經平靜下來了。她一隻手提著食籃，一隻手挽著皮包，提著食籃的手又抬起來擦眼淚，那空的洋磁屜子往旁邊一側，滑了出來，豁朗一聲響。她低著頭整理那食籃。「唉，好了倒又要走了！」她說。

洋磁屜子又豁朗一聲滑了出來。

「我也和這老婦人的兒子一樣，」劉荃想：「我們是幸運的，國家『要』我們。現在全中國這樣無家的青年總不止幾千萬，都是把全生命獻給政府的。中國是什麼都缺，只有生命是廉價的。廉價的東西也的確是不禁用，」他悲憤地想：「許多人都是很快地就生了肺病，馬上給扔到垃圾堆上去。」

明天他再到醫院裏去透視，就可以知道他的命運。

公共汽車終於轟隆轟隆馳來了，搖搖晃晃載著一車的燈光。劉荃擠進那昏黃的燈下的車厢，方才覺得他又回到了人間。剛才那黑暗中的灰白的橋邊，那兩個婦人嗚咽的聲音，實在不像人境。

車上非常擠。現在一般人每天回家的時候都延遲了，工時延長，下班後還要學習，所以每天公共汽車要擁擠到八九點鐘，才漸漸空下來。

那橋邊的兩個婦人正擠在劉荃旁邊。那少婦眼睛紅紅地向前面直視著。那五十來歲的婦人臉上倒還薄施脂粉，嘴角浮著習慣的微笑，只是眼鏡玻璃的下緣汪著一抹淚痕。她們在車上一直沒有交談。

那洋磁食籃的邊上黃黃的膩滿了雞油，正抵在那少婦身上，隨著車身的震動，在她衣服上挨挨擦擦的。她憎厭地用力一推。

「噯——噯——」老婦人生氣地說，急忙托住了那滑出來的洋磁扉子。

賣票的油嘴滑舌在人叢中沙著嗓子喊叫：「喂，大家往裏軋軋！都擠在門口幹什麼？裏面又沒有老虎吃了你！——噯，請進去，請進去，客堂裏坐坐！」

有人嗤嗤地笑了。但是大多數人都不理會，只是攀著車槓站著打盹，把車票啣在嘴裏。疲乏的蒼黃的臉；玫瑰紅的狹長的車票從嘴裏掛下來，像縊鬼的舌頭。

第二天，劉荃又是早晨七點鐘就到醫院裏去排班。

內科病人排成一條長龍，在那暗綠粉牆的廣大的候診室裏折來折去，轉了好幾個彎，一直排到甬道裏。到了中午，排班的人有些就有家屬來替換他們出去吃飯。

下午的門診終於開始了。

劉荃忽然看見解放日報的戈珊匆匆地擠了進來，筆直地朝著診室的門擠過去。

難道她有優先權？太不民主了！

「怎麼這時候才來？」一個排隊的年青人叫了起來。「我等得急死了，眼看著就要輪到了。」

「你看我把時間扣得多準，不早不遲，剛巧這時候來，」戈珊笑著說。她挾著一隻深黃色硬紙大信封，裏面像是裝著X光照片。大概她也是肺病。

那青年生著一張白淨的小方臉，肥厚的小小的口與鼻，永遠攢著眉。劉荃記得剛才一直看見他焦急地向外面張望著。他也可能是報館裏的工役，一早到醫院裏來代替她排班。現在大家一律穿著解放裝，也看不出他是什麼身分與行業。

但是他擄起袖管來，卻露出腕上戴的一隻游泳錶，一個工友是買不起的。「你看你看，都快三點了！」他把錶送到她臉跟前，帶笑抱怨著：「人家好容易請了半天假，下午還又要遲到——」

「誰叫你來的，叫個工友來不是一樣？」

「老媽子們懂得什麼；待會兒排班排錯了，排到組織療法那兒去，或是外科、產科，不是害你白跑一趟！」

她噗嗤一笑。「你倒是不會排錯到產科那兒！排錯了自會有人把你趕出來！」旁邊的人鬨然笑了起來。那青年臉色微有些發紅，也跟著笑。

「得了得了，還不快走！」她不經意地把那黃紙大封套像趕蒼蠅似地拂了兩拂，把他趕開了，她自己站到他的位置上。

劉荃雖然排在她後面，隔得很遠，那隊伍卻是曲曲折折的，他就站在他們附近。戈珊一扭過頭來，剛巧看見了他。「咦，劉同志！好久不見了！」她立刻跑過來握手。「我正找你呢，打電話給你打不到——」

「哦，對不起，我這兩天請了病假。」

「怎麼病了？不嚴重吧？」

「沒什麼，有點熱度。」

戈珊一跑開，那青年只好又站到她的位置上去。他不耐煩起來了。「嗳，戈珊，我真得走了。」他向這邊嚷著。

「戈同志找我有什麼事嗎？」劉荃連忙問。

她把聲音低了一低。「現在計畫著要編幾本小冊子。最好能夠突擊一下。」

「哦。」

「你今天待會兒上報館來一趟。我七點鐘以後總在那兒的。」

她向他點了個頭，隨即回到她的崗位上。那青年現在可以脫身了，倒又站在旁邊不走。

「問得仔細一點，」他囑咐著，彷彿怕醫生診斷得不夠詳細。

戈珊只管把那大信封當扇子搧著，像是沒聽見他說話。然後她轉過臉來，彷彿忽然看見了他，立刻把眉毛一皺，眼睛一瞪。「還不走！」

那青年忙在人叢中擠了出去。

劉荃看他們這神氣，顯然關係不同尋常。這青年男子卻不像一個幹部，而像一個普通的薪水階級的人。當然也可能是被戈珊特別垂青的一個新幹部。以她的資歷與地位，也許也夠得上像丁玲那樣蓄有一個小愛人。

診室的門呀的一聲推開了，一個病人掙扎著往外擠。輪到戈珊進去了。

幾分鐘後，戈珊又匆匆地扣著胸前的鈕子，走了出來。門上裝著半截乳白玻璃，映出她的剪影，蓬亂的長髮披在背上，胸脯挺得高高的，青灰色布的夏季列寧裝，袖子捲到肘彎上，露出腴白的手臂。她真不像一個肺病患者。除了她的面頰似乎特別紅艷，有一種「北地胭脂」的情味。

她別過身來，把她那黃色大信封略略向他揚了一揚，作為打招呼，然後就在人叢中不見了。替戈珊排隊的那青年從醫院裏出來，叫了一輛三輪車，趕到他服務的中紡公司。他一走進辦公室，近門一張寫字枱上的一個會計馬浩然就嚷了起來。

「陸志豪來了！——噯，你這位老兄，你倒寫意的！今天大家幫著清點布疋，累得腰酸背痛，倒正好給你躲過了！」

陸志豪還沒來得及回答，另一個同事徐子桐便在旁邊代他解釋：「人家是正事，陪他令堂太太上醫院去看病。」

大家玩笑慣了的，陸志豪一時放不下臉來，只罵了聲「別胡說！」搥了他一拳。

一個紅幫裁縫看見陸志豪來了，走過來向他收賬。他們這裏的職工上上下下統包給這裁縫，每人做了兩套夏季解放裝。

馬浩然也還沒有付錢，掏出皮夾子來，嘴裏不斷地抱怨著：「這趟真冤枉，都是為了遊行，關照下來叫大家都穿新解放裝——後來不是說，北京都是穿了西裝遊行！早曉得這樣，壓箱底還有兩套舊西裝，也好拿出來派派用場！」

「你知道北京為什麼改變了政策？」那徐子桐是「天文地理無所不曉」的，立刻把肩膀一聳，頭往前一伸，湊上來輕聲說：「都是上次蘇聯作家愛倫堡到中國來，參觀大遊行，看見遊行的人統統穿著解放裝，就問旁邊的譯員：『這些人都是幹部嗎？』譯員說：『不，是老百姓。』愛倫堡說：『老百姓應當穿老百姓的衣裳，太整齊劃一了反而不好，像操兵似的，不像是自動自發地參加遊行。』所以北京這次遊行，喝！男的穿西裝，女的穿旗袍，高跟鞋，旗袍而且越花花綠綠的越好，聽說那兩天上理髮店電燙，簡直擠不上去。」

「唉，早曉得——」馬浩然一面咕嚕著，一面數出一疊鈔票來遞給那裁縫。

「噯，老馬，跟你商量，」陸志豪嘻皮笑臉把手臂圈在他肩上。「這兩天有一筆急用，你通融個十萬八萬的，月底發薪一定奉還。」

馬浩然忙搖著頭把皮夾子揣了起來，笑著在口袋上拍了拍。「這點錢借給了你，家裏開不出伙食了！」

「何至於？發了薪才幾天？」

「哪，你不信，算給你聽：按月的抗美援朝捐獻——這也是你老兄指名向我挑戰；民主挑戰，我也只好民主應戰，每月認捐一百個單位，一直到把美帝趕出了朝鮮為止。」

「對不起對不起，」志豪笑著說：「這回還是要請你幫幫忙，幫幫忙——」

「哪，一共剩下一百五十個單位，領了薪水走出這間屋子，人民銀行就在過道裏擺著小攤子，等著接受存款——算準了我們是哪一天發薪水。」

「現在真是無孔不入，」徐子桐也岔了進來，搖著頭嘆息著說：「人民銀行在電影院門口也擺著攤子，專門吸收存款。這還不夠，你看見沒有，那種賣糖人兒賣吊襪帶的玻璃櫃二把手小車，也讓人民銀行租了去當作活動櫃台，推著滿街跑。」

志豪半天插不上嘴去，只得搭訕著走開了。徐子桐悄悄地把肘彎推了推馬浩然。「老馬，你也是的——『財不露白』，明曉得他這兩天逢人就借錢，見了他逃跑還來不及，你倒大把的鈔票拿出來餽他！」

馬浩然皺著眉說：「我就不懂，他有什麼大漏洞，拖了這麼一屁股的債！」

「還不是為了女人！」

「為個把女人，又何至於鬧得這樣焦頭爛額。現在上海灘上，什麼都不便宜，就是女人便宜。」

「你不知道，他這位對象，提起此馬來頭大——」徐子桐急忙住了口，回過頭去四面張望了一下。

「什麼大來頭？最出名的交際花，現在也遷就得很。」

「噯，你不知道，他這位未婚妻是個黨員，以前在蘇北搞過工作的，生著很厲害的肺病。現在在解放日報當編輯。自從認識了小陸，就搬了他家去住著，把二樓闢作病室，醫藥費也完全由他担任。」

馬浩然有點將信將疑。「他們組織上不是管照顧麼？怎麼堂堂解放日報的編輯，生了病都不給醫？」

「舶來品的針藥該多貴呀。靠組織上給治，頂多來個什麼『睡眠治療法』、『運動治療法』，指望不藥自癒。」

馬浩然閉著嘴吁了口氣。「想必總是非常漂亮了，」他終於說。

「那當然了。不過聽說脾氣挺大，動不動抬出馬恩列斯來把小陸訓一通。」

「小陸這人也真傻。太不值得了。」

「我說他就像那些信佛的人『請經』一樣，把半部馬列主義請到家裏去供著。」

馬浩然不住地搖頭。「太不上算了！」

徐子桐卻點頭搖腦地微笑著。「據我所知，也並不完全是不上算。」

馬浩然倒是一聽就明白了，也向他作會心的微笑。

志豪看他們倆鬼鬼祟祟擠眉弄眼的神氣，也猜著一定是議論他。他坐在自己的座位上，實在有點坐不住，看看錶已經快六點了，今天索性遲到早退，濫污拆到底，大不了受檢討。早一點回去，在戈珊上報館以前還趕得及見她一面，說兩句話。天天總是他回去的時候她已經出去了。

他站了起來，去拿他的上衣。這兩天天氣乍暖，大家在室內都穿著襯衫，把上衣掛在牆上的一隻衣鈎上。重重疊疊一件件藍灰色的列寧服，完全一式一樣，無法辨認。他把手在一隻衣袋外面揑了揑，聽見一包香烟的紙殼微微發出響聲，掏出來一看，並不是他抽的那種牌子。連摸了幾隻口袋，才找到一條藍白格子大手帕，是他自己的，當然那件上裝也是他的了。偶爾一回頭，卻看見一屋子人都向他望著。他不由得漲紅了臉。

「不摸口袋，簡直不知道哪一件是自己的，」他一面把衣服拿下來，穿上身去，一面喃喃地說著。

沒有人接口，大家都又低下頭去辦公，但是似乎對他的行動仍舊很注意。志豪覺得他無形中受了很大的侮辱。他默默地走了出去。

到了家，他母親聽見他回來了，在樓下起坐間裏喊了一聲：「今天回來得早！」他唔了一聲，怕她喚住他說話，改作兩級樓梯一跨，三腳兩步上了樓。

戈珊在燈下坐著，把一隻小電筒拆開來裝乾電，像是正預備出去。

志豪挨著她在沙發上坐下來。「剛才醫生怎麼說？」他問。

「還不是那一套。」她把電筒一扳，對著外面的洋台。酒杯口粗細的一道淡黃色的光，穿過那黑暗的小洋台。

他覺得她已經跟著這道光出去了。「又要出去了！」他用嘴唇輕輕地咬著她手臂上的溫軟的肌肉。「在家裏休息休息吧。醫生不是說的，頂要緊是靜養。照你這樣成天跑來跑去，吃藥打針都是白費的。」

「白吃了，白打了，你心疼了。」她把電筒的光收了回來，在房間裏漫無目的地掃射著。

「你為什麼說這樣的話？」

「噢，我說錯了，你不是心疼錢，是心疼我，是不是？——少肉麻些！」她突然用力把他一推，沙發旁邊的一盞枱燈被撞翻了跌下地去，乳黃色水浪紋玻璃燈罩砸得粉碎。

「這是幹什麼？」志豪大聲說。

戈珊索性撈起一隻茶杯來往地下一扔，噹朗一聲響，茶杯碎成三四瓣。「你不是心疼錢麼？不心疼你嚷些什麼？」

「志豪！」他母親在樓底下喊著，似乎有些驚慌起來。「志豪！」

戈珊又抓起一隻厚玻璃烟缸，對準了穿衣鏡擲去。「倒要看你心疼不心疼！」她說。

志豪走到洋台上去站著，靠在鐵闌干上望著下面的小院子。

戈珊把電筒揣在口袋裏，走到那有裂紋的大鏡子前面掠了掠頭髮，把腰帶抽一抽緊，然後走出房去。

她下樓，陸老太太上樓，正在樓梯口遇見了。

「怎麼了？」陸老太太微笑著問。「嚇我一跳，聽見唏玲晃朗響。」

「是我砸碎了兩隻碗，」戈珊笑著說。

「喲！讓李媽來掃出去吧，在屋子裏穿著拖鞋，別踩在碎磁上。」隨即叫了聲「李媽！」又說：「戈小姐不吃飯出去？就要開飯了！」

陸老太太見了面總是客客氣氣，但是她對於戈珊搬進來住是非常反對的，認為這樣的人「惹不起」，等於引狼入室。然而反對無效，兒子也有這樣大了，管不住了，又趕著這婚姻自主的年頭兒，對方又是個共產黨，現在正是得勢，她也只好自己譬解著，倘若有這樣一個媳婦，在這亂世倒也是個護身符，不失為「以毒攻毒」。

她這種心理，戈珊非常明瞭，並且就連志豪也不免有類似的思想。人類是奇異的動物；即使是最隱秘最真摯的感情裏，有時候也會夾雜著一些勢利的成分，在志豪的眼中看來，她是這城市的征服者，是統治階級的一員，是神秘英勇浪漫的女鬥士。他不免有一種攀龍附鳳的感覺。而最使她感到難堪的是：事實上她絕對沒有他想像的那樣重要。她的政治生命不過到此為止了，她自己知道。過去她為了黨，把自己的健康毀了，而在全面勝利後的今日，她還得靠出賣她一點殘餘的青春給自己付醫藥費。這是她連自己也不願意承認的。

她總告訴自己她並不是不愛志豪。不過她實在討厭他那種婆婆媽媽的溫情。永遠小心翼翼偷偷摸摸的，認為於她的健康有礙。她需要的是一種能夠毀滅她的蝕骨的歡情，趕在死亡前面毀滅她。而他不斷地使她記起死亡。有時候他使她已經死了，他是個痴心的嬰孩伏在母親的屍身上吮吸著她的胸乳。

她是這衖堂裏唯一的一個「夜歸人」，隔鄰都聽見她每天深夜回來撳鈴，叫門。今天卻回來得特別早，還不到十一點鐘。而且不是一個人回來。

她約了劉荃到報館裏談話，商量著編寫一些抗美援朝的小冊子，第一本暫名「美帝侵華史」，把近百年中國歷史上一切不幸事件都歸罪於美國。

「美帝的爪牙是隱藏著的，不像德日帝國主義那樣的顯露，」戈珊解釋著。

他們費了很多的時間商討怎樣證明美國是德日的幕後主使人。戈珊那裏有一本書可供參考，但是剛才從家裏吵了一架出來，匆忙中忘了帶出來，所以這時候叫劉荃跟著她回去拿。

「你住在你們宿舍裏麼？」劉荃問。

「不，我住在親戚家裏。」

劉荃也沒有再問下去。所有工作上接觸到的同志們的底細，都不應當多打聽，那是觸犯紀律的。但是劉荃不免在心裏忖量著，她所謂親戚是否就是今天醫院裏的那個青年。他覺得很有趣。今天他在醫院裏透視過了，肺部完全健康，所以突然感到輕鬆起來，彷彿白拾到了幾十年的光陰，心情很閒適，到哪裏都像是觀光性質。

戈珊這家親戚住的是半西式衖堂房子，由後門進出。有一個女傭來開門。戈珊領著他進去，一同上樓，一面聽見樓下房間裏一個老婦人高聲問：「李媽，是誰呀？」

「是戈小姐，」那女傭回答。

稱戈小姐而不稱同志，可見是一個標準小資產階級家庭，劉荃心裏想。樓下的穿堂裏放著一隻舊式的衣帽架，兩邊的房門都開著，射出燈光來。有一間屋子裏開著無線電，是提琴獨奏，那音樂很是淒涼宛轉。

戈珊一聽見志豪的屋子裏開著無線電，就知道他算是負氣，不在樓上等著她。那樂聲越是如怨如慕如泣如訴，越使她覺得討厭。

到了樓上的房間裏，戈珊把電燈一開，看看地板上的碎磁片倒是都已經掃乾淨了。她讓劉荃坐下，把那本書找了出來遞給他。

「你先大略地看一遍吧，有什麼疑問，可以現在就提出來，大家研究研究。」

她掏出香烟來敬了他一支，自己也點上一支烟，向一張沙發椅上一坐，身子直溜下去，像是疲倦到極點，兩隻手插在褲袋裏，兩隻腿平伸出去，伸得老遠。

那女傭忽然出現在門口，但並不是送茶來。她咳嗽了一聲，說：「戈小姐，聽電話。」

戈珊一看她那尷尬的臉色，而且明明沒有聽見電話鈴響，就猜著一定是志豪派了傭人來，借著聽電話的名義把她叫到樓下去，好和她吵鬧。她知道他一定覺得很刺激，時間這樣晚了，她還把男朋友往家裏帶，已經過了十二點了，他的無線電也已經停止了。

當著劉荃，她自然不便說什麼，只得站起身來走了出去，卻隨手把房門帶上了，就在門外向李媽說：「不管是誰，你去替我回掉他，就說我這會兒辦公呢，叫他明天再打來。」

「我搞不清，您去跟少爺說一聲吧，」那女傭囁嚅著說：「是少爺叫您出來——」

戈珊不耐煩地打斷了她的話：「告訴你人家這會兒忙著呢，還儘著囉唆！給我回掉他就是了。」

這兩天天氣炎熱，一關上了門，房間裏就感到悶熱，劉荃心裏想她出去的時候帶上門，大概一定是他們的電話就裝在二樓的過道裏，她不願意讓人家聽見她說話。等到她進來的時候，仍舊隨手關門，他卻並沒有注意到，因為這時候另有更可注意的事發生。她一進來就走到他旁邊，在他的沙發扶手上坐下了，低下頭來看他那本書看到了什麼地方。這本來也不值得大驚小怪，但是她那件列寧服裏面似乎沒穿襯衫，又少扣了一隻鈕子。從這角度過去，看得非常清楚那深V字形的衣領裏掩映著的兩隻白膩的圓球。那是陽光曬不到的地方，皮膚由微黃泛入潔白，正像蛋捲裏托出的雪糕球。劉荃當時僅只是感到震動與恍惚，像一個小孩在櫥窗裏看見奶油蛋糕，忽然發覺櫥窗上並沒有裝玻璃，一伸手就可以拿到了。

他如果馬上赧然站起來就走，他覺得未免太滑稽了。而且他也像一切天真的人一樣，有一種好勝的心理，不願意被人家知道他的天真。他要裝出滿不在乎的神氣，彷彿並沒有注意到這些，然後借一個藉口，很自然地站起來告辭。

戈珊彷彿嫌坐得不穩，伸出一隻手臂來搭在沙發背上，另一隻手伸到劉荃前面來替他掀著書頁。那本書漸漸地越寫越不通了，莫名其妙，不知道在說些什麼？劉荃的肩背上彷彿熱烘烘地貼著兩隻燈泡。然後他忽然發現她掀書的那隻手被他握住了。他聽見她笑。她的笑聲那樣近，近得只是一陣暖熱的鼻息，然而那聲音聽上去又像是異常遙遠，像是雲裏霧裏隱隱聽見一種金屬品的叮噹。

她掙扎著不讓他撫摸她的手臂，但是越是掙扎，接觸越多，他甚至於可以分明地感覺到那兩隻乳頭，像柔軟的掀起的小嘴，鈍鈍地在他背上擦來擦去。

他突然合起書站了起來說：「我得要走了。」

「為什麼突然要走了？」她微笑著望著他，搭在沙發背上的一隻手臂折過來，把香烟送到嘴裏去吸了一口，不經意地彈了彈身上的烟灰。

「回去太晚了，宿舍叫不開門。」

他檢點剛才記的筆記，摺疊起來夾在那本書裏。有一張紙，不知道什麼時候被風吹到洋台上去了，吸在鐵闌干腳下貼著。他走出去拾。

戈珊把他的帽子從桌上拿起來，頂在手指上呼呼地旋轉著玩，也跟到洋台上來。劉荃伸手來接帽子，她卻把手一縮，藏在背後。他伸手來奪，她從這隻手遞到那隻手。他搶帽子的結果卻是抱住了她，他自己不知道抱得多麼緊，只覺得在黑暗中她壓在他胸膛上，使他不能呼吸，像一個綺麗而恐怖的噩夢。

「為什麼突然要走了？」她仍舊問。他覺得她在笑他。當然她知道他要走是因為衝動得太厲害。

他一次次地吻著戈珊的腮頰與耳朵，與肘彎裏面。他自己覺得很奇怪，在這樣的狂熱裏，仍舊有一部份的腦筋清醒得近於冷酷。他不吻她的嘴唇，因為她有肺病。剛才在她房間裏看見許多瓶瓶罐罐，ＰＡＳ與肺病特效藥。同時他也感到不安，那洋台上雖然黑暗，房間裏的燈光正把他們的剪影映在一個明亮的背景上，而且他開始注意到樓下的小院子裏的人——黑暗中現出紅紅的一點火星，是香烟頭上的火光。的確是有一個人吸著烟走來走去——現在似乎倚在鐵門邊。

「樓底下有人，」劉荃低聲說：「看得見我們。」

「去把屋裏燈關了，不就看不見了？」

他真的去關燈。

「你知道開關在哪兒嗎？」戈珊一路笑著，也跟了進來。「別揿錯了叫人鈴。」

「你就說得我那麼糊塗。」

一片黑暗拍地打在臉上。

戈珊不知道在哪裏。他幾乎絆倒了一張椅子，終於在房門邊上捉到了她。

然而這間房間裏的電燈一滅，簡直像一個信號似的，立刻把樓下的志豪召喚了來。

有人在外面敲門。

「你看，一定是你剛才揿了鈴，把傭人叫上來了！」戈珊吃吃地笑著。

「沒有沒有，我沒有！」

敲門之外又霍霍地旋著門鈕。幸而剛才電燈一滅，戈珊就去把鑰匙轉了一轉，把門鎖上了。

「什麼事？」劉荃輕聲問，心裏卻已經明白了一大半。「失火了？」他嘲笑地問。

「也許，」戈珊說。

「那是什麼人？」

「管他是誰！怎麼，你害怕？」

「我怕什麼？」

「不怕，那你老問幹嗎？」

蓬蓬蓬，更加瘋狂地拍著門。

這樣才夠刺激，戈珊想。她在黑暗中像是關閉在一隻絲絨墊底的神奇的箱子裏，在波濤險惡的海洋上漂流著。

真正的危險是也沒有的，她知道志豪的為人。小資產階級的文明限制了他，他失去理性也只到這地步為止，徒然在僕役面前出這麼一場醜，決不會再進一步拿斧頭來砍破房門。明天一早她送劉荃出去，也不怕樓梯口有人握著手槍躲在陰影裏等候著，但是也難說，有時候狗急跳牆，把人逼到真正無法下台的時候，是什麼也幹得出來的。她喜歡危險的氣氛，它使她身上每一根神經都蘇醒了過來。劉荃這小傻子也實在是可愛。而且她知道，對於他，她是開天闢地以來第一個女人，至少是第一個裸體女人。她做了他的夏娃。

此後劉荃沒有再去找她。他告訴自己這僅只是一個偶然發生的事件，如同汽車肇事。但是事實上他無時無刻不想到她。不一定想到她這人，而是單純作為一個女人的肉體。他對自己這種心理覺得驚訝、羞慚，但是也拿自己沒有辦法。

戈珊曾經打電話給他，說她搬了家，把她的新地址告訴了他，他也沒有打算去。但是有一天終於還是去了。

戈珊在一家白俄咖啡館背後賃了一間房間住著，那白色的房子後面架著個小樓梯，綠漆鐵闌干，水泥梯級，一直通到她房門口，所以也可以說是獨門獨戶。大概她也就是圖它進出方便。房間是陰暗而不整潔的，蒼綠的粉牆，椅背上與床闌干上永遠掛滿了衣物。到處是污穢的玻璃杯，一撮撮的烟灰。陽光濛濛地從紫紅布的窗簾裏透進來。在那薄明中，這一切是有一種浪漫氣息的。

劉荃每次抽空溜來一遍，永遠是在上午或是午後兩三點鐘。戈珊這樣幹報館工作的人是以晝作夜的，他來的時候她總是從床上爬起來，睡眼惺忪來開門。他走的時候她又在酣睡著。他覺得他只生活在她的夢境中。

一天到晚昏天黑地的鬼混著。想到黃絹的時候，他覺得說不出來的慚愧，但是心裏的矛盾太多了，不願意想到的事情也太多。也就像「蚤多不癢，債多不愁」一樣，日子也就這麼過下來了。

這一天下午，他為了一點公事，到樓上趙楚的辦公室裏去，在房門上敲了兩下。裏面一隻搖頭電扇嗡嗡響著，他彷彿裏面叫他進去，只是被風扇的聲音蓋沒了。

他把門一推，卻怔住了，看見趙楚與周玉寶夫婦倆鄭重地握手。這趙楚生就一張赤紅的長方臉，粗濃的眉毛，也說得上一貌堂堂，他微微躬著身，放出那最誠懇最熱烈的笑容向他太太望去，玉寶也濃濃地堆出一臉笑容，眼睛裏射出愉快的光輝，兩人緊緊地握著手，一上一下用力搖撼著。

劉荃急忙把房門輕而緩地掩上，沒關上之前，聽見玉寶在說，「再來一遍。」

「來，擁抱一下，」趙楚說。

劉荃知道他們演習的是俄羅斯式的擁抱，很快地把兩邊面頰各吻一下，這是現在通行的國際友人間的儀節，講究的是抱得要緊，吻得要快。難處就在誰先吻誰，不經預先約定，而又一味要快、快、快，很容易雙方的動作起衝突，撞痛了臉和鼻子。在賓客眾多的大場面裏，大家蜂擁而上，一連換上一二十個人，都是刮辣鬆脆左頰一個響吻，右頰一個響吻，把頭左一轉右一轉，真要轉昏了。的確需要事先下一番苦功練習。劉荃並且聽見說，中共最重視的就是酬應蘇聯友人的禮節，一點都錯不得。中級以下的幹部，稍有一點失儀的地方，當場就會嚇得魂不附體，知道要受最嚴厲的處分。就連趙楚這樣有軍功的人也不是例外。想必他們夫婦總是要赴什麼重要宴會，所以在這裏私下演禮。

劉荃揑著一把汗走下樓去，心裏想幸而沒有被他們發覺。如果知道被他看見了，不一定馬上當面發作，但是總有辦法收拾他的。他回到自己的辦公室裏，沒有一會工夫，忽然有個通訊員來叫他。

「周同志請你上去一趟。」

劉荃不覺皺眉，心裏想到底還是被她發現了。他惴惴地走上樓去，來到玉寶的辦公室裏，她卻是一個人在那裏，此外還有一個裁縫。玉寶這一向常常叫裁縫來做旗袍，在舉行晚會的時候穿，特別是有國際友人在座的場所，這也是最近一般政府首要的愛人間的一種風氣。這裁縫是蘇州人，和玉寶言語不通，所以總是把劉荃叫上來當翻譯，劉荃勉強可以說幾句上海話。這一類的差使總是落在他頭上，張勵還因此取笑過他，屢次說：「上司太太這樣離不了你，你小心，上司要吃醋了。」

「上司倒不一定吃醋，」劉荃心裏想：「同事倒吃醋了。」

這一天他看見那裁縫在那裏，方才放下心來。裁縫送衣裳來，他那大白包袱裏還包著些別的主顧的衣服，內中有一件織錦緞旗袍，被玉寶看中了，叫劉荃問他這衣料什麼地方有得買。

那裁縫身材矮小，一張柿子臉，又是黃澄澄的橫寬的「銅盆柿」。臉上永遠是一種微帶諷刺性的微笑，穿著一身舊綢衫褲，背剪著雙手站在那裏。「這種花樣外面沒有的，」他酸溜溜地微笑著說：「毛主席太太在杭州一家廠家定織了一件。一共兩丈料子，剪剩下來還夠做兩件，這是此地一個銀行經理太太買到了一件。」

劉荃覺得替他照翻不大妥當，但是玉寶一味追問，劉荃只得把他的話複述了一遍，又說：「這話毫無根據。可能是他那主顧吹牛。」

玉寶卻說：「聽說北京她們是穿得非常講究。應該的嘛——一天到晚有國際友人請客應酬，不然氣派不夠。現在人民生活改善了，大家穿得好些也是應當的，上級應當起帶頭作用。」

她把那件旗袍攤了開來，仔細翻來覆去看著。「國際友人尤其贊成織錦緞，」她說。

這是件黑緞子上面織出小小的金色花瓶，隔得不遠不近，四平八穩一隻隻一寸來高的金瓶。空處穿插著一些金色雲頭，與短短的金色飄帶，排列得很板滯。但是就連劉荃這樣外行的人看來，也覺得確是花樣別致，似乎從來沒有看見過。那裁縫的話大概是可信的。

裁縫早已把玉寶新做出來的那件花綢旗袍揀了出來，放在沙發上。

「好，好，你們都出去，我試衣服，」玉寶說。

她攆他們出去，那裁縫卻先忙著把那件名貴的織錦緞袍子摺疊起來，收到包袱裏，把包袱一紮，提在手裏匆匆地往外走。

「幹嗎帶出去？這麼一會兒工夫，擱在我屋裏不放心呀？」玉寶生氣地嚷了起來。

那裁縫也確是怕她要拿著穿一穿試試，他尷尬地苦笑著，喃喃地連聲說「哪裏哪裏，」把一個柿子臉攝得像個柿餅似的，灰暗而有深的皺摺。

劉荃乘她那一攆，早已走得無影無蹤了。

黑色的背景上，小金瓶的圖案……他常常想起它。

其實毛主席的愛人在杭州定織幾件衣料，又算得了什麼，究竟他們並沒有像滿清的皇帝制定一個「江南織造」的官銜，專司供應御用衣料。他們這並不算怎樣豪奢的享受，不過他想到他們這一點享受是無數中國青年的血換來的，他不由得痛心。

玉寶積極準備著參加的那宴會，就在這兩天內。在宴會的次日，玉寶又為了要出席一個會議，叫劉荃給她擬一篇演說稿。他擬好了給送上樓去，卻老遠就聽見賴秀英的聲音在玉寶的辦公室裏，兩人一會率率索索，一會又大說大笑的，似乎親熱異常。劉荃非常詫異，因為一向知道這兩個人是水火不相容的。

「真沒瞧見過……」

「還扭上去朗誦普希金……」

「——進『破鞋』！」

老區稱蕩婦為「破鞋」。她們似乎是在議論著昨天宴會上的一個浪漫的女性。有了一個共同的攻擊目標，無怪她們同仇敵愾起來，忽然談得這樣投機。

「真不要臉！你看見她對那蘇聯專家那神氣？」周玉寶說：「淨找著他鬧！」

劉荃走了進去，玉寶就接過那篇演說稿來看。賴秀英還在旁邊說：「她自己也灌了不少伏特加。」

劉荃一離開那間房，又聽見賴秀英帶笑高聲說：「是他們社長說的：『我們的戈珊同志不會說俄文哪？——人家眼睛會說世界語！』」

「還他媽的怪得意的呢！」周玉寶說。

劉荃怔了一怔，心裏想原來是說戈珊。「他們社長」總是解放日報的社長了。

他雖然明知道戈珊是什麼樣的人，但是聽見這些話，不免總覺得有點刺激，當天下午就借了個藉口溜出去看她。

已經快到她上報館的時候了，她還沒有起床。

「酒醒了沒有？」劉荃微笑著說，在床前的一張椅子上坐了下來。

「也沒喝多少。」她咳嗽得很厲害。「你消息倒靈通，怎麼知道的？」

「那蘇聯專家告訴我的。」

戈珊稍稍呆了一呆，隨即笑了起來。「別胡說八道了！」

「怎麼？就不許我認識個把蘇聯專家？」

戈珊恨恨地橫了他一眼。

「我不懂世界語，」劉荃笑著說。

「什麼？」

「世界語我沒學過，你用眼睛對我說話是白說了。」

戈珊探身過來打他，用力過猛，往斜裏一栽，倒在他的身上格格地笑。「你這傢伙真可惡，越學越壞了！」

「跟誰學的？」

戈珊嗤嗤地笑著。「我知道你是跟誰學的？」她把頭枕在他膝蓋上，仰著臉望著他，伸手撫弄著他的面頰。

他扳開了她的手。

戈珊知道他心裏仍舊感到不痛快，就噘起了嘴說：「不行，你得告訴我，是哪兒聽來的這些話。」

「我不是告訴你了麼，是那蘇聯專家說的。」

「什麼蘇聯專家？我知道，還不是你們那兒兩個姑娘們造的謠言！那兩人都是道地的土包子，見了外國人嚇得沒處躲，看見別人出風頭可又要吃醋，背後就去糟蹋人家，什麼話都說得出來。」

劉荃覺得這話倒也很近情理，周玉寶與賴秀英恐怕也的確有這種心理。

戈珊從他的臉色上看出他已經搖動了。「女人都是妒忌心最強的，」她又說。

「是嗎？我也聽見說。」劉荃微笑著說。

「女人像我這樣的真少，」戈珊說：「我倒是從來不妒忌的。」

「是嗎？」

「是嗎，是嗎——幹嗎這樣陰陽怪氣的？」

她繼續撫摸著他的臉，他也撫摸著她。

她怕癢，身子一扭一扭，頭枕在他的膝蓋上，也溜了下去，倒掛在空中。那美艷的臉龐顛倒著看，彷彿更加美艷。劉荃想起小時候在校園裏，在金黃的夕照裏把頭向後仰著，仰到不能再仰了，倒看著滿天的霞彩與青蔥的園地，一切都特別顯得鮮艷欲滴。

他忍不住伏下身去吻她的白嫩的喉嚨。

「真的，我從來不妒忌的。你有別的女朋友我絕對不干涉，」戈珊說。

「哦。」他吻到別的地方去了。

「你從來不把你過去戀愛的事情講給我聽。」

「我沒什麼可說的。」

但是她一定逼著他說。

「你自己的事從來不告訴我，倒儘著查問我，」劉荃說。

「我告訴你你要吃醋的，你告訴我我不會吃醋的。」

「你這種態度真好，可惜遇到我這麼一個人，根本就沒有吃醋的機會。」

「還要賴，還要賴！」兩條白蛇緊緊地匝住他的頸項。「勒死你！今天非得要你把那女朋友的事招出來！」

「什麼女朋友？」劉荃並不是存心欺騙她，但是他實在不願意在她面前提起黃絹的名字，尤其是在這樣的情形下。

但是後來戈珊說：「告訴你，我早已充分掌握了材料，不過是給你一個坦白的機會！」

劉荃笑了起來。「你這一套逼供的手段我也會。」

「真是不識好歹，」戈珊在他額角上重重戳了一下。「——不要你了！給你頭上貼一張郵票寄到濟南去。」

劉荃震了一震，笑著說：「濟南？」

她向他笑。「寄給濟南團支部黃絹同志。」

「你怎麼知道有這樣一個人？」

「哼，告訴你：我的情報網比你深入，而且我的情報是絕對正確的，不像你，聽了點沒根據的話就來跟我亂發脾氣！」

那天他離開她那裏的時候，一直在那裏猜測著她是從哪裏打聽到的。他覺得實在有點奇怪，因為黃絹和他的事根本可以說沒有一個人知道。然後他乘電車回去，在電車上掏錢買票的時候，忽然靈機一動，把他裝零碎鈔票的那隻舊信封拿出來看了看。黃絹寄給他的信很多，他一向總是利用那信封裝錢，可以隨身帶來帶去，彷彿也是一種安慰，已經成了習慣。那信封上的郵戳雖然可看出是濟南寄出的，寄信人的名字卻只有「黃緘」兩個字。但是在這勵行節約的時候，大家寫信都是把舊信封翻過來再用一遍，所以她這封信也就是他寄給她的，裏面赫然寫著她的姓名住址。戈珊當然有很多的機會翻他的口袋。信封破了就再換一隻，她可以看出他們是經常通信的。一定就是根據這一點線索。不過他知道，下次他問她，她一定仍舊故作神秘，不肯說實話的。

他把那破舊的信封又揣到口袋裏去。近來越來越怕寫信了，也怕接到她的信。雖然大家說來說去只是幾句冠冕堂皇互相鼓勵的話。

他覺得他應當把實話告訴黃絹，叫她不要等他了，他不值得她愛。會有比他好的人去愛她的。至於他，讓他去吧，他已經習慣於黑暗。少女是光，婦人是溫暖。眼前他所要求的只是一點溫暖。他對於戈珊沒有存著什麼幻想，但是他覺得她也很可憐。她是和他一樣被欺誑的，在學生時代就跟著共產黨走，現在她什麼都完了，她不但有病，心理上的病態也很嚴重，所以她把男女關係看得那樣隨便。他覺得她需要一個人去愛她。她或者會好起來。

有時候他這樣想。有時候他又懷疑他只是貪戀著那迷人的肉體，而又不能正視這單純的事實，所以要加上這麼許多解釋。

在一個酷熱的下午，他到她那裏去，突然天色陰黑，下起雨來了，而且下得很大。劉荃扶著闌干，沿著那露天的小樓梯走上去，潮濕的水泥梯級已經成了暗黃色，上面黏著一兩片洋梧桐嬌黃的落葉。他揿了半天鈴沒有人開門，她一定是出去了。他從口袋裏掏出筆來，又找出一張紙條子，抵在那綠漆小門上匆匆寫了兩行字，「來訪不遇。明天下午或者能來。」下面沒有署名。她會知道是他。他把那張紙雙摺了一下，彎下腰來從門縫裏塞了進去。

一陣狂風吹過來，她那紫紅布窗簾突然鼓盪著，從窗戶裏飛了出來，飄在半空中，像是向他揮手。跟著就又往裏面一吸，吸了進去。密密的雨點也跟著往裏掃射，可以聽見它沙沙地打在桌上，像撒豆子似的。劉荃不禁有些担憂，想起他們編的那小冊子的校樣，前兩天看見她從報館裏帶回來擱在那張桌子，不知道還在那裏不在，恐怕全打濕了。那窗戶離那樓梯有好幾尺遠，也沒法替她關窗。

他轉過身走下樓梯，快到人行道上了，忽然隱隱地聽見一聲「砰！」回過頭來一看，那玻璃窗已經關上了。成片的雨水在那玻璃上流著，那紫紅色的窗簾靜靜地被關閉在玻璃裏面。

劉荃站在那裏，茫然地向上面望著。然後他很快地走了，心裏充滿了憤怒。

她那裏向來除了她自己，什麼人都沒有。聽她說有時候叫白俄房東的女傭替她打掃打掃房間，但是如果是那女傭，外面揿鈴揿得這樣啊，也絕對沒有不開門的理由。

第二天他再到她那裏去，有一個黑紅膚色的青年在那裏，是文化局警衛科的人。戈珊的態度很自然，替他們介紹之後，大家隨便談著。但是劉荃憋了一肚子的話要質問她，對於這種浮泛的應酬式的談話實在感到不耐煩。那青年雖然也不大開口，卻老是坐著不走。大家就這樣乾迸著，等著看誰把誰迸走。

談話一直延長下去。劉荃有意無意地抬起手來看了看錶。他趁著出差，彎到這裏來一趟，實在應當走了。

「你別性急，」戈珊說：「魏同志大概也就快來了。他們這些忙人，約了時候向來不算數的。」

「哪個魏同志？」那青年問。

「還有誰？」戈珊笑著說：「就是你們的老魏。」

「他要上這兒來？」那青年顯然吃了一驚。

戈珊似乎不願意多說，含糊地應了一聲，然後把下頦微微向劉荃努了努。「喏，這位劉同志有點事找他，我約了他們在這兒見面。」

那青年像是恐慌起來，隨即搭訕著站起來匆匆告辭走了。

「你看討厭不討厭？」戈珊伸了個懶腰，「要不是我抬出他的上級來嚇唬了他一下，還不肯走呢！」

劉荃沒有作聲。

戈珊見他滿臉不快的樣子，立刻向他身上一坐，又委屈又疲乏地把臉埋在他肩窩裏。「知道你今天要來，特為在這兒等著你，這小鬼偏跑了來賴在這兒不走——就有這樣不識相的人！

真氣死了！你昨天淋著雨沒有？」
劉荃半晌才答了聲：「還好。」
「我真倒楣，在外灘，剛趕上。」
「哦，我還當你在家裏呢，看見你關窗戶。」
「活見鬼了！」戈珊張大了眼睛望著他。「我在家怎會不開門？」
「我怎麼知道呢？」
「你又瞎疑心！」她頑皮地搥了他一下，「怎麼你看見有人關窗戶？是誰？是我呀？」
劉荃懶懶地說：「反正不是你就是另外那個人，又有什麼分別。」
戈珊一聽這話，顯然他並沒有看清楚是什麼人，連是男是女都不知道。她立刻理直氣壯起來，一歪身從他膝蓋上溜了下來，坐在沙發上把他亂推亂撞。「得了得了，你走吧！我受不了！一天到晚找岔子跟我鬧，老是瞎疑心！我告訴你吧，昨天不錯，是有人在這屋裏！就是今天來的那小王。他是結過婚的，他女人在新聞出版處做事，兩人一個住在男宿舍裏，一個住在女宿舍裏，所以沒辦法，跟我商量，借我這地方會面。」
「哦，」劉荃微笑著說：「這也不是什麼違法的事，人家是正式的夫婦。幹嗎要你這樣替他們守秘密！」

「我這不是告訴你了嗎？先我沒說，也是因為怕你不樂意，覺得我這兒成了個小旅館。——真討厭，那小王，剛才還在那兒磨著我，下星期還要來。所以老坐著不肯走呢！」

他明知道她是說謊，雖然她這謊話說得相當圓。

她又和他糾纏著。擁抱著她的時候，他心裏想這樣的女人，他就是在她裏面生了根，她也仍舊是出牆紅杏。她的眼睛向他笑，真正的她似乎在那微笑的眼睛的深處閃爍著，永遠可望而不可及。這使他更瘋狂地要佔有她。

在他的瘋狂接近頂顛的時候，忽然門鈴響了。

「是誰？不要是魏同志吧？」劉荃說。

「唔？」

「你忘了？小王的上司。你不是說他要來嗎？」

兩人同聲笑了起來。

「不要真是說著曹操，曹操就到，」劉荃說。

外面的人繼續揿鈴。

「讓他揿去，」戈珊說：「管他是誰。」

又揿了很長的兩響。劉荃有點不安起來。

「別理他，」戈珊說。

鈴聲終於停止了。似乎人已經走了。但是房門下面忽然出現了一個白色的小三角，面積漸漸大了起來，是一摺疊著的便條，從門底下塞了進來。

劉荃不由得想起昨天他自己站在門外撳鈴的情形，並且昨天那時候房間裏面又是什麼情形，也如在目前。

他覺得這一切都是那樣污穢黯淡，而且稍有點滑稽。

他突然坐起身來穿衣服。

「怎麼回事？要走了？」戈珊詫異地笑著。

劉荃沒有回答。

她隨即生起氣來。「你這腦袋完全封建，送封信來都要吃醋——吃得哪一門子的醋？發了昏了！你憑什麼資格管我？好，你走，你走，以後可再也別來了！以後咱們誰也不認識誰！」

劉荃默默地坐在床沿上俯身繫鞋帶。

戈珊的一枝香烟一直不離手，她突然一把抓住他的胳膊，把香烟使勁撳在他胳膊上。他想甩開她，但是她下死勁撳住了他不放。被燒灼的皮膚絲絲作聲。他奪回了手臂，一句話也沒說，走了出去。

八

這一向報紙上加緊宣傳「肅清披著宗教外衣的帝國主義份子」。有一個摩納哥人名叫黎培里，忽然成為新聞人物。戈珊奉命搜集材料，證明他的反人民罪行。

黎培里這名字一向不見經傳，戈珊在資料室裏查了半天，像大海撈針一樣，最後總算找到一則新聞，原來他曾經被任為外交使節，有一張舊報紙上刊出一張模糊的照片，是他謁見國民政府的首腦呈遞國書的時候拍攝的，並且刊載著國書的全文，無非是照例的一套官樣文章，希望兩國的邦交有增無已，對於中國國民政府的領袖蔣介石表示欽仰，並且深信中國在他的領導下必定日益向光明燦爛的前途邁進。

戈珊連讀了兩遍，心裏想如果根據這篇文字就證實黎培里是勾結國民政府的特務，那麼所有的外來使節都呈遞過這樣善頌善禱的國書，連蘇聯的大使都不是例外。但是實在找不到別的資料，也只好拿了去搪塞一下。

領導上對於黎培里的案件十分重視，所以她立刻把那張報紙送到社長室去請他審核一下。她在房門上敲了敲，聽見社長藺益羣的聲音說：「進來。」她一推門進去，原來有客在那裏，坐在藺益羣的寫字枱左側，兩人吸著烟閒談著。戈珊認得那是新華社社長申凱夫。

「嗳，戈同志——好吧？」申凱夫向她點頭微笑。他生得高而胖，蒼白的臉上戴著新型的熊貓式黑邊眼鏡。頭頂已經半禿了；也許是由於一種補償的心理，鬢髮卻留得長長的，稍有點女性化。穿著一套纖塵不染的雪青夏季西裝。

「我們在這兒談京戲，」藺益羣笑著向戈珊說。

「趙筱芳不錯，」申凱夫輕描淡寫地說了一聲，彷彿是他剛才已經說過了的話。

「就是表情太足了。」藺益羣吃吃地笑了起來。「你看了她的『玉堂春』沒有，唱到『那一日梳妝來照鏡，』就真比劃著，一隻手握著鏡子，一隻手握著篦子，大梳特梳。唱到『奴就指著自己鼻子，一個字都不肯輕輕放過。」

申凱夫安靜地微笑著，微微點了點頭。「其實這倒也是她的好處。」

從他那溫和而堅定的口吻裏，藺益羣感覺到他是在引用馬列主義。同時藺益羣又忽然想起前次恍惚聽見說，趙筱芳最近行踪很神秘，還有人看見她從一輛遮著藍布窗簾的汽車裏走下來。難道是申凱夫看中了她？還是另一個比申凱夫地位更高的人？

「那當然，」藺益羣急忙改口說：「其實所謂灑狗血，討好三層樓觀眾，三層樓觀眾不就是勞苦大眾麼？」

申凱夫略點了點頭。「都市裏的勞苦大眾當然份子不純，離工農兵還很遠，不過她這路線是對的。」

「路線是對的，」藺益羣也承認。

「噯，我別耽誤了你們正經事，」申凱夫忽然笑著說：「戈同志找你有事呢。」

「沒有什麼要緊的事，」戈珊說。

「這是什麼？我瞧瞧。」申凱夫一伸手，把那張舊報紙接了過來。

「是關於黎培里的資料。」

藺益羣忙站起身來湊在申凱夫肩上看著。

申凱夫匆匆讀了一遍，把眼鏡向上托了一托，似乎很緊張。「好傢伙，把老蔣捧得這麼厲害。」

「拿來，拿來我看。」藺益羣帶笑伸手來搶奪。

「十足暴露出他是個美蔣走狗。」申凱夫把那張報紙摺了起來，向胸前的口袋裏一塞。

「這是全國性的運動，這篇稿子應由新華社統發全國。」他沉重地站了起來，「走了！瞎聊了半天，不耽誤你們的正事了！」

藺益羣與戈珊雖然仍舊笑嘻嘻的，不免面面相覷。

申凱夫走了，戈珊也想跟在後面就溜了出去。她知道藺益羣一定很生氣。新華社與解放日報因為是騈枝的宣傳機構，彼此競爭得非常厲害。

「戈同志，」藺益羣大聲叫著。

戈珊只得轉過身來。

「下次進來先打聽打聽，裏頭有人沒人。」

戈珊忙陪笑說：「今天我一下子大意了，沒問一聲——」

藺益羣沒等她說完，就冷峻地微微點了點頭，是要她立刻走開的表示。

戈珊迅速地走了出去，心裏一百個不痛快。到了外面的大房間裏，卻又有一個極不愉快的發現。屋角新添了一張桌子，劉荃坐在那裏看報。

「抗美援朝會派了個人到這兒來當聯絡員，」一個同事告訴她。

「討厭！」戈珊向自己說。

劉荃始終不理睬她，她也不睬他，但是她常常要嬝娜地在他桌子面前走過。有一次她給另一個同事寫了個字條子，團成一團丟過去，又不小心打在劉荃肩上。

他完全不理會。有一次為了公事需要和她談話，也是極簡短的幾句。一方面她也是冷若冰霜，一臉不耐煩的樣子。

有一次戈珊桌上的電話鈴響了，她拿起來聽。「……哦，你等一等。」然後又問了聲：「你哪兒？……」她把聽筒向桌上一擱，向劉荃那邊沒好氣地叫喊了一聲：「你的電話！——文匯報的記者。」

劉荃走過來拿起聽筒，戈珊向他瞟了一眼，輕聲說：「喝！有記者來訪問了，現在是真抖了，怪不得不理人了！」

「喂？」劉荃向聽筒裏說：「嗳，是的，我是劉荃。……咦，是你？——」在全世界所有的人裏面，他最想不到會是她。

「我今天上午剛到。已經打過一次電話來了，沒打通，」黃絹的聲音興奮地笑著說：「真想不到——在濟南忽然接到命令，把我調到上海去在『團報』工作，也來不及寫信告訴你——信到人也到了。」

劉荃簡直說不出話來。

「你幾點鐘下班？」黃絹問：「你現在忙嗎？在電話上講沒有妨礙嗎？」

「沒關係，沒關係，」他說。

他倚在寫字枱角上站著，背對著戈珊。戈珊坐在那裏翻看一疊文件，有意無意地把電話線挽在手上繞著玩。繞來繞去，電話線越縮越短，劉荃不得不撥過頭來對著她。她有意無意地向他笑了一笑，一隻眉毛微微向上一挑。那嬌媚的笑容裏沒有絲毫的歉意，但是彷彿有一種無可奈何的神氣，又像是眼看著許多回憶化為烟塵，使她感到迷惘。

劉荃怔怔地望著她，沒有感覺；或者是心裏太亂，分辨不出是什麼感覺。「我現在走不開，」他機械地向電話裏說：「一會兒見。」他掛上了電話，立刻回到自己的角落裏去。

戈珊仍舊把電話線繞著玩，她在和隔壁一張桌子上的人談論著買團體票看電影的事。

星期日的上午，百貨公司前面照例擠著許多無處可去的人，小職員，拖兒帶女的黃臉婦人，全家都穿著灰撲撲的藍布解放裝，站在櫥窗面前看著裏面的活動廣告作為消遣。櫥窗裏正中陳列著史達林毛澤東的照片，後面一隻銀色紙紮大輪盤徐徐轉動，輪盤上綴著一隻隻和平鴿。人們在娛樂方面變得非常容易滿足，現在的戲劇電影也並不比這個好看多少。大家抱著孩子站在那裏孜孜地看著。大些的孩子們坐在街沿上的鐵闌干上，無聊的踢著闌干。

劉荃和黃絹在人叢中緩緩地走著。看到櫥窗裏的和平鴿，黃絹說：「近來和平的空氣很濃厚。」

她曾經聽見人背地裏在說，援朝的戰事不利，所以現在發動了浩大的和平攻勢，急於要議和。「也許真的會停戰了，」她說。

劉荃卻笑著向四面看了一看，然後低聲說：「列寧說的：『共產黨人的和平，不是和平主義的和平——是徹底消滅敵人的和平。』」

「這是列寧說的還是你說的？」黃絹有點慌張地帶著笑輕聲說。

「真的。在《列寧全集》上，不信我可以翻給你看。」

黃絹沉默了。她到上海來以後，這是第二次見到他，她覺得他的神情有點異樣。他用諷刺的口吻談到他的工作，也談到一般的情形。不管旁邊有人沒有人，她不鼓勵他說那樣的話。

劉荃自己也知道他話說得太多。這也是一種逃避，很奇異地，他幾乎用這些辛辣的言語來擋掉她的手臂，他不要和她接近。他自己有一種不潔之感。

她比他記憶中似乎還更美麗，頭髮現在完全直了，也留得長了些，更像一個東方的姑娘。她沒有戴帽子，藍布制服洗得褪成淡紫色。

走過一家電影院，劉荃說：「去看場電影吧？這張片子北邊演過沒有？」看一場電影又可以佔掉不少時間，散場後他可以送她回宿舍了。

電影院的領票員也和觀眾一樣穿著藍布制服，只是手臂上裹著一塊白布臂章。影片還沒有開映。在那昏黃的劇場裏，賣冷飲與冰淇淋的穿梭來往，還有人托著一隻洋磁臉盆，上面蓋著一條熱氣騰騰的毛巾，輕聲吆喝著「豆腐乾！五香蔴菇豆腐乾！」

電燈熄滅了。今天演的是一張蘇聯傳記片，上座不到三成，他們坐在一排的正中，前後左右都是空蕩蕩的，十分寂寞。

片中照例又有青年時代的史達林出現，蓄著一部菱角鬍，是一個二十世紀初期的標準美男子，一雙笑眼，目光閃閃，眼光略有些魚尾紋，更顯得風神瀟灑。在這張片子裏，他在沙皇治下被放逐在西伯利亞，躺在那荒原上，一隻手托著頭，以一種微帶嘲諷而又充滿了熱情的眼色望著一個老同志，用深沉的音樂性的聲音背誦著一首長詩。

黃絹忍不住低聲笑著說：「他們蘇聯演員扮史達林，真是扮得一回比一回漂亮。」

「大概熟能生巧，越來越大胆創造了，」劉荃輕聲說。

「個子也一次比一次高了。這次這演員至少有五呎八九吋。」

「現在這些獨裁者有些享受，實在是從前的專制帝王夢想不到的，」劉荃笑著說：「譬如像看見自己在銀幕上出現，扮得很有點像，可是比自己漂亮萬倍。有比這更窩心的事麼？」

這樣低聲談話，自然是靠得很近。但是劉荃略略轉側了一下，依舊把身體向空座那邊倚過去。雖然是極不引人注意的動作，黃絹卻留了個心，從此一直到終場沒有再和他說話。

散了戲出來，他們的空氣間有一種新的寒冷。

出了電影院，外面在下雨。這一向常常有這樣的陣頭雨，他們走過一條小巷，那巷子裏望進去，一個皮匠仍舊擺著攤子照常工作著，樓窗裏搭著竹竿上仍舊晾滿了衣裳，有一家後門口擱著個煤球爐子，上面架著個鐵鍋，也仍舊繼續烹煮著，鍋底冒出黃黃的火舌頭。那雨儘管靜靜地下著，彷彿一點也沒有沾濡著什麼，簡直像陳舊的電影膠片上的一條條流竄著的白色直線。

不知怎麼，他們漫無目的地走到這小巷裏面來了。也就像走進古舊的無聲電影裏，靜悄悄地誰也不說話，彷彿也絕對沒有開口說話的可能。

走到小巷的盡頭，一轉彎，迎面就看見那衖堂的黑板報，立在木架上，那黑板上又釘著兩片坡斜的木板，成為一個小小的屋頂。這時雨下得更大了，他們就站在那狹窄的簷下躲雨，一面看那黑板報。是用紅藍白各色粉筆寫的，把當日報紙上的要聞抄錄了一遍，旁邊加上花邊框子。

雨嘩嘩地下著。

「我們下鄉土改那天也是下大雨，」黃絹忽然說，彷彿帶著點感慨的口吻。

「噯，」劉荃微笑著說。那是他們第一次見面那一天。「不是有這麼一個迷信：下雨天遇見的人一定會成為朋友。」

他無心的一句話，這「朋友」兩個字卻給了黃絹很大的刺激。「是的，我希望我們永遠是朋友，」她很快地說。

兩人又都沉默了下來。

然後黃絹又說：「在韓家坨那時候，大家都很緊張，也許心理不大正常。過後冷靜下來了，也許覺得完全不是那麼回事。可是無論怎麼樣，大家總是朋友，什麼話都可以實說，沒什麼不能諒解的。」

劉荃默然了一會。「我一直是愛你的，」他說。但是他有一種奇異的感覺，像在睡夢中說話一樣地吃力，嘴唇非常沉重麻木，耳朵裏雖然聽見自己的聲音，仍舊不能確定別人聽得聽不見，也不知道是否全都說了出來。

黃絹沒有什麼表示。他說了這樣一句話之後，也並沒有其他的表示。大家默然半晌，她又旋過身去看黑板報。

雨倒停了。他們正要離開那黑板報的小亭子，黃絹忽然發現他肩膀和背上抹了許多粉筆灰。「抹了這麼一身灰，」她說。

她替他彈著，劉荃突然把手臂圍在她肩上低下頭去把兩頰緊緊貼在她頭髮上。

「你為什麼這樣不快樂？」黃絹終於幽幽地說。

「因為——」他頓住了，然後他說：「因為——我們不見面太長久了。」

黃絹微笑了。「認生嗎？」她的聲音細微得幾乎不可辨認，然而這三個字在他聽來，卻使他心裏不由得一陣蕩漾。

他吻了她之後才說：「現在不了。」於是他又吻她。

他們不能老是站在那裏。從小巷裏穿出來，漸漸又走到熱鬧的馬路上來。天已經快黑了。經過跑馬廳的土產展覽會，他們正感到無處可去，就買了票進去參觀。

先到手工業館，裏面只堆著一些竹椅、缸、甕、沙鍋之類的東西。再到手工藝館，老遠地就看見門前排著一條長龍，相當擁擠。

「人家都說手工藝館比較最精采，」劉荃說：「有些繡貨和福建的小擺設，還可以看看。」他們的工作單位早已強迫性地集體參觀過了。

他們也去排隊，緩緩地跟在後面走了進去。一進門，先看見迎面牆壁上掛著一幅巨大的五彩絲繡人像，很像一個富泰的老太太的美術照，蛋形的頭，紅潤的臉面，額角微禿，兩鬢的頭髮留得長長地罩下來，下頦上生著一顆很大的肉痣。

「這哪兒是繡的，簡直是張相片，」有一個參觀者嘖嘖讚賞。「連一個痣都繡出來了！」

「人家說毛主席就是這顆痣生得怪，」一個老婦人說。

毛主席的繡像佔據了正面的牆壁，旁邊的一面牆上卻掛滿了粉紅繡花小圍涎，不知為什麼，統統是同樣的花色，同樣大小，一直掛到天花板上，使人看了覺得眩暈，又覺得愚蠢得令人感到驚奇。

劉荃忽然嗅到一陣濃烈的橘子香。然後他看見了戈珊。她大概不是一個人來的，排在她後面的兩個男子也和她一樣，都在剝橘子吃。距離很遠，她沒有注意到他，他也很快地望到別處去了。大家排著隊一步一步蝸牛式地向前挪動，身邊攔著紅白條紋欄杆。他知道她遲早會發現他的。果然有一片橘子皮飛過來打在他身上。

黃絹剛巧回過頭來和他說話，戈珊向她連看了兩眼。戈珊今天彷彿非常疲倦，站在那強烈的燈光下，面頰仍舊紅艷得像抹了胭脂一樣，但是臉上現出許多憔悴的陰影。她向他妖媚地笑了笑。她背後掛著的無數團涎組成平劇舞台上的一堂「守舊」，粉紅軟緞上綉著一叢叢的綠色花鳥。

劉荃向她點了點頭。那單行的隊伍繼續向前移動，戈珊和她的同伴們隨即從另一扇門裏出去了。

劉荃和黃絹終於也出來了。跑馬廳裏面的場地非常廣闊，燈光疎疎落落的，不甚明亮。遠遠近近無數播音器裏大聲播送著蘇聯樂曲，那音樂也像蘇聯境內的那些寬闊的灰色的江河，永遠在灰色的天空下奔流著。跑馬廳的一角矗立著鐘樓的黑影，草坪已經變成禿禿的泥地，而且坑凹不平，今天下過雨，到處都汪著水，泥潭上架著一塊木板。那廣場是那樣空曠而又不整潔，倒很有點蘇聯的情調。

音樂停止了，現在改播一篇演說。聲音放得太大，反而一個字也聽不出，尤其是遠遠地在晚風中飄來，只聽見呱呱呱呱，緊一陣慢一陣，簡直像鴨子叫。劉荃和黃絹並肩走著，兩人都笑了起來。

「也許一切慷慨激昂的演說，只要隔著相當的時間或空間上的距離，聽上去都像鴨子叫，」劉荃想。

廣場上停著一輛賣冰棒的小車子。他們買了兩根冰棒吃。

「噯，幫我拿著——重死了！」戈珊突然從黑影裏走了出來，提著兩大包東西。「我在那邊蘆蓆棚裏買了點火腿。」

她遞到劉荃手裏，他沒有辦法，只好接著。戈珊從沒有當著人對他特別表示親密，因她自己也有許多顧忌，不願意公開他們的關係。今天她明明是故意地做給他的女伴看。

她隨即挽住他的一隻手臂。「你怎麼不給介紹介紹？」

「這是黃絹同志。這是解放日報的戈珊同志，」他向黃絹說。

戈珊哦了一聲，說：「是黃同志！什麼時候從濟南來的？」

「剛來沒有幾天，」黃絹笑著說。

「你兜裏有烟捲沒有？」戈珊問劉荃。他因為天氣熱，把上衣脫了下來搭在肩膀上，戈珊不等他回答，就熟悉地把手插到他上衣的口袋裏，掏出一盒香烟來，拍出一支點上了吸著。

「黃同志現在在哪兒工作？」

「在文匯報。」

「你們兩位都是新聞工作者，」劉荃說。

「應當交流經驗，」戈珊微笑著說。

黃絹說：「我是什麼也不懂的，應當向戈珊同志學習。」

「你太客氣了。幾時有空上我那兒去談談，叫他帶你來。」她又別過臉來向劉荃笑了笑。

「你幾時來吃火腿湯？你不是說這一向很饞麼？」她把火腿又接了過去，單和黃絹一個人說了聲：「再見，」就匆匆地走了。

在片刻的沉默後，黃絹說：「她怎麼知道我是從濟南來的？」

「我老寫信到濟南去，報館裏的人都知道了。」

「這些人也真愛管閒事，」黃絹有點不好意思地笑著說。她在他旁邊走著，不知不覺地偎得更近一點。劉荃覺得非常慚愧。

「她跟你很熟？」黃絹又說。

「她跟誰都是這樣，」劉荃很窘地笑著說：「聽說她以前在冀中一帶打過游擊。」彷彿這解釋了一切。

「她倒是一點也沒有老幹部的架子。」黃絹吃完了冰棒，掏出手帕來在手上擦了擦，隨手就遞給劉荃擦手。

他知道她一點也沒有疑心。也許因為在她的眼光中，戈珊的年紀和他們相差太遠，看上去比他至少大七八歲。

他不由得想起一年前在韓家坨搞土改的時候，她似乎對農村的女孩子二妞很有一點妒意。其實他和二妞一點也沒有什麼。現在她倒的確是有妒忌的理由，卻一點也不疑心。這也是人生的一個小小的諷刺吧。

但是他再轉念一想，那時候她容易多心，是因為他對她還沒有確切的表示。自從他明白地表示過他是愛她的，她就絕對相信他，再也不能想像他會愛上別人。她對他這樣信任，他更應當覺慚愧，他想。他實在太對不起她了。

他本來以為他和戈珊已經完了，但是看戈珊今天的態度，卻好像她並不是這樣想。她忽然做出那樣親熱的神氣，不論她是有意舊歡重拾還是僅只為了要破壞黃絹和他的感情，反正他無論如何得要向她解釋一下，不能再這樣藕斷絲連地下去了。

在報館裏說話不方便，這又不是三言兩語就可以說完的，應當到她家裏去。但是這兩天恰巧又有一件突擊的任務交了下來，他又回到原來的部門，幫著張勵整理一些文件，實在走不開。下午又有一個會議，把他叫了進去担任記錄。開完了會出來，張勵告訴他：「剛才戈珊打電話來找你。」

「哦，她說什麼事嗎？」劉荃做出很隨便的神氣，這樣問了一聲。

「沒說什麼。」張勵坐在寫字枱跟前，忽然抬起頭來向他笑了笑。「你小心點，這女人不是好惹的。」

劉荃稍稍呆了一呆，但是隨即笑著說：「我知道，戈珊這人相當厲害，也真會利用人，我成了他們報館的打雜的，什麼都往我頭上推。」

張勵沒有作聲，過了一會方才說：「她的工作態度想必是很認真的，可是聽說私生活方面……」他又笑了一笑：「聽說作風不大好。這樣的女人搞上了是很有危險性的。真的。你得當心。」

「我怕什麼？她還會看上我嗎？」劉荃勉強笑著，用說笑話的口吻說。

張勵只是微笑。

他究竟知道了多少，劉荃無法判斷。也許他僅只是猜測。也可能他僅只是認為戈珊在追求他，善意地向他提出警告。可惜嫌遲了一步。劉荃不由得苦笑了。

第二天下午他好容易抽出一點時間來，到戈珊那裏去。

「噢稀客！今天怎麼有空來？」她開門的時候說。

那黃昏的房間裏似乎有一股酒氣，他一進門就踢著一隻玻璃瓶，聽見它骨碌碌滾開了。

「你是不是馬上要上報館去？」劉荃問。「我有幾句話，想跟你談談。」

「坐下來說吧。幹嗎這麼垂頭喪氣的？跟你那黃同志吵了架了？」

劉荃坐了下來，微笑著脫下帽子來放在桌上，沒有回答。

「她疑心了是不是？」戈珊倚在窗台上，偏著頭望著他微笑，伸出一隻腳來撥著地板上的玻璃瓶。

「她沒有疑心。」

戈珊突然把那酒瓶一腳踢開了。「哦，有這樣糊塗的人？——倒便宜了你！」她雖然笑著，當然他知道她是很生氣，而且在這一剎那間他不知怎麼有一種感覺，覺得她也和他一樣猜想到黃絹不疑心的原因，也許是因為她年紀比他大得多。

他看見她很快地向鏡子裏望去。那鏡子在那昏暗的房間裏發出微光。她像是在夜間的窗口看見了一個鬼，然而是一個熟悉的亡人的面影，使她感覺到的悲哀多於恐怖。

但是這僅只是一瞬間的事。她隨即對著鏡子掠了掠頭髮。她還是很美麗的。她笑著走過來，從沙發背後摟住他的脖子，溫柔地吻他的頭髮。她忽然有一個新的決心。光為了賭這口氣，也得把他搶回來。

「不要這樣，」劉荃扳開她的手。「我們早已完了。」

「是嗎？」她格格地笑著在他臉上亂吻著，「是嗎？我倒不知道。」

劉荃很快地推開了她，坐到一邊去。「我今天來就為了跟你談這個。」

「你先告訴我，你們現在到了什麼程度。」她又黏了上來。

「我們是純潔的。」

「我真不信了！你現在學壞了，還能像從前那麼傻？」

劉荃自己也說不出來他為什麼那樣生氣。他覺得都是他自己不好，連黃絹也連帶地被侮辱了。他用力推開了戈珊，站了起來。

她也變了臉。「這又是生的哪一門子的氣？」她冷笑著說。「何必這麼認真，大家都是玩玩，總有玩膩的一天——這種事都是雙方的，你膩我不見得不膩。老實說，真受不了你那囉唆勁兒，疑心病那麼大，簡直像瘋子似的。要不是嫌你那脾氣討厭，我早為什麼不跟你結婚你想。我要是願意要你，一百個黃同志白同志也沒有用。你別以為自己主意大得很，哼！我別的不成，對付你還對付得下來，我告訴你！」

說到最後兩句，她把劉荃的帽子從桌上拿起來，向他那邊一遞，顯然是要他立刻就走。他沒有馬上伸手去接，她這裏已經不耐煩起來了，隨手就把帽子向窗外一丟。「哪，快去，快去撿去！」她笑著說，那口吻很像一個馴狗的人把一樣物件拋得遠遠的，叫狗去拾回來。她狂笑起來了。

劉荃向她看了一眼，然後就走了出去，隨手帶上了門，他從那露天的樓梯上走下去，在街沿上拾起他的帽子，彈了彈灰。

他知道她是憤怒到極點。他現在對於各階層的幹部的內幕比較熟悉了些，大家怎樣互相傾軋看得多了，他知道她有很多報復的機會，心裏不免時刻提防著。

但是時間一天天地過去，除了在報館裏每天見面有點覺得窘，此外也並沒有什麼。兩三個月之後，他漸置之度外了。這時候卻又醞釀著一個大風暴，增產節約運動蛻化為三反運動，這些機關的幹部正是首當其衝，人人慄慄自危。

十二月初，開始抽調「政治清白」的非無產階級出身的非黨員幹部，到市委組織部去參加三反政策學習。劉荃也在內。經過三個星期的學習，又回到報館裏的工作崗位上。

解放日報也像一切機關與公共團體一樣，實行「排班制度」，從領導幹部到工役，都把姓名排列起來，先開小組會，再開全體大會，進行坦白檢討。

劉荃佔便宜的是他職位既低，又不處理財務，沒有貪污的機會。又是單身一個人在上海，他家裏在北方還可以勉強度日，他的薪水是供給制，向不寄錢回去，上海也沒有什麼戚友來往，一切嫌疑都比較輕。但是輪到他的時候，依舊大家爭先恐後紛紛發言，罵得他體無完膚，把各式各樣的帽子套在他頭上。幸而劉荃在三反學習中學到了一些竅門，所以相當鎮靜。他記得陳毅市長的話：「三反鬥爭將要像狂風暴雨似的打來，不論好人或壞人都要受到暴風雨的侵襲，然後始能確定誰能夠存在，誰需要淘汰。」他等大家儘量地提過了批評之後，再度坦白了一次，揀那些不太嚴重的罪名，大致都承認了，宣稱以後改過自新，也就算「過了關」了。

又接連檢討了好幾個人，才輪到戈珊上台去坦白。她態度非常老練，口齒又流利，侃侃地暴露自己的思想狀況，揭發自己的功臣思想，自由散漫作風，浪費的傾向。

台下早已鬨然叫了起來：「完全避重就輕，都是些雞毛蒜皮的小事！」

後排有一個人站起來大聲叫著：「戈珊同志！大家都知道你腐化墮落，私生活不嚴肅，還在搞舊社會不正常的男女關係！你還不徹底坦白！」

「今天非得整她一整！」另一個角落裏又喊叫起來。

「非鬥倒她不可！」

「這還是黨員呢！」

「打倒腐化份子！澄清黨的隊伍！」

戈珊依舊含著微笑，把她的列寧服袖口裏露出來的一截大紅絨線袖子往上掖了掖，等著這一陣喧嚷靜了下來。「大家對我提的批評我完全接受。我實在無法為自己辯護。我非常慚愧，至今的意識裏還存在著若干成分的小資產階級的劣根性，有自由浪漫的傾向，過去打游擊的時候又養成了游擊作風，所以我在男女關係上，雖然是以同志愛為出發點，但是結果超出了同志愛的範圍，發生了曖昧行為。身為黨員，不能在羣眾中起示範作用，反而破壞黨的威信，我願意接受最嚴厲的制裁。不過我仍舊希望大家給我一個自新的機會，我一定愉快地自動地洗掉身上的骯髒，進行一次深刻的自我改造。」

一席話說得非常漂亮動聽。她說完之後，竟有片刻的靜默。但是隨即有人高聲叫著：

「不行不行！坦白得不夠具體！」

「是誰跟你有曖昧關係？快坦白出來！」

「馬上把名字宣佈出來！」

本來他們對戈珊一開始攻擊，劉荃已經緊張了起來，現在索性一步步地逼到他身上來了。他知道戈珊的愛人不止他一個。但是她恨他。而且把她的愛人名字坦白了出來，以後就絕對不可能繼續來往了，而他是已經和她斷絕來往了的，正好拿他來擋一陣。

偏偏他剛才已經上去坦白過了，而並沒有提起這件事，現在再被檢舉，更是罪上加罪。但是劉荃竭力叫自己鎮靜些。究竟幹部搞男女關係並不是什麼滔天罪行，他對自己說。可是一被揭發，黃絹不久就會聽到這回事，她不知道作何感想？如果是他自動地告訴她，或者還有希望得到她的諒解，然而他一直沒有說，現在已經失去了這機會。

「快坦白！快宣佈出來！」喊聲一陣高似一陣，像暴風雨的呼嘯。大會已經連開了三個鐘頭，這些疲倦的人們在這黃色案件得到了片刻的興奮與滿足。

戈珊站在台上，雖然仍舊微笑著，似乎也有些眼光不定，流露出一絲慌亂的神情。劉荃根據自己剛才的經驗，知道從台上看台下，只看見黑壓壓的無數人頭鑽動，但是他也許是由於心理作用，就像是她的眼光不住地向他臉上射過來。

「快把名字坦白出來！」羣眾繼續鼓噪著。

「好，我坦白，」戈珊終於大聲說。她臉上有點紅，嘴角掛著淡淡的笑容。「是張勵，」她說。

許多人對於這名字都不大熟悉。台下依舊鬨聲四起。

「抗援總會的張勵，」戈珊又大聲說了一遍。

劉荃詫異到極點。他回過頭去望著後排。他被抽調去學習三反的期間，是張勵代替他在解放日報做聯絡員，所以今天張勵也在座。

張勵竟站了起來，用沉重的聲調說：「同志們，我承認我犯了錯誤。」

「叫他上去坦白！」許多人嚷著。「從頭至尾徹底交代清楚！」

張勵的自我檢討比較戲劇化，說得酣暢淋漓，聲淚俱下，像復興會教徒的公開懺悔，盡情描繪他未悔改前的犯罪情形，加油加醋聳人聽聞，反襯他現在得救後的高尚純潔。他說他和戈珊是今年八月中旬認識的，在一個晚會裏初次見面，散會後送了她回去，當場就發生了關係。劉荃算了一算那時候，正是張勵忠告他不要和戈珊接近的時候。他覺得實在有點滑稽。

在張勵進行坦白的時候，戈珊乘機就走下台去。但是他坦白完了，又有人指名質問她還有沒有別的愛人。戈珊堅持著說沒有。大會主席叫她回去再仔細想想，寫一份詳細的坦白書來。她也就算混過了。同時劉荃也乾了一身汗。

張勵的事卻還沒有了。報館方面把他坦白經過的記錄送交黨支部，當天晚上黨小組就根據他的坦白資料，徹查他其他方面生活腐化的情形，開會檢討，一直檢討到夜深。第二天又繼續檢討，後來索性把他扣了起來，進行隔離反省。劉荃看了，自己覺得實在僥倖。

「實在應當去看戈珊一次，向她表示感謝，」他想。

在三反期間，無形中像是下了戒嚴令，大家對於一切同事都避之若浼，惟恐別人出了事，自己也被牽累。就連在辦公時間內見了面，除非絕對必須，也一句話都不說，下了班當然更不會到同事家裏去，打一個電話都怕那條線有人偷聽。劉荃走到戈珊門口，也不由得有點惴惴不安起來，像穿過封鎖線似的。

「你來幹什麼？讓人知道了又得給我惹上些麻煩，」她一開門看見是他，就板著臉說。

「我馬上就走的。」

「馬上就走也沒有用，照樣可以讓人看見。」

她咳著嗽。房間裏沒有火，她在棉制服上圍著米色藍方格圍巾，穿著藏青麂皮半長統靴子，靴口露出一圈半舊的白羊皮。

「昨天的事，我實覺得感激，」劉荃說。

戈珊冷冷地抬了抬眉毛，代替聳肩。「那是多餘的。完全用不著。」她坐到窗台上去，曬著太陽織絨線。

劉荃沉默了一會。「張勵現在在進行隔離反省，」他告訴她：「看情形好像相當嚴重。黨小組接連幾天開會檢討他，天天檢討到晚上十二點以後。」

「你不用替他担憂，」戈珊微笑著說：「做了個共產黨員，要是怕檢討還行？就是受處分也不算一回事。連咱們毛主席都還『留黨察看』過六次呢，就差沒開除黨籍。」

劉荃沒有作聲。過了一會，他又說：「他知道我們的事嗎？」

「當然有點知道，人家不像你那麼傻。而且他不是那種愛吃醋的人，也沒有瞞他的必要。」

「昨天他倒沒有說出我來。」

「那又何必呢？徒然結下個冤仇，也並不能減輕他自己的罪名。」她一球絨線打完了，拿過一支新絨線來。拆了開來。「他應付這一類的事是很有經驗的，我知道他不要緊。換了你就不行。」

劉荃慚愧地笑了。「總之，我非常感謝。」

「那也可以不必了，」她冷冷地說。當然他一定以為她至今還在偏向他。這使她覺得非常惱怒。「對不起，我要這張椅子。」

劉荃站了起來，她一伸手把那張椅子拖過來，把那一支大紅絨線綳在椅背上，然後抽出來繞成一隻球。

這當然也是一個逐客令。「我走了，」劉荃微笑著說。

戈珊也沒有說「再會。」她一個人坐在那裏繞絨線，忽然抬起手擦眼淚。她繼續用兩隻紅色的手繞著那褪色的紅絨線。

九

這兩天解放日報內部很混亂，人心惶惶。報社社長蔺益羣被檢舉貪污，扣押起來了。報上也已經正式宣佈他「與地主階級有千絲萬縷的關係……挪用公款兩億兩千萬元，與商人合夥作投機買賣，並曾接受部下禮物價值一千萬元以上。」

三反運動到了白熱化的階段，告密信堆積如山。增產節約委員會——也就是三反司令部——從各機關抽調了一批幹部去作材料審查工作。劉荃是曾經參加三反學習的，也被調了去。組織上儘量地利用像他這樣的青年幹部担任「三反第一線工作」，名義上就是說他們「政治清白，品質良好，而思想上常起波動，立場不夠堅定，正可以在三反的火線上給以考驗和鍛鍊。」實際上也是因為他們是新進，和各方面的關係都不深，比較不會徇情。他們所檢閱的告密信，都是檢舉處長以上的幹部的罪行的。

有一天劉荃拆開了一封信，是檢舉陳毅市長的，署名「一個忠實黨員」。信裏說一九四六年陳毅率領新四軍改編的華東野戰軍，被困在魯中南一帶的山區。延安派了人送來大批的假法幣，供給他們在國民黨統治區域採購必需品。陳毅就派幹部化裝商人混入濟南青島，替傷員購買醫藥。但是這筆款子只用半數買了醫藥器材與藥品，其餘都買了皮大衣、鴨絨被、皮靴、皮手套。此外還買了許多罐頭食品給傷兵吃「營養餐」。但是「忠實黨員」說：「我那時候正負了重傷，睡在篷帳裏，連一條被子都沒得蓋。我聽見說有這些食品，但是並沒有看見過。後來我發現全堆在陳司令的總部裏，我們退出魯中南的時候，已經完全不見了。」

他又控訴陳毅歷次貽誤軍機，不聽忠諫，損失士兵，放走敵人。一九四九年盲目攻擊金門島，又是一個慘重的失敗。措詞非常嚴重，劉荃看了，不知道應當怎樣處理，只有馬上拿了去請示上級。

他們這一組的組長不是外人，正是抗援總會華東分會的崔平同志。劉荃過去和崔平很少接觸，只知道這人架子很大。現在高級幹部穿西裝的很多，他論地位還夠不上穿西裝，因此總是穿著一套剪裁合體熨燙精細的黑呢人民裝，更加襯出他那一張白淨平整的長長的臉，大大的嘴。只是他臉上永遠帶著一種不愉快的疙瘩神氣。也有人背後議論，說他不愉快也許是因為有賴秀英這樣一個愛人，但是他這樣一個疙瘩人，怎麼會愛上她的，始終是一個謎。

劉荃把這封信送到他辦公室裏，他正拿著一枚雞血石圖章，細心地用一根牙籤剔著印紋裏的紅泥。劉荃記得他去年剛來那時候，趙楚崔平這干人都還是因陋就簡，用著木頭戳子，現在卻是每人都有好多隻精美的玉石象牙圖章，都是人家送的。他們雖然不經管財務，不免也接觸到一些商人，也希望人家對他們「有點表示」。照例送幹部較輕的禮，總是美國貨的自來水筆與手錶，但是後來就有人挖空心思，改送好石頭雕刻的圖章，既高雅，又大方，又不落行賄的痕跡。所以竟成為一時風尚，幹部們都講究起此道來。

「崔同志，」劉荃說：「這一封信我想請崔同志看一看，不知道是不是應當歸檔。」

崔平皺著眉接過那一疊信箋來。然而才看了兩行，他那不耐煩的神氣立刻消失了，急忙揭到最後一頁去，看是什麼人具名。然後又很快地掩上那一頁，彷彿怕人看見似的。「這材料讓我來處理吧，」他抬起頭來向劉荃說。

劉荃正要去，崔平突然又叫了聲「劉同志」。他向劉荃微笑，「在這三反戰役裏，我們尤其要強調組織性。你經手的這些資料，除了對我公開之外，要絕對保密的。」

「我知道，」劉荃說。

崔平略略向他點了點頭，表示他可以走了。

劉荃走了出來，不免有種種的猜測。看那封告密信的口吻，對於軍中的內幕知道得這樣詳細，執筆的人至少是個營級以上的幹部。他曾經聽見說崔平趙楚從前都是陳毅的部下。再看崔平剛才那副緊張的神氣，不見得僅只是因為這封信胆子太大，「反」到了陳毅頭上。他似乎是為寫信的人害怕。——難道是趙楚寫的麼？那筆跡歪歪斜斜，似乎是經過矯飾的，但是說穿了也確是有點像趙楚的筆跡。

陳毅的地位決不會因此起動搖的，劉荃想，除非這封信剛巧被他的政敵抓到手裏，聰明地加以利用。但是就最近的趨勢看來，這三反運動表面上雖然雷厲風行，一般高級幹部還是很少受到影響。主持三反的華東軍政委員會主席饒漱石與人民監察委員會主任劉曉，已經因為搞得太過火了而獲罪。他們求功心切，大批開革了黨內的一批高級領導幹部，「削弱了黨的戰鬥力量」。這次召開「三反工作幹部大會」，主席台上不看見他們倆，而另換了兩張陌生的臉。此後也沒有在別處露面過，從此就失蹤了。大家暗地裏都覺得奇怪，後來漸漸聽見說，饒漱石是被調到北京馬列學院去學習了，劉曉也被革去了「上海市增產節約委員會副主任」的兼職，不再領導三反了。

這告密的人以卵擊石，倒實在是有點危險。總算是這封信落到了崔平手裏。剛才崔平那樣特地提出來叮囑他保守秘密，也許是想銷毀那封信。

這一天晚上劉荃回到宿舍裏來，卻有一件意外的事在等著他。張勵已經被釋放了。這也是政府對於「自己人」的寬大政策的又一證據。在這一點上，共產黨似乎還保存著舊式的幫會作風。對於黨員，總是「反」的時候特別大吹大擂，事後卻是從輕發落。前一向把張勵關了起來當作老虎打，一連十二夜，黨小組夜夜開檢討會。起初他也叫冤，但是後來終於痛哭流涕地供認出來，「到了上海以後，思想上起了質變，」除了和戈珊發生曖昧關係，有一個時期還常到舞場去「批判資產階級的糜爛生活」，終於被一個舞女所誘惑。他的經濟來源是向印刷所與紙商拿回扣，但是不常有這樣的機會，所以貪污的數目也不大。黨支部把他的坦白書公開了，下了斷語：「在共產黨的教育下，終於拯救了他。」同時因為他坦白徹底，還把他升了一級，說：「我們要在工作鍛鍊中考驗他。」

張勵因禍得福，這次回到宿舍裏來，也可以算是衣錦榮歸，只是瘦了許多。劉荃慰問了他幾句，自己覺得很窘，因為現在他知道張勵早就知道了他和戈珊的秘密。張勵這次出了事，主要也是戈珊害了他，以至於二罪俱發。眼看著劉荃倒始終安然無事，「逍遙法外」，戈珊明明是袒護著他，拿別人來開刀。張勵豈不要恨他？

張勵的態度倒像是坦然，完全若無其事。劉荃向他自己說：「共產黨員的確是不把男女關係放在心上的。」但是他究竟認識張勵相當久了，從其他方面知道他決不是一個大量的人。

那天晚上兩人同睡在一間房裏，劉荃總覺得十分不安，好容易才睡著，天不亮倒又醒了，所以那天起來得特別早。出來得也早，到了增產節約委員會大門還沒有開，只好在街道上徘徊著。

那是一個寒雨霏霏的早晨，這條馬路上沒有什麼人，只看見一兩個女傭買了菜回來，籃子裏倚著大棵的青菜，菜葉上滿是冰花。偶爾聽見一聲鈴響，靜靜地滑過一輛三輪車，車夫披著簑衣式的橙黃油布斗篷。附近沒有門洞子可以避雨，劉荃扶起了雨衣的領子，順著一帶漆成黑色的竹籬踱了過去，又踱了回來。

增產節約委員會門口停著一輛汽車，剛才看見那汽車夫縮著腿橫躺在前座睡覺，這時候卻坐了起來，打開了車門，從嗓子眼裏大聲呼出一口痰來，向街沿上吐。

「早，劉同志！」那人打著呵欠向他招呼。劉荃認出他是崔平的司機，就也向他點頭笑著說：「我今天來早了，門還沒開。」

「上車上來坐會兒吧——下雨。」

「不用了，」劉荃說，但是那司機已經替他推開了後座的車門，情不可卻，也就跨了進去。裏面的空氣非常混濁，含著一種濃睡的氣息。

「昨天一夜沒回去，沒辦法，就在車上對付了一晚上，脖子都睡酸了。」那司機又打了個呵欠，把背脊牽動著在棉制服上摩擦了兩下，代替搔癢。

「怎麼沒回去？」

那司機略略把臉向著辦公處的方向揚了一揚，大約是指崔平。「辦了一夜的公，這會兒還在樓上呢。」

劉荃想到車主人可能隨時走出來，他很不願意被他發現自己坐在他車上。「我上那邊去買包香烟。」他推開了車門。

「我也得去買點什麼吃的。咳，苦差使！」那司機笑著回過頭來向他說：「一樣當司機當勤務，在市長那兒當差橫是不見得像我們這樣啃大餅。昨天上陳市長家去，人家那是真闊——聽見勤務在那兒罵燕雲樓的夥計：『天天送烤鴨子來，鴨子一天比一天瘦，一點味兒都沒有！』」他推門跳下車來，鎖上了車門，向路角的大餅攤走去。

劉荃站在人行道上，卻怔住了。崔平昨天到陳毅那裏去過？是不是和那封告密信有關？照理這封信關係重大，是應當請示上級處理的，上級就是陳毅——他是三反總司令。但是……

劉荃又順著那竹籬緩緩走了開去。這封信一定不是趙楚寫的，不然崔平和他這樣的好朋友，難道會出賣他麼？正想到這裏，忽然聽見一陣汽車喇叭響，一回頭，看見辦公處的一個工役站在汽車旁邊狂揿著喇叭，那司機已經從路角奔了過來，一面跑，一面把一副大餅油條向嘴裏亂塞。同時崔平已經一陣風從大門裏走了出來，大約因為一宿沒睡，臉色慘白，眼睛裏滿是紅絲，鬍子沒來得及剃，兩頰青青的一片鬍子渣，遠遠地望過去，就像是一臉的殺氣。劉荃正望著他發呆，汽車已經嗚的一聲開走了。

「上陳市長那兒，」崔平向司機粗聲說，然後他沉重地向後面車墊上一靠。

雨水在車窗上亮晶晶地流著。汽車裏面依舊充滿了那濃濁的睡眠的氣味，又加上了冷油條的油腥氣。

昨天那封信送了去，到了陳毅手裏，趙楚反正是死定了，再寫一份檢舉書檢舉他，也不算落井下石。石頭是無法傷害死屍的。崔平向他自己說，這不過是像在戰場上，以死人的身體作為掩蔽物。

費了一夜工夫寫成的檢舉書，厚墩墩的，裝在口袋裏，他可以感覺到那口袋壓在他胯骨上，那塊地方一片麻木。

檢舉書裏列舉的趙楚的罪狀也並不完全正確。只有他派他屬下的解放軍走私販毒，那是確有其事，但是這件事誰沒幹過？趙楚還是最胆小的一個，在軍隊裏生活得久了，也不大會適應當前的環境，索賄舞弊都不甚在行。但是陳毅關於三反的訓話裏曾經說過：「檢舉只要有百分之五正確就行了。」

檢舉書裏也提到他和趙楚以往的交情，說：「過去屢不惜冒著生命的危險互相援救，完全是小資產階級的報恩思想，以溫情主義動機為出發點，而不以革命的利益為重。」但是雖然把過去加以否定，仍舊不厭其詳地敘述著他們怎樣一次次救了彼此的性命。因為他們的感情越是深厚，當然他的犧牲越大。三反中他雖然沒有父母兄弟可檢舉，至少可以犧牲這樣一個心腹朋友，作為最崇高的奉獻。

這大概總可以穩度三反的難關了，他想，而且可以陞級。

當然他的目的並不在此。昨天把那封檢舉陳毅的信給陳毅送了去，也實在是不得已。本來想把它隱匿起來的，但是怎麼瞞得住，等到一一洩漏出去，大家都知道他和趙楚的交情，當然他們是同謀，勢必同歸於盡。

他不是怕死，他對自己說。在戰場上倒下去是光榮的，但是在三反戰役中倒下去，是否定了自己整個的革命歷史。

很矛盾地，他恨不得能夠在火線上再救趙楚一次，明明心跡。

汽車前面玻璃上拭雨的擺針不停地掃來掃去，「閣——閣——閣——閣——」響著。他的思想也跟著擺動。

趙楚寫這封告密信始終瞞著他，大概還是出於好意，怕他被株連，闖了禍預備「一身做事一身當」。唉，這傻子！崔平其實比他小一歲，但是總覺得自己年紀比他大，有時候也覺得自己欺負了他。在延安那時候，同愛一個女人，當然崔平求愛的手腕比較高明，有一天約她出去散步的時候，他吻了她，心裏就很抱愧，覺得是叛友的行為。那時候是真傻。

他微笑了，自嘲地，又帶著輕微的悵惘。

「閣——閣——閣——閣——」拭雨的擺針不停地掃過來，掃過去，但是似乎永遠擦不乾玻璃上縱橫的淚痕。如果有人在流淚，那是死去多年的一個男孩子。

到了陳毅的住宅裏，崔平坐在會客室裏等著，一直等到下午一兩點鐘才見到了陳毅。但是陳對他很親熱，還留他吃飯。

他吃到了燕雲樓的烤鴨子。他從陳公館出來，坐到汽車上，摸了摸臉頰非常粗糙，想起早上沒剃鬍子，就吩咐司機彎到髮館去，從容地剃頭修面，然後再回到增產節約委員會來。

「剛才有一位周玉寶同志來過，」辦公處的勤務向他報告：「說有要緊的事見崔同志。等了半天了。剛走。」

原來事情已經發動了，實在神速。

那天晚上他回去，賴秀英一看見他就搶著告訴他趙楚被捕的消息，又告訴他周玉寶出去討救兵去了。崔平也不願意和她多說，只推身體疲倦，昨天開了一夜的會，沒有睡覺，今天要早早地睡了。正要解衣上床，周玉寶卻倉皇地衝了進來，嚷著「崔同志回來了！我都急死了！找你不到！」

崔平頹然坐在床沿上，把一隻手掌按在眼睛上，疲乏地徐徐橫抹過去。「怎麼回事？」他問：「我也剛聽見說。」

他一向不大喜歡周玉寶。也許因為她太逞能。也許因為她女性的氣息很強，一個男人如果不愛她就會對她有輕微的反感。不管他是為什麼緣故不喜歡她，反正她對他永遠含著敵意，那也是事實。但是今天她一看見他，就像見了親人一樣，立刻兩淚交流，哽咽得說不出話來。

「你別著急，急也沒用，」賴秀英在旁邊說：「明天讓崔平去想法子打聽打聽。他昨天晚上開會，一宿沒睡，現在可得讓他休息休息了——」

「別著急，別著急，」崔平也安慰著她：「向來是只要有人檢舉，不管有沒有證據，先抓起來當老虎打，不然就是不民主，怕減低羣眾檢舉的積極性。你不知道麼，這是三反的一個原則。」

玉寶嗚咽半晌，終於說了一聲：「臨走什麼也沒說，就叫我趕緊找你想辦法。」

崔平聽見這話，就像心上扎了一針，不由得臉色動了一動。他低下頭去，疲乏地把一隻手按在額前，在兩隻眼睛上橫抹過去。「來的是哪一方面的人？」他問。

「是公安局的人，配合了解放軍。」

「現在押在什麼地方知道不知道？」

「我在外頭跑了一天了，也沒打聽出來。」

崔平倒有點担憂起來。「你去找過些什麼人？」

「人民監察委員會的曾同志，不是你們在延安的時候就認識的，還有公安部的老費，也是熟人。」

崔平急起來。「我勸你還是少東跑西跑，」他皺著眉說：「這時候人家各有各的心事，而且這樣隨便請託是違犯紀律的，反而對他有妨礙。」

玉寶一聽這話，不禁心頭火起，心裏想他自己不熱心幫忙，倒又不許找別人幫忙。她冷笑了一聲，說：「對！是你說的，人家各有各的心事，也不見得肯幫忙。所以趙楚這人就是傻──為起朋友來，真連老婆孩子連自己性命都肯扔了，我替他想想真不值！」

崔平依舊皺著眉說：「這不是發牢騷的時候，你還是冷靜一點，自己站穩立場，一切靜等政府處置。政府是最英明的，決不會冤枉處罰一個人。相信政府就是相信自己。」

玉寶聽他這口吻越來越不對了，她疑心他一定是已經聽到一些風聲，知道趙楚的罪名非常嚴重，怪不得他這樣冷淡，極力避著嫌疑，躲得遠遠的。「崔同志，」她突然顫聲說：「要是連你都……連你都不管他的事了，那還有什麼指望？」她嚎啕大哭起來：「我也不要活著了，乾脆把兩個孩子摔死了，我一頭碰死給你看！」

「這是什麼話？」崔平不耐煩地站起身來。

「訛上人了！」賴秀英說：「得了得了，崔平昨天開了一夜的會沒睡覺，今天忙到這時候才回來，還不讓他休息休息，你這會兒馬上逼死他也沒用。」

「周同志，你冷靜一點，」崔平按著她的肩膀，把她向房門外面推送了出去。「別這麼緊張，明天我們慢慢的想辦法。」

玉寶本來還想損他幾句，但是現在這時候不是得罪人的時候，真跟他鬧僵了也不好，只得借此下台，回到自己房裏，痛哭了一場，一夜也沒闔眼。第二天一早就出去，四處奔走營救。仗著他們夫婦的革命歷史長，認識的人多，雖然在這三反期間誰也不歡迎有人上門，尤其是已經出了岔子的人；但是究竟是多年的老同志了，「人有見面之情」，玉寶接連奔走了幾天，也探出了一點消息。聽見說趙楚是被檢舉貪污，案情嚴重，現在關在提籃橋監獄裏，絕對不許家屬探望，或是送衣服與棉被。玉寶到處喊冤，極力替他保證沒有貪污情事，並且拿出農村婦女的看家本領，撒潑哭鬧，遍地打滾，那些熟識的部長局長也制伏不了她，誰都見了她頭痛。黨支部主任曾經來訪問過她兩次，勸她冷靜地反省一下，搜集資料協助檢舉她的愛人。反而被她抓到這機會，極力為他洗刷了一番。雙方都說得舌敝唇焦，毫無結果。

玉寶整天發瘋似地在外面跑著。趙楚被捕是上一個星期三，在下一個星期二那天，她連碰了幾個釘子，心灰意懶地回來，一到家，勤務就迎上來告訴她：「公安局來過人，說今天早上已經槍斃了，叫家屬去收屍，還有點遺物，叫領回來。」

那天天氣很好，暖洋洋的日光從樓梯口的窗口裏射進來，一個工役騎在窗口擦玻璃窗，那灰色的抹布發出一股子潮濕的氣味。玉寶在樓梯上走著，清晰地聽見外面電車行駛的聲音和學校的上課鈴。這世界依舊若無其事地照常進行著，她痛恨這一切。

她痛恨那保姆抱著她的孩子站在房門口茫然觀望著。這兩天這保姆也和她一樣被孤立起來，誰都離得她遠遠地。玉寶跑進房去，砰地一聲關上了門，倒在床上放聲大哭。但是那哭聲在她聽來，似乎異常微弱而遙遠，像隔了墊著厚絨的沉重的門，生與死之間的門。他是聽不見她了。

下午的陽光照在那沉寂的鋼琴上，也照在那兩隻電話上，一隻黑色的，一隻白色的。許久沒有人打電話來了，在陽光中可以看見那光滑的電話上罩著一層浮塵。

那沉默的電話也增加了她心上的重壓。她的抽咽聲漸漸低了下去。但是她用力抓著床單搥床，像在那墊著厚絨的沉默的生死門上搥打著。

「罪大惡極抗拒三反的貪污犯趙楚已在前天執行槍決。」

劉荃在報上看見這一行觸目驚心的文字，急忙再看下去，還有一段較詳細的記載：「趙被檢舉貪污浪費，縱容違法亂紀，走私漏稅，經調查證據確鑿，而該犯一貫品質惡劣作風，目無組織，蔑視紀律，對抗領導，拒不坦白。業經開除出黨，逮捕法辦，於前日清晨執行槍決。」

劉荃心裏想，所謂「拒不坦白」，也不過是那麼句話。不管他坦白了沒有，反正要判死刑的時候就把「拒不坦白」的帽子扣在他頭上。劉荃計算，自從他拆開那封檢舉陳毅的信，到趙楚處決，一共才不到一個星期。陳毅真是辣手。劉荃想到他是趙楚的下屬，周玉寶仗著她是上司太太，又老是差他做這樣做那樣，被人看著還以為他是他們夫婦的親信，實在使他有點慄慄自危。

這一天晚飯後，宿舍的工役忽然來叫他，說，「有一個女同志找你。」

劉荃以為是黃絹。她說她今天如果有空就來看他。但是走到會客室裏一看，再也想不到，竟是周玉寶。越是怕被株連，越是投到他頭上來。玉寶從來沒到他們下級幹部的宿舍來過，被大家看在眼裏，不免要覺得奇怪。

「噯，周同志，請坐請坐。」他覺得很窘，不知道應當怎樣信問，關於趙楚的死。

周玉寶大概些知道他很難措詞，沒等他開口，就微笑著問：「吃過飯沒有？我有點事想麻煩你，不知行不行？」

「只要是我辦得到的——」

「我寫了一篇自我檢討，黨支部打算送到新聞日報去登。可是我那點程度你是知道的——」她向他笑了一笑，「寫得實在見不得人，想請你給我修改一下。」

「你太客氣了，我哪兒行，」劉荃笑著說。

「你客氣，我就當作是看不起我了，不肯幫忙。」她突然眼圈一紅，言外顯然是說世態炎涼。

劉荃不能讓她想著他也是那種勢利小人，只得把那份稿子接過來看。她實在很有文藝天才。一看那標題就很醒目，「叛徒趙楚毒害了我」。下面署著周玉寶的名字。內容雖然有時候不大通順，但是簡潔扼要，共產黨的辭彙她也能靈活運用。

「擱在這兒你慢慢地改吧，我過天來拿，」玉寶說。

「馬上就好了，沒什麼要改的，」劉荃連忙說。他實在怕她再來。

他略微改正了兩個地方，自己又從頭看了一遍，心裏卻有很多感觸。那篇文章上說：

「我出身於一個中農的家庭。我十二歲那一年，共產黨解放了我的家鄉，山東掖縣倉上村。工作同志們動員我們加入少年團，我在少年團裏很活躍，學習也很努力，在我十五歲那年就准許入黨。此後我一直搞民眾工作。

我遇見了叛徒趙楚，當時認為他雖然是小資產階級出身，但是歷史清白，在大學讀書時代就上延安參加革命，而且為革命流過血。我們政治水平接近，工作上也能互相幫助，因此我們結合了。

全面勝利後我們一同調到上海來工作，我們分配到美好舒適的房間，還有冰箱電爐，和一架精緻的鋼琴。我們的兩個孩子有保姆照顧，有美麗的玩具。我常常給他們穿上漂亮的童裝，帶著他們和叛徒趙楚一同乘著汽車去看電影。我逐漸養成了享樂觀點，走上腐化墮落的道路。

三反運動開始了。人民的叛徒，國家的蟊賊趙楚被檢舉貪污與叛變革命，但是我政治嗅覺不靈，始終被他欺騙蒙蔽，深信他是無辜的。他被逮捕後我竟四處奔走，替他呼籲、辯護。組織上一再地企圖爭取我，動員我協助檢舉他，我仍舊執迷不悟，站在他那一邊。我向各方面哀懇、哭求。直到最後，我還夢想著政府一定會寬大他的。

一直到我聽見叛徒趙楚已經被正法的消息，我才突然地神志清醒了，醒悟了過來。因為我知道人民政府決不會錯殺一個人的。他被處死就是他犯罪的鐵證。

我現在明白我犯了最嚴重的錯誤，在意識上與貪污犯站在一起。我感謝人民政府把我從叛徒趙楚的毒化麻醉影響下解放了出來，及時糾正教育我，使我將來能夠更好地為人民服務。」

劉荃最覺得奇怪的就是她為什麼一聽見他的死耗，立刻清醒了過來。她似乎特別強調這一點，被她說得很有真實感。她突然安靜了下來，不哭也不鬧了，也許只是因為他已經死了。他已經死了，她卻還活著，而且那樣年青。

她坐在桌子的另一方面，交叉著兩臂，把肘彎撐在桌面上，默默地向前面凝視著，她那俊秀的微黑的臉蛋正迎著燈光，眼皮揉得紅紅的，像抹了胭脂。

劉荃立刻譴責了自己不應當這樣想。寫這樣一篇文字不過是例行公事。這也是中共統治下新創的一種虐政，被殺害的人的家屬例必要寫一篇坦白書，把死者痛罵一頓，並且歌頌他的劊子手，十足做到了「吻那打你的鞭子」。玉寶這樣口口聲聲「叛徒趙楚」，不過是為自己與孩子們的安全著想罷了。

從共產黨的觀點看來，以她這樣的出身，不但是具有農民的高貴品質，而且她那除了黨的教育之外，與其他的文化毫無接觸，該是最純潔最理想的黨員，然而環境稍微舒適了一點，立刻就「蛻化變質」，劉荃覺得這種看法實在有點可笑。換一種較現實的看法，她不過是一個單純的職業女性，等於一個鄉下女孩子由傳教師花錢栽培她，給她找到一份好事，嫁得很滿意，生了兩個孩子，享受著大都市裏中產階級的小家庭生活，但是不幸遇到市場波動，鬧得她家破人亡。劉荃對她的同情也就是基於這種觀點。

她把稿子接過去看了一遍，又向他道謝之後，仍舊坐著不走，低著頭摘掉她的棉制服的布眼裏鑽出來的棉絮。「我要調到楊樹蒲公安分局去做工作了，」她說。

他知道那待遇一定很壞。「孩子你預備帶在身邊嗎？」

她搖了搖頭。「那邊沒有人照顧，自己也分不開身。我預備托人把他們送到鄉下去，交給他們祖母。」

「這樣很好，你可以安心工作了。」此外他也想不出什麼話來安慰她。

她的棉制服上一小釘一小釘的棉絮似乎永遠摘不完。「我的文化程度太低了，你介紹幾本書給我看，我希望能夠有點進步。」

劉荃微微咳嗽了一聲。「最近不知道有什麼新出版的書。我這一向忙得糊裏糊塗，也有好久沒看書了。」

有片刻的沉寂。然後她站了起來，拿出她平日那種明快的笑容，但是眼圈紅紅的，喉嚨有些沙嘎，卻增加了一種淒艷之感。「我走了，你有空來看我。我聽見說你進步得非常快，我真得向你學習。」

她伸出手來和他握著，劉荃突然想起她和趙楚鄭重地練習握手的神情，在這一剎那間他覺得悽慘而又滑稽。

「有空一定要到楊樹蒲來看我，」她又叮囑著。她那黝黑的眼睛裏有一種神情，是他不願意看見的，看見了也不願意承認。

她走了以後，他心裏想，從前人說「人情如紙薄」，那還是指一般的親戚朋友，他從玉寶又想到崔平身上。現在這世界裏，真是連最親密的關係也像一層紙一樣，一捅就捅穿了。他心裏鬱悶得厲害，非常盼望黃絹來。一定要看見她，他才會安靜下來。

他在樓上坐著看報等著她。忽然聽見有人叫聲「劉同志。」回頭一看，是一個公安警察，微笑著立在燈光下。

「你是劉荃？」那人又問了一聲，臉上的微笑已經收了。

「是的。」劉荃放下報紙站起身來。

那警察走進房來，背後還跟著兩個警察，兩個荷鎗的解放軍。

「請你到公安局去談話。」

這樣的事臨到自己的頭上的時候，大約總是這樣的。他心裏恍恍惚惚的像在做夢。

「為什麼？我犯了什麼事？」

「走走！到那兒就知道了。」

「這是逮捕我嗎？」

「走走！」他們推擁著他出來。樓梯上擠著許多人臉，木然地向下面望著。張勵想必也在內。劉荃腦子裏閃電似地掠過許多獲罪的原因。主要他還是想起張勵對他的懷恨。

他希望走出大門的時候恰巧碰見黃絹來，可以見她一面。同時他又怕她正是這時候趕來，看見他這狼狽的神氣。

捕人的卡車才開走不到五分鐘，黃絹就來了，擠在樓梯上旁觀的人還沒散淨。她意識到他們宿舍裏的空氣有點不尋常。「劉同志在家嗎？」她問。

「咦，黃同志，幾時到南邊來的？」張勵看見她顯然非常詫異。「還認識我吧？」他笑著走下樓來。「我們在一起搞土改的。」

「認識認識，」黃絹笑著說。事實是她常常聽見劉荃提起他的，他被扣起來隔離反省，她也知道，沒想到他倒已經放出來了。

「你找劉荃嗎？」張勵皺著眉低聲說：「剛才公安局來了人，找他去談話，但不知為了什麼事。」

黃絹突然臉色慘白。「沒說是為什麼緣故？」她吶吶地說。

「就是不知道呀！你有點線索嗎？」他釘眼望著她。「你跟劉荃很熟吧？你們在土改的時候就很接近，是不是，我都一點也不知道。」他臉上現出一種奇異的笑容，含有掩飾不住的驚奇妒忌與快意。

黃絹並沒有忘記那時候他怎樣利用職權向她進攻。劉荃被捕他當然是幸災樂禍的。向這種人多打聽也無益。劉荃自己的單位的負責人趙楚已經出了亂子，被槍決了，此外也沒有人可問，他在解放日報做聯絡員的時間很久，還是到解放日報打聽打聽吧。

她走得那樣匆忙，簡直像是怕牽連一樣。

趕到解放日報館，在他們的工作人員裏她只認識一個戈珊，那天在土產展覽會裏遇見，也只是匆匆一面，但是看她和劉荃彷彿是極熟的朋友又是個老幹部，想必門路比較寬，甚至於能幫一點忙也說不定。明知現在這時候去找人是極不受歡迎的，因為人人都是避嫌疑還來不及，但是也顧不了這許多了。

她找到了戈珊，告訴她劉荃被捕的消息。戈珊也愕然，隨即站起來戴手套，圍上圍巾。

「我也就要回去了，一塊兒走吧，」她說。

黃絹也明白她的意思，是因為在報館裏不便說話。兩人一同走了出來，這時候是在夜間十點多鐘，但是現在上海沒有什麼夜市。尤其是在這中區，都是些商店與營業的大廈，一到了晚上，完全一片死寂。若干年來這些房屋都是些鈎心鬥角的商戰的堡壘，然而也只限於日間，夜裏是毫無人烟，成為一座廢棄的古城。在那淡淡的月光裏，只看見那些高樓上一隻隻黑洞洞的窗戶；回教堂風味的白粉雕空門樓下，一重重的鐵柵欄封閉著裏面廣大的黑暗。

她們沿著舊南京路走著，寒風凜冽，路上一個人也沒有。但是在電線桿的黑影裏發現一個女人，穿著件絨線衫，牽著個五六歲的小孩站在那裏。現在這些秘密營業的妓女大都帶著個孩子作為烟幕。

「要是跟趙楚的事有關，這事情就麻煩了，」戈珊低聲說。

「不過劉荃決不會貪污的，」黃絹焦急地說：「我可以替他担保，他的事我全知道，他什麼話都對我說的。」

戈珊聽了這話特別刺耳，就像是在她面前炫示他們的親密。「哦，他的事你全知道，」戈珊想。「我們的事你就不知道！」她一時氣憤，差一點要立刻替他揭穿那秘密，叫這女人且慢得意。但是再一想，這樣做似乎跡近無聊。結果還是忍下了這口氣，只冷冷地說了聲：「現在這時候，誰還能替誰担保，自己先不知道自己有沒有問題。」

黃絹聽她這口吻彷彿是拒絕幫忙的意思，剛才看她很熱心的樣子，怎麼忽然變了態度，也不知道自己什麼地方說錯了話，把人家得罪了。「我不知道，可是我實在不知道怎麼辦好，一個人也不認識，也沒處去打聽。」她說到這裏，嗓子已經哽了起來，別過頭去擦眼淚。「無論如何要請戈同志給想想辦法。」

戈珊半晌沒作聲。然後她說：「要不然，你試試看，去找申凱夫。他雖然是搞文化宣傳的，跟政保處的關係很深。」

「不知道見得著他見不著。」

「要不，我先打個電話去試試，給你約一個時候。」

「那真是……費心了，」黃絹十分感激地說：「你跟他熟不熟？」
「也談不上熟，認是認識的。」
黃絹躊躇了一下，自己覺得是得寸進尺，但是終於鼓起了勇氣說：「要是你能夠陪我去一趟，那更好了。」
「我才犯不著呢，」戈珊心裏想。「劉荃是你的私有財產，我憑什麼要去鑽頭覓縫救他？將來讓他知道我跟黃絹這樣雙雙地『聯袂』四出求救，倒讓他笑話，想著我就這樣痴心！」她嘴裏只說：「我想你還是一個人去的好。我們報社的社長給撤職查辦了，這兩天我們這些同事們大家都得謹慎著點，哪兒也不便去。」
她掏出一本記事簿來撕下一頁，在路燈下寫出申凱夫辦公處的地址，交給黃絹。
黃絹再三向她道謝，想緊緊地握住她的手。但是她正忙著把記事簿歸還原處，自來水筆也仍舊插到口袋上，就根本沒理會人家伸出來的那隻手。而且隨即大聲喚著「三輪車！三輪車！」馬路對面有一輛三輪車，被她喊了過來，她跳上車去，略向黃絹點了點頭，就這樣走了。
黃絹雖然覺得她這人有點奇怪，一方面很肯熱心幫忙，卻又是這樣冷淡得近於憎惡的神氣。但是她積有一年多的工作經驗，也曾經接觸到許多老幹部，一切都見怪不怪了。在北京流行著這樣的話：「五個老幹部，倒有兩個是瘋子，兩個是肺病患者。」她想到這裏，如果不是現在心情這樣沉重，幾乎要微笑。

戈珊很費了點事，和申凱夫通了個電話，居然替黃絹約了個時間去見他。她覺得她已經仁至義盡了。再要為劉荃的事操心，她也未免太傻了。

但是有一天她見到一個公安局的朋友，又忍不住向他打聽劉荃的事，據這人說：大概不礙事。有人檢舉劉荃是趙楚的心腹，有兩件貪污的事都是由他經手的。不過檢舉人對於趙楚的罪狀根本也不清楚，指控劉荃與他合作，也提不出具體的證據。不過因為涉及趙楚，上頭餘怒未息，所以鄭重其事地抓了來。

戈珊聽了這話，方才放下心來，也就把這件事擦在腦後了。

有一天她夜裏從報館回家來，看見有一個黑影縮成一團坐在那露天樓梯上。起初她以為是她的一個愛人在那裏等她。三反還沒有結束，大家實在是應當小心一點。她很不高興，皺著眉問了聲，「誰？」

那人沒有立刻答應，卻慢慢扶著鐵闌干站起身來。「戈同志，是我。」是黃絹的聲音，她似乎在啜泣著。

「啊，真想不到，這樣晚了你會來找我。」

戈珊從容地走上樓梯，拿出鑰匙來開門。她向自己微笑著，心裏想：「申凱夫侮辱她了？這樣半夜三更跑了來向原介紹人哭訴。」

黃絹跟在她後面走了進去。

「你等了我多久了？凍僵了吧？請坐請坐。」

「戈同志！」黃絹大概哭得時間太長了，雖然停止了，仍舊抑制不住一陣陣輕微的抽噎。

「劉荃完了，」她說。

「什麼？」

「這時候說不定已經鎗斃了。」她臉上現出奇異的微笑。

「你哪兒聽來的這些話？」

黃絹無精打彩地說：「今天見到了申凱夫。」

「你今天才去找他嗎？」戈珊氣憤地說。

「去過好幾次了。」

「回回他都接見？喝，我的面子倒真不小！」戈珊突然狂笑了起來。「怎麼——他怎麼說？」

「他很熱心，答應去調查一下，叫我再去聽回音。去過兩次，今天忽然說得到了消息，已經內定了要處死刑。」

「怎麼我前兩天還聽見說不要緊的——奇怪不奇怪？」戈珊才點上了一支香烟，又心神不屬地在桌上揿滅了它，而且揿了又揿。

「你聽見誰說的？」黃絹突然興奮起來。「靠得住嗎？」

「靠是靠得住的，不過事情可能起了變化。」戈珊向空中凝視著，忽然把她那紅嘴唇微微向上一掀，做出一種原始的殘酷的神氣。「大概老申去說過什麼話了。他要幹掉個把人還不容易。」

「他為什麼——」黃絹驚惶地問：「他頂多不幫忙，為什麼反而——」

「還不是你得罪了他。」

「我沒有，沒有，」她發急地辯白著：「他也始終很客氣，第一次見面的時候他有點家長作風，問了許多話，也問起我和劉荃認識的經過——」此外還問了許多與劉荃完全無關的話，她認為他是旁敲側擊，要明瞭她的思想狀況。他還問起她的年紀，他說他對年青人最感到關切。她又想她臨走的時候，他把手臂圈在她肩上，送她到房門口，替她拉開門鈕，那親熱而隨便的態度很像一個歐化的醫生對待女病人。其實這也不算什麼，但是這些話她都不願意告訴戈珊。尤其是第二次她去見他，臨走的時候他和她握手剛巧電話鈴響了，他用另一隻手拿起電話來聽，一直握著她的手不放，就像忘記了似的。她回想到他那蒼白浮腫的側面，鴉翅似地斜掠下來的黑油油的鬢髮，眼角下垂的黑框眼鏡。他的手是胖墩墩的，一個溫暖潮濕而氣悶的陷阱。她整個的人都透不過氣來了。但是她竭力忍耐著，最後雖然掙脫了手走了，仍舊是嫵媚地笑著走了的，在她已經算十分委曲求全了。這一類的事她遇見的次數實在多了，已經養成了自衛的能力，從來沒肯像這樣讓步。

「如果我得罪了他，」她突然說：「那就是上次，他說他或者可以介紹一位李同志和我見面，李同志是直接負責這一類的案件的。可以約他一塊兒吃飯，讓他當場問我些話，了解情況。」

「唔。」戈珊又點上了一支烟吸著，仰著臉瞇著眼睛望著那烟霧。「你沒去？」她可以猜想到申凱夫請吃飯一定是在一個僻靜地點的公寓裏，他佔有好幾處這樣的房子，隨時可以去休息，地址向不公開的。把黃絹約了去吃飯，那位李同志當然不會出現——如果實有其人的話。

「我跟他打聽李同志辦公處的地址，讓我到他辦公處去見他，我覺得那樣比較好，」黃絹煩惱地用極低微的聲音說：「他——他也許是有點不高興，說李同志很忙，得要先問過他。」

「這還不明白麼？」戈珊縱聲笑了起來。「你一直跟他不即不離的，到了要緊關頭又這樣彆扭，當然他認為癥結是在劉荃身上，只要劉荃活著一天，總不能稱心。」

黃絹半天說不出話來。「不會的，」她終於執拗地說：「在這三反的時候，憑他是誰，總得有點顧忌——」

「所以他不能有太露骨的表示。偏碰見你這人，會一點都不覺得——我真不相信！」

黃絹蒼白著臉坐在那裏，眼睛呆呆地向前面直視著。她哭得連嘴唇都紅腫起來了。戈珊看了一眼，心裏想憑她這副相貌，也不見得是什麼絕色，老申倒真為她著了迷，這樣小題大作起來。當然申凱夫喜歡年青的女孩子是出了名的。戈珊介紹她去見他，本來也就是這意思：「一石殺二鳥，」犧牲了這女孩子，又救了劉荃。沒想到弄巧成拙，反而害了劉荃的性命。她一方面對自己生氣，看見那黃絹，更覺得可氣，終於把滿腔怨憤都移植到她身上。

「也許他不過是恐嚇，」黃絹低聲說，像是自言自語。

「這樣一件小事，他不會失信的，」戈珊冷冷地說。

黃絹啜泣起來了。「我是真沒有想到……」

「不管你是真沒想到，假沒想到，反正是你害死了劉荃，」戈珊吐出了一口烟，輕鬆地說，心裏也感到了某種滿足。

十

一間屋子裏擠了二三十個人，在黑暗中默默地席地坐著。今天晚上九點鐘就關了電燈。外面馬路上響著汽車喇叭，自遠而近，又漸漸遠去。車燈的白光倏忽地照到這黑暗的房間裏來，窗上鐵柵的黑影沉重的棍棒落在人身上。

獄室裏裝著一個播音器，在牆的高處。播音器裏突然發出一陣沙沙的響聲，然後有一個低沉的喉音開始說話了：「坦白是生路，抗拒是死路。」悄悄地，聲音放得極低，但是帶著很重的呼吸的聲息。

隔有兩三分鐘的沉默。

「坦白是生路，抗拒是死路，」又輕聲重複著。

一遍遍地說了七八遍，終於停止了。

在絕對的黑暗中，身體挨著身體。偶爾聽見那垢僵硬膩的棉衣摩擦著，發出輕微的聲響。偶爾有人變換坐的姿勢，腿骨格格作聲。有人抑制不住他的咳嗽，穢惡的乾燥的熱風一陣陣在別人面部掠過。

半小時後，有一個人再也忍不住了，沙沙地搔著身上被蚤子咬了的地方，但是房門底下忽然出現了一線黃光，那沙沙聲立刻凍結住了。

門外有人開了鎖，房門一打開，就有一隻手電筒的光射了進來，在人堆裏掃來掃去。大家張開盲人的眼睛，木然地讓那白光在他們臉上撫摸著。

電筒撥過來照到劉荃臉上。那粗而白的光柱一觸到臉上，立刻使人渾身麻木，心也停止了跳動。然後那道白光又旋了開去，落在屋隅一隻鉛桶旁邊坐著的一個人身上。

「姚雪帆！站起來！」門口有兩個人大聲叫著，隨即從人堆裏跨了進去，把他拖了出去。房門又鎖上了。一隊雜沓的皮鞋聲，擁到別的房間裏去了。

大約陸續叫了好幾個人出去。大家側耳聽著。在一陣沉寂之後，突然在房屋的另一部發出了幾聲鎗聲。

太像舞台的音響效果了，劉荃心裏想。但是身當其境的人，即使看穿了這是戲劇化的神經攻勢，也無法擺脫那恐怖之感，正像一個人在噩夢中有時候心裏也很明白，明知道是一個夢，但是仍舊恐怖萬分。

半小時後，忽然燈光大明。

「抗拒坦白的頑固份子已經都槍斃了！」播音器明朗地宣佈：「大家趕快坦白！再仔細反

省一下，趕快徹底坦白！」

電燈忽然又滅了，重新墮入黑暗世界。如果這是一齣戲，那實在是把觀眾情緒控制得非常緊，不讓人透過一口氣來。

房間裏聲息毫無，不知道是不是都在反省。劉荃進來了十幾天，對於同室的犯人知道得很少，因為禁止談話。但是每次進來一個新犯人，坐在旁邊的例必要輕輕地問一聲：「哪裏來的？」有時候那新來的只是垂著頭坐著。但是也有時候可以得到簡單的回答。一部份似乎是國營機構的高級留用人員，被指控貪污，目的大都是借退贓的名義搾取他們的財產，此外就是像劉荃這樣的非黨員的幹部了。劉荃本來也聽見說，這次三反的主要目的之一就是「清理中層」。非黨員的幹部數近千萬，需要作一次清理。稱他們為中層，是因為他們介於資產階級與無產階級之間，立場不夠明確。經過這一次三反，有許多是要被淘汰的。

劉荃關進來之後，已經提出去問過兩次話，他矢口否認有貪污情事。他早已下了決心，無論他們用酷刑也好，用心理戰術也好，他決不濫認罪名，把他沒有做過的事也「坦白」了出來。並不是充英雄好漢，而是事實上辦不到。承認了貪污就得退贓，他哪裏來的錢？家裏是絕對賠不起，也沒有闊親戚可以告貸。現在這時候大家都為難。他自己至多一死，不能再去害別人。

「坦白是生路，抗拒是死路，」播音器又低聲說起來。一遍又一遍地重複著。

窗外有一輛汽車駛過來，車燈的光照到窗戶裏來，一瞥即逝，就像整個的世界在他眼前經過那樣親切、溫暖，充滿了各種意想不到的機緣。

劉荃想起他過去二十幾年間的經歷。不快的事情例都不放在心上了，只想起一些值得懷念的事與人。

他想起黃絹。同時也不免想到戈珊，她究竟是給了他許多愉快的時光。似乎是白白地送給他的，然而結果他還是付出了很高的代價。這也是人生吧？

如果他被殺，他希望黃絹永遠不知道他致禍的真正原因。假使她知道他是為了另一個女人的緣故，所以被人陷害，她一定覺得他欺騙了她，他們之間的感情完全被污辱損害了。

別讓她知道，這是他現在最大的願望。

房門突然又打開了，電筒的白光射了進來，在人堆裏搜索著。

「劉荃！站起來！」有人喝叫著。

劉荃扶在隔壁一個人的身上，艱難地站了起來。坐得太久了。

電筒的白光終於找到了他的臉。

「出來出來！」

他沒有等他們進來拖他，就在人叢裏擠了出去。有兩個難友匆匆地握了握他的手，在黑暗中也不知道是誰。如果他來得及分析他自己的心情，他實在憎恨這兩個人，因為這時候他只希望無牽無掛，而他們像是生命自身，悽楚地牽動他的心。

兩個警察押著他在甬道走著，下了樓。當然是不會用汽車押赴江灣刑場了，為了「殺雞嚇猴子」，就在監獄裏處決。在樓下又穿過了一個很長的甬道，他以為應當到一個院子裏，但是轉來轉去還是在戶內。還要經過驗明正身的手續。

他猜想那是典獄長的房間，遠遠看見房門開著，裏面燈光很亮，陳設著玻璃面的圓桌，沙發椅、茶几、花瓶，像一個會客室。他看了有一種奇異的感覺。他已經忘了一個普通的房間是什麼樣子，人們是怎樣生活著。

警察帶著他走進房去，裏面只有一個穿解放裝的年青女人站在燈光下。

黃絹兩隻手拉著他，微笑著向他臉上望去。她眼睛裏異樣的光變成淚水，流溢了出來。他一定是在做夢，而這夢已經快醒了，因為已經到了飽和點。他可以覺得它顫抖著，馬上就要破了，消溶在黑夜裏。

「你怎麼能夠來？」他輕聲說：「我以為一概不准接見。」

她沒有立刻回答。「也不是完全沒有辦法可想的，」她低聲說，她向門口的兩個警察微微瞟一眼。

兩個警察閒閒地負著手站在那裏，斜伸著一隻腳，很耐心地，像是預備久立的神氣，並且故意向空中望著，表示不干涉他們談話。

這樣優待，劉荃實在不能相信。他緊緊地抱著她，湊在她耳邊說：「你一定得告訴我，為什麼能夠讓你來。不然我總當是做夢。」

她被他逼得沒有辦法，只得含糊地說了聲：「是戈珊。她很幫忙。」

劉荃沒有想到戈珊竟這樣神通廣大，尤其覺得奇怪的就是她居然這樣大量，竟去替黃絹設法取得「特別接見」的權利，讓他們見這一面。她對他的這一片心，實在是可感。雖然追根究底，這一次的事還是她害了他，但是她自己未必知道，而且也不是她的過失。

「你怎麼樣？」黃絹輕聲問。「還好吧？」她胆怯地撫摸他的肩膀與手臂，她不知道他是不是遍體傷痕。

「我很好，一點也沒有什麼。」

黃絹偎在他身邊，戀戀地望著他的臉。「你又跟我認生了。」

「怎麼？」

「又像我們在那下雨天看黑板報的時候，」她低聲說。

劉荃笑了。於是他不管有沒有人在旁邊，就熱烈地吻她。她今天很奇怪，她那樣迫切地抱著他的脖子，但是她是冰冷的。她像一個石像掙扎著要活過來，但是一種永久的寂靜與死亡已經沁進她的肌肉裏。他彷彿覺得他是吻著兩瓣白石的嘴唇，又像吻著一朵白玫瑰，花心裏微微吐出涼氣來。他直覺地感到她今天是來和他訣別的。一定是她得到了消息，知道他要被處死了。

「你聽見什麼消息沒有？」他問。

「你別著急，耐心一點。你不要緊的。」

他沒有作聲。「我們說點別的。」

她做出愉快的神氣。

「說什麼呢？」劉荃微笑著說。

她的眼睛裏已經又汪著眼淚，他不得不很快地想出些話來說：「哦，有一樁事情一直忘了問你。」

「什麼事？」

「我離開韓家坨的時候，你叫我寄一封信，那封信是特意寫的還是本來要寫的？」

黃絹不禁微笑了。「你當我是誠心要你知道我的住址是不是？」

「你不承認？」

「當然不。」

「好好，那是我以小人之心，度君子之腹。」他把臉貼在她面頰上揉搓著。

「從前的事想著真有趣，」她說。

「你記得在卡車上唱歌，你始終沒唱，就光張張嘴？」劉荃說。

「你還說我唱得好聽。」

「真的，我就從來沒聽見你唱過歌。」

他覺得很意外，她竟伏在他胸前，用極細微的聲音唱了起來。她的嗓音太單薄，但是這樣低聲唱著，也還是有一種韻味。唱的是他們在中學時代就很熟悉的一支歌：

「天上飄著些微雲；

地上吹著些微風。

啊……微風吹著我的頭髮。

叫我如何不想他？」

她突然停止了，把臉壓在他衣服上，半天沒抬起頭來。劉荃也沒有作聲。

「底下不記得了，」她終於說。

「我也不記得了，」劉荃微笑著說。

警察突然開口向劉荃說：「喂，得走了！時候已經過了。」

但是黃絹緊緊地抱住他，她的眼淚流了一臉，她瘋狂地吻著他的眼睛和嘴。她又像一個石像苦痛地掙扎著要活過來，一個冰冷的石像在凄迷的烟雨中。「劉荃！」她哽咽著說：「劉荃，我永遠不會忘記你的。」

她從前不是不許他說他永遠不會忘記她？她認為這話是不祥的，彷彿他們永遠不會再見面了。

劉荃像觸了電似的，站在那裏呆住了。她這是太明顯地表示他們從此永別了。

「走走！」兩個警察走上來拉他，劉荃本能地就扳開了黃絹的手，很快地走了出去。他不願意在她面前被這些人橫拖直曳。

警察又把他押回原來那間黑暗的房間。

「不知道什麼時候執行，」他想。

挨著他坐著的一個人悄悄地問：「哪裏來的？」

他起初沒有回答。然後他說了聲「我是劉荃。」

那人驚異起來。「我還當是個新來的。」他彷彿有點難為情似的。「怎麼？沒有怎麼樣？」

「不過時間問題罷了。」

「坦白是生路，」播音器又鬼氣森森地輕聲唸誦著：「抗拒是死路……」

大概接近午夜的時候，突然燈光通明。看守人打開房門，分給他們每人一份紙筆，限他們在天明以前把坦白書寫好。

劉荃很用心地寫了他的坦白書，但是他知道他等於交了白卷。

天亮的時候，把坦白書收了去。他們的政策向來是一張一弛，玩弄著對方的神經。經過那樣緊張的一夜，第二天竟是極平淡地度過。陸續又新添了幾個人，都是別的房間裏調來的。屋子裏已經坐不下了，一部份人只好站著，大家換班。

劉荃一直等到第三天上午，仍舊毫無動靜。直到那天下午三四點鐘模樣，忽然把他叫了出去，帶到樓下的一間簡陋的辦公室裏，一個穿黃色制服的同志坐在一張小條桌前面。這比較像「驗明正身」的場面了。

「你是劉荃？」那人翻閱著厚厚的一疊文件。

「是的。」

「現在經過調查研究，你和趙楚的關係相當密切，那是不可否認的事實。他的反人民罪行你決不會一無所知，很有互相包庇隱瞞的嫌疑。無論如何是警惕性不夠高，立場不夠堅定。但是人民政府特別寬大，還是要爭取你。你現在可以回到原來的崗位上去工作，但是暫時還是在羣眾的管制下，讓羣眾監視考察你的行動。亂說亂動，馬上就要受到法律的制裁，明白不明白？」

劉荃一點也不明白，被他這一席話說得如墮五里霧中。難道就這樣把他放了出去？

一個警察又領他到另一個房間裏，把他入獄的時候口袋裏抄出來的幾樣零星物件交還給他，然後把他送出了大門。那鐵門在他後面豁朗一聲關上了。他茫然地站在街沿上淡淡的陽光中，一邊一個站崗的黃衣衛兵，無表情地扶著步鎗望著他。

他到了電車上才稍微心定一點，覺得他逐漸離開了危險地帶。總像是他們隨時可以反悔，再抓他回去。

電車過了橋。迎面來了一輛三輪車，那年青的車夫似乎還帶幾分孩子氣，在他的扶手棍上拴著個紅紅綠綠的小紙風車，迎著風團團轉。劉荃不由得微笑了。到底是春天了，他想。

他摸了摸他的頭髮和下頷，決定先到理髮店去一趟，免得像這樣囚首垢面，跑到哪裏人家都用駭異的眼光望著他。還應當去洗個澡，但是他等不及要去找黃絹，有那麼些話要問她。他以為她知道那天見面是永訣，那當然是他神經過敏。那天見面，也不怪她要傷心。

他趕到文匯報館。三反期間一切國營機構裏都有一種特殊的空氣，冷清清地彷彿門可羅雀，而同時又是緊張紊亂，大家都心不在焉。黃絹不在那裏，報館裏的人說她兩天沒來了，是否生病也不知道，有沒有請假也不知道。

他想她一定是病了，立刻到她的宿舍裏去。

「黃同志搬走了，」女傭告訴他：「你來晚了一天，昨天剛搬的。」

「搬到什麼地方去了？」他的心直往下沉。

「不知道，沒聽見說。」

他要求見宿舍的管理員。管理員是一個中年婦人，上身穿著件藍布棉制服，下面卻不倫不類地繫著一條黑布單褲。她的平板的長方臉像一塊黃肥皂。

她告訴他的也還是那兩句話，不過比那女傭脾氣壞些，也更多疑，直查問「你是哪一個單位的？」「你是她什麼人？」

末了她說：「你上報館去打聽吧，我們不知道。」

劉荃從那宿舍裏走了出來，覺得他要瘋了。一定是他剛從監獄裏出來，神經不大正常。一個人怎麼會就這樣失蹤了呢？

他決定再到報館去一趟，堅持要找他們的負責人談話，總可以問出一點端倪來。再問不出什麼來，那只有等到晚上，等這宿舍裏寄宿的女幹部都回來了，再來向她們一個個地打聽，總有一兩個和黃絹比較接近的，會知道她現在的地址。

他第二次到報館裏去，半路上忽然想起來，黃絹不是說這次的事，戈珊非常幫忙嗎？聽上去她這一向和戈珊很多接觸，她搬家戈珊一定也有點知道。她這種不可思議的行動一定有理由的。

他走過一家店鋪，看了看裏面的鐘。他自己的手錶在出獄的時候還了他，但是早已停了。他也來不及撥錶，就又匆匆地向公共汽車站走去。戈珊向來到報館去得很晚，這時候也許還在家裏。

他在暮色蒼茫中趕到戈珊那裏，她正鎖了門走出來。她看見他似乎並不怎樣驚異。

「啊，你出來了，恭喜恭喜！」她笑著說：「進來坐。」

她把皮手套脫下來，拿鑰匙開門。初春的天氣，入夜還是嚴寒。

「什麼時候出來的？」她問。

「今天下午。」

「一出來就來看我？不敢當不敢當，」她半帶著嘲笑的口吻說。

「我聽見黃絹說你非常熱心幫忙，我真是感激到極點。」劉荃很快地闡明來意，表示他僅只是來道謝的。

「那沒有什麼，我的力量也有限得很。」

「黃絹怎麼從她的宿舍裏搬出去了？」劉荃忍不住馬上接下去就問：「報館裏也有兩天沒去了。」

戈珊坐在那裏，拿著她的一隻皮手套嗒嗒地抽打著桌子的邊緣。「怎麼，她沒跟你說嗎？她前天不是去看你的嗎？」她很平淡地說。

「她什麼也沒說。」劉荃望著她，心裏突然充滿了恐懼。這恐懼其實一直在那裏的，只等待證實。

戈珊略微頓了一頓。她不一定要告訴他實話，但是他早晚會知道的，不告訴他，他也不死心。「她跟申凱夫同居了，我聽見她說。交換條件是要他替你想辦法。不然你想，有這麼簡單，就放出來了？本來你的情形非常危險。」

「申凱夫？」劉荃低聲說。彷彿在開會的時候看見過這人的，見過不止一次了，但是這時候一點也想不起來了，腦子裏只是一片空白，轟轟作聲。

「申凱夫很有一點潛勢力的。有人說他每天晚上和毛主席通一次電話，也不知這話有根據沒有。」

劉荃只是默默地坐在那裏。她突然憐憫他起來。她走過去在五斗櫥上拿起一瓶酒來，找了兩隻玻璃杯，把殘茶潑了，倒上兩杯酒，遞了一杯過來。「來，乾杯！你出來還不值得慶祝麼？」

他機械地接了酒，但是並沒有喝。

「你別這麼著，」戈珊說：「看開點吧。你也不用替她難受，申凱夫這次倒真是認真得很。當然他們的關係不能公開——老申的愛人是個有地位的老黨員，在全國婦聯裏坐第二三把交椅的，他要離婚，黨不會批准的。」

「他把黃絹弄到什麼地方去了？」劉荃突然問。

「誰知道。反正你不用想再跟她見面了，除非有一天申凱夫垮了台。」

「或是共產黨垮了台，」劉荃說。

「怎麼，你有變天思想？」戈珊笑著問。

劉荃搖了搖頭。「我沒有那麼大胆。有那麼一天，也許我們這一輩子也看不見了。」他舉起玻璃杯來，一口氣喝了大半杯。是一種劣質的白蘭地。

「你這種話少說兩句吧，可別喝醉了上別處去亂說。醉了就在這兒躺一會。」

「我沒醉。喝完這杯就走了。」

他有一點眩暈。室內比外面暖和，玻璃窗上罩著一層水蒸氣，完全不透明了。對街的霓虹燈從那蒸氣裏隱隱透過來，成為慘紅與慘綠的昏霧。窗簾桿上掛著一隻衣架，正映在那霧濛濛的背景上。衣架上晾著一條淡紅色的絲質三角褲。在戈珊的房間裏，這似乎是一種肉慾的旗幟，高高地掛在那裏。

他想著黃絹這時候不知道是不是和申凱夫在一起。他想到她的流淚，她的冰冷的慘白的臉，想到另一個男子的貪婪的嘴唇與手加到她身上，他心裏像火燒似的，恨不得馬上死掉。他的生命是她給他的，但是生命對於他成為一個負担。

「是你介紹申凱夫給她的是不是？所以她說你非常幫忙。」他把玻璃杯沉重地擱在桌上。「你不用賴。——不然她怎麼認識他的。」

「我賴幹什麼？」戈珊微笑著說：「是我介紹的又怎麼樣？不也是為了救你！你恨我嗎？」

劉荃靜靜地向她看著。那奇異的靜止似乎是強暴的序曲！她有點害怕起來，但是這對於她也有一種刺激性。

「恨我怎麼不殺了我？」她格格地笑著糾纏著他，想把他的手擱在她喉嚨上。「又死我得了，你怕什麼，反正你現在有人撐腰了！」那柔艷的眼睛瞟著他笑。「唔？恨我不恨？」她喃喃地說。

「我恨不恨你，我自己也不知道，」劉荃說：「可是我討厭你，我想連你也該知道。」

這種話一出口，就像是打碎了一樣東西，砸得粉碎。劉荃原意是要它這樣的，但是說出口來，心裏也未嘗不難受。

「下次知道了，」戈珊說：「讓你槍斃去，誰再救你不是人！」她端起她的一杯酒，一仰脖子全喝了，但是淋淋漓漓潑了一身。

「對不起，我喝醉了，」劉荃微笑著站起來說：「我這酒量真不行，不該給我酒喝的。」

他自己開了門走出去。外面非常寒冷，烏藍的天空裏略有幾點星。

他不想回宿舍去，在馬路上亂走，走了許多路。糊裏糊塗倒已經走到國際飯店附近了。那高樓的頂巔上插著一面紅旗，旗桿下大概安著幾盞強光的電燈，往上照著，把那紅旗照亮了。它在那暗藍的夜空裏招展著，紅艷得令人驚異，像一個小小的奇蹟。

他仰著臉，久久望著那明亮的小紅旗。它像天上的一顆星，甚想把它射落下來。

十一

大車笨重的木輪轔轔地在那泥土路上滾過。在這無數的馬車的夾縫裏又有許多挑夫，扁担上挑著一籮筐一籮筐的軍火。

人叢裏擠著許多白袍的韓國人，一個個都揹著一種奇異的A字式的木架，人鑽在那框子裏，把它架在肩膀上，上面堆滿了東西，一袋袋的糧食，一捆捆的軍衣、軍毯、各種軍用品。這種A字架在朝鮮是一種主要的運輸工具，號稱「朝鮮的吉普車」。

黎明的天空是澄明的淡碧色。東線有戰事在進行，可以聽見炮聲隆隆，和爆炸的聲音。幾顆照明彈掛在降落傘上，降落得異常緩慢，懸在半空中幾乎一動也不動，青熒熒的。

每一輛馬車上裝載的軍用品總有一噸重，黑壓壓地堆得像一座小山。趕大車的戴著三塊瓦的破皮帽子，老羊皮袍子敞著衣領，他們都是東三省人，從他們村子裏被動員來了，「志願支前」。車子和牲口都是他們自己的，說不出的心疼。

軍隊裏的民伕人數非常多，大都是強徵來的東北農民。抬担架的排成一個極長的行列，長得出奇。士兵們排著隊在他們旁邊走，看著實在有點觸目驚心。難道今天等一會這些帆布架上會統統睡滿了傷兵？也許上級計算錯誤，徵來的伕子太多了。

這支軍隊是昨天晚上開拔的，走了一夜。行軍向來是在夜間，因為避免空襲。天一亮就怕飛機轟炸，這樣大的目標，多麼危險。但是這條路上擠滿了騾車，一來就堵住了，所以走不快。

但是一晚上也已經走了四五十里路。中共的軍隊承襲著二萬五千里長征的傳統，是以善走著名的。判斷一個士兵是否合格，第一先要問他能不能忍受長途行軍的辛苦，其次就要他把鎗械擦得非常乾淨。對於射擊的準確倒不怎麼注意，主要也是因為節省子彈，不大肯讓士兵有機會練習打靶。所以到了緊急的時候，動員炊事員醫務員上前線，也並不嫌他們外行。

劉荃是營部的一個文工團員，這次前方死傷過多，所以他也一同開赴前線。他到朝鮮來，是自動要求上級把他調來的。要求派到別處去，那是「強調個人興趣」，什九不會批准的；要求到朝鮮去，卻是很快地就批准了。他僅只是覺得他在中國大陸上實在活不下去了，氣都透不過來。他只想走得越遠越好。他也不怕在戰場上吃苦，或是受傷、殘廢、死亡。他心裏的痛苦似乎只有一種更大的痛苦才能淹沒它。

他比普通的士兵多穿一件棉大衣，但是也一樣佩著子彈帶和一隻長長的褡褳，腰間的皮帶掛著一隻布包著的飯碗。扛著鎗的手臂又酸又痲，自由地甩著的手臂像秤錘一樣沉重。

在半山裏新闢出來的這條路，兩旁都是一層層的荒廢的梯田，再往上看，卻是白茫茫的一片晨霧，那高山只是白霧中的一個淡藍色的影子。到底是身在異國了，他想時間與空間的關係是微妙的，有時候的確彷彿時間即空間，隔開了一萬里路，就像是隔開了五年十年，過去的那些事已經往事如煙了。

有一輛大車的輪子又陷到泥潭裏去了，許多士兵在後面幫著推，還是推不動它。隊伍又停頓下來。

揹著A字架的朝鮮人把身子往下一蹲，把那木架後面的兩根桌腿往下一扳，支在地下，那架子就自歸自站在那裏。揹它的人輕鬆地鑽了出來，倚在架子上休息著，帶著漠然的臉色。內中也有老頭子，戴著馬鬃編的半透明黑色小禮帽，帽子非常小，頂在頭頂心。他們一律穿著白布長袍。

「媽的，給誰戴孝，」一個兵士恨恨地吐了口唾沫，輕聲說：「跑到這喪氣的地方來！」

「又要『說怪話』了，王錫林，」另一個兵士說：「當心挨檢討！」

「你的凍瘡怎麼了？」王錫林說。

「新發下來的這種皮靴不頂事，還是他們東三省的侉皮鞋好，裏頭塞上些稻草，暖和得多。」

「腳上全破了，疼得心作嘔。」王錫林又往地下吐了口唾沫。

劉荃記得這王錫林有一天深夜放哨回來，曾經向他的伙伴說起他怎樣志願參軍的。那天晚上大家寄宿在當地的民家，劉荃被臭蟲咬得失眠，恰巧聽見他們在板窗外悄悄地說話。王錫林說他是山東人，今年他們村上鬧抗美援朝，開大會，村幹部預先向他勸說「你要爭取第一個參軍。」他心裏想：他憑什麼要千山萬水跑到朝鮮去打仗？為了誰打？他拚著得罪幹部，無論如何不肯。後來那幹部說：「這麼著吧：只要你肯第一個站起來，決不把你派到朝鮮去──派到四川，四川是個好地方。你第一個站起來，村上這些小伙子都服你，知道你是個精細的人，有你帶頭，自然大家都跟上來了。」王錫林被逼得無可奈何，也只好昧了昧良心，在這騙局中串演一個角色。大會上號召大家參軍的時候，他就第一個走上台報名。他不知道一當了兵就失去了自由，結果還不是派到朝鮮來了？有苦說不出，心裏像吞了一塊火炭一樣。

這一個師團裏像他這樣的新兵佔極少數，都是久歷戎行的中共基本部隊，與新收編的傅作義的兵攙雜在一起，便於監視他們。這一支軍隊從內地調往東北，路過上海的時候，才向他們宣佈。他們真正的目的地是朝鮮。也並沒有發動他們「志願援朝」。乾脆就是把他們派到朝鮮去了。

到了鴨綠江上的安東，中國境內的一個小城，士兵們得到了命令，把他們胸前綴著的寫明姓名與部隊番號的白布條子拆下來，一切與中國人民解放軍有關的證章統統銷燬掉。

「你們現在是中國人民志願軍了，」長官告訴他們。

劉荃有時候想：「在這許多人裏面，只有我一個人倒是真正的志願軍。絕對找不出第二個來了。作家魏巍寫了一篇歌頌志願軍的〈誰是最可愛的人？〉假使他知道真正的答案只是一個三反期間幾乎被槍斃的我，大概會覺得爽然。」他不禁微笑起來。

前面的軍隊又停住了，來到了河邊，河上沒有橋。水面上已經結了一層薄冰，在朝陽中亮閃閃的。

「走走！走走！」幾個下級軍官趕上去叱喝著。

手榴彈擲到冰面上，砰然爆炸起來。連丟了十來個，把冰炸開了。大家涉水過去，水不很深，但是奇寒澈骨，簡直火辣辣地咬人。

輜重與民伕留在山凹裏，沒有過河。

曉霧已經散淨了，前面是一片馬糞紙似的黃色平原，四面圍著馬糞紙色的荒山。

頭上突然有嗡嗡的飛機聲。

有緊急的命令，大家分散成為四五個人的小組，繼續前進。

轟然一聲巨響，地面震動了一下，左方湧起棕色泥土與火燄的噴泉，沖天直射上去。

他們的目的地就是前面的一座小山。這座山頭已經得而復失好幾次。前面的原野就像一臉痲子似的，密佈著一個個砲彈炸出來的坑穴。掘的壕溝一道又一道，把土地像攪冰淇淋一樣攪得稀爛。

作為目標的那座小山也只是滿目荒涼，沒有什麼樹木，也不看見人。近山巔略有幾棵高而瘦的白楊，很像倒豎著的掃帚，那一根朝天生長的枯枝在晨風中搖擺著，在天上掃來掃去，把那淡青色的天空掃得乾乾淨淨的，一無所有，連一朵雲彩一隻飛鳥都沒有。

「轟！轟！轟！」接連幾聲巨響，就在他們背後。是他們自己的迫擊砲開始放射，掩護進攻。但是仍舊看不出它們射擊的目標是什麼，前面只是一座空山。

頭上的飛機又多了兩架，嗚嗚地繞著圈子。但是部隊冒險集合起來了，後面的大砲一聲一聲沉重地響著，如同古代的一個巨大得不能想像的戰鼓，在後面催著他們進攻。

正在紛紛爬上山坡，飛機投下了油醬彈，轟然一聲，一蓬火往上一竄，隊伍的右翼已經成了一片火海。紅紅的火焰四面濺射出來，只聽見一片慘叫的聲音，聞見一股布毛臭，火焰在人們身上像飛雲繚繞，從這個人身上跳到那個人身上，滿頭滿臉燒了起來。

在混亂中，一部份人也仍舊繼續往山坡上爬。這時候忽然吹起軍號來了。現代化的軍隊在進攻的時候早已廢除吹軍號了，但是中共仍舊有時候利用它作為一種心理戰術，造成一種異樣的恐怖氣氛，可以影響到對方的軍心。那喇叭聲由徐轉急，是衝鋒的調子，有一種說不出來的淒厲緊張的感覺。

「同志們！衝呀……！」連長高舉起一隻手臂，往前一揮，嘶聲喊叫著，把末了一個字拖得很長很長。

「衝呀！」許多人機械地齊聲響應。大家開始奔跑起來，只顧氣喘吁吁往前跑，此外什麼都不理會了，眼睛也視而不見。劉荃的心在他喉嚨管裏敲打著。每一次呼吸一下，都快要綳破了肺。

到了半山上，在可以看見山形的邊緣上險陡的地方有人——頭與肩的黑色剪影。子彈的小小的火光像一口痰似地直吐下來，在劉荃耳邊掠過，發出蚊子的營營聲。

士兵們跑得快的和劉荃擦身而過。他們彎著腰，如同迎著大風奔跑，橫綽著步鎗，鎗上的刺刀在日光中銀光閃閃。他們吶喊得一個個的臉都走了樣。「衝呀！……殺……殺……」

劉荃的左臂被什麼東西撞了一下，突然一陣麻木，他不得不用右臂去抱著它，像孩子們抱著洋娃娃的姿勢。他明白他是中了一鎗。這一停頓下來，剛才跑的時候不聽見的聲音全都聽見了。簡直像死而復甦一樣，耳朵裏轟然一聲，突然聽見那密密的機關槍聲軋軋軋軋，槍彈的尖聲呼嘯，敵方的迫擊砲發出那遲鈍而可怕的「喀爾隆！喀爾隆！」四周喊殺的聲音如同暴風雨似地沙沙響著。他覺得大家都瘋了，張大了嘴叫著，歪著臉，臉龐像切掉了一瓣的西瓜。

後面來了個大個子，差點把劉荃撞了一交。那人向劉荃看了一眼，帶著一種絕望的神氣，彷彿他是一個木樁，站在那裏擋著路。然後那人又吶喊著跑了過去。劉荃被他這一撞，借著這勢子就又綽著槍往前跑，也不管那隻受傷的手臂了。他發現只要繼續移動著就不要緊，因為跑的時候一切感覺都停止了，也不大聽見什麼，也不大看見什麼。

他不斷地踐踏著那些躺在地下的人。那些人就像是跑不動，躺下了。但是他看見一個熟識的兵士，頭腦的前半部完全沒有了，腦漿淋了一臉。也有些只是坐在那裏，捧著肚子或捧著一條腿呻吟著，臉龐扭曲著，大顆的眼淚掛在腮頰上。大家跑得更快了，彷彿這些人有傳染病。

現在更是一片「殺……殺……」喊聲震天。他先還不明白，後來才知道那是因為他自己也在吶喊著，像瘋狂一樣。

崖上忽然用橡皮管子似的東西，隔著七八十碼遠向下面噴射紅紅的火焰。劉荃也曾經聽見說過聯軍有這種噴火器，大家提起來都談虎色變。

山坡上成了火焰山。人聲沸騰，但是那悲慘嚎叫不像人的聲音，而是像馬廄裏失了火，裏面關著許多馬匹。

劉荃在火光中看見大家往山下跑，他也跟著跑。

這裏已經潰退下來了，後面的人還是蜂擁著往上爬。上面的火海泛濫蔓延著，像是要追下來，槍聲也更密了。在那大混亂中，劉荃已經跑到山腳下了，忽然接連兩聲「噓！噓！」鬼嘯似的，兩顆砲彈落在他幾尺外的地方，忽然炸了開來。劉荃只覺得腦後和背上腿上都挨了沉重灼熱的一拳。他倒下地去。

許多人在他身邊跑過。

「担架！担架！」他叫喊著。

有兩個兵認識他，停下來把他拖到壕溝裏去。他曾經教他們打霸王鞭，他們對他感情不壞。「劉同志，你在這兒等著吧，我們回去就叫担架來。」

鎗聲由稀少變為沉寂，顯然這邊的軍隊已經完全退去。劉荃面朝下躺在壕溝裏，在那寂靜中，他的創口的劇痛更加猖獗起來，痛得他一陣陣眼前發黑。那血腥氣也使他作嘔。

那凸凹不平的土牆上停留著一抹陽光。他抬起眼睛來向前面望過去，突然震了一震。有一個笑的臉，離他沒有兩尺遠，左頰貼在地下，眼睛似乎向他望著，又像是沒有看見他。

劉荃第一就聯想到小時候聽到的那些人首蛇身的蛇妖的故事。這張臉是完好的，而且是一個俊秀的年青人，但是耳朵背後就什麼也沒有了。躺在地下的身體也只剩下了骨骼，骨頭上血漬模糊。沒有肩臂，沒有左脇，腿骨卻是完整的。大概是炸死的。爆炸的時候的一陣狂風把他捲到這壕溝裏來。那張眉清目秀的臉微微仰著，機警地，唇上帶著一絲笑意，彷彿正要發言的神氣。

那甜甜的血腥氣更加濃厚了。劉荃一陣眩暈，失去了知覺。

他醒來的時候已經是夜晚，一片漆黑與死寂，連犬吠聲都沒有。在那接近零度的寒冷中，他的創口痛得像刀割一樣。

担架竟沒有來。

壕溝上的天空像一條墨黑的小河，微微閃著兩點星光，在雲中明滅不定，也像燈光的倒影一樣。

他想到兩尺外的那張微笑的臉，似乎向他噓著冷氣。他也想到野狗會被戰場上的死屍吸引了來。朝鮮想必也有狼。不知道還有什麼別的野獸。

也許應當感謝他那幾處創口，那痛苦永遠嘮嘮叨叨嘀咕著他，一刻也不停，使他沒有多少機會想到別的事。

天終於亮了。戰場上聲息毫無，抬担架的到這裏絕對沒有危險的，但是仍舊沒有來。他們忘記了他了。

忘是不會忘記的。他相信那兩個兵一定會把話帶到。乾脆就是他們丟棄了他。

在這荒原上，因為毫無蔭蔽，到了日中的時候，太陽竟是很熱。他口乾得難受，像是嘴裏可以噴出火來。

那微笑的臉開始腐臭起來。

由天亮到天黑，由天黑又到天亮，倒已經好幾次了。這世界完全遺忘了他，唯一沒有忘記他的東西就是他的傷口，永遠無休無歇地虐待他，給他受酷刑。現在又加上了口渴的苦刑。

挨到第五天上午，他彷彿整個的人只剩下一隻腫得多麼大的舌頭，像一隻極大的軟木塞，含在嘴裏。

天氣非常晴朗，壕溝上露出一條碧藍的天，正像一道深深的溪澗，水流得很急，水面上漂浮著一層層浪花似的白雲。他仰著臉望著，幾乎可以感覺到那冰涼的白沫濺到他臉上來。

他忽然像是聽見齊整的步伐。在地底下聽腳步聲的確是比較清楚。漸漸地，他可以辨別那腳步聲的方向了。是從後方來的。是他們自己的人。人數很多，想必總是再一次要攻佔這座山頭。

他緊張得又進入半昏迷狀態。

已經有許多人亂烘烘的跳到這壕溝裏來。他很願意閉著眼，僅只讓這溫暖的人潮在身上沖洗著，但是他不得不勉強使自己開口說話。他心底裏有一種恐怖，怕他們把他連那微笑的死屍一同扔出去。

「同志，你是哪一連？」他微弱地說。

「一百三十三營七連，」一個青年說，一面俯身望著他。這人眼睛深而黑，長長的臉，穿著黃布棉大衣。

「我是八連的。有水沒有，給我一點。五天沒喝水了。」

「我們路上喝完了，一滴也沒有了。」

他們都很驚異，他一個人留在壕溝裏五天之久。那青年是一個班長，名叫葉景奎。他看了看劉荃身上的傷，沒說什麼，拿出一捲不甚乾淨的紗布來，替他包紮了一下。

「癢得很，出了蛆了吧？」劉荃說。

「還好，可是不能再耽擱了。」

一定潰爛得很厲害，葉景奎很快地摸出香烟來，在土牆上劃著一根洋火，點上了抽著，驅除那腐爛的氣息。

「你渴，自己溺泡尿喝吧——沒辦法，」他說：「有尿沒有？」

他嘴裏啣著香烟，幫著劉荃把腰帶上繫著的飯碗解了下來，又扶他起來，小心地將尿溺在那隻碗裏。

劉荃喝了一碗，稍稍解除了舌頭與喉嚨的燒痛。過了一會，他又喝了一碗。

士兵們還在那裏打掃壕溝，陰鬱地，清除那一堆堆的糞便和屍骨。

「都是新兵。」葉景奎向他們看著，眼睛裏帶著落寞的神氣。「這回是百分之百的補充，七連整個的犧牲了，」他低聲說。

「我們八連大概也沒剩下多少，」劉荃說。

「人家的火力真厲害。我們這完全拿血肉去拚。」葉景奎從口袋裏拿出一個小紙包，裏面包著幾塊軍用餅乾。他估量了它一下，拿出了三塊遞給劉荃。「你這些天都沒吃東西吧？這比炒麵強，有營養。」他所說的炒麵是一種焙熱的麵粉，他們常帶著作為乾糧。

「你留著自己吃。」

「唉，吃吧。」葉景奎嘆了口氣。「大家都是一樣。」他的嘆息像老年人在冬晨的咳嗽一樣，只有一種寒冷之感，並沒有感情的成分。

「你多留兩塊。」

「吃吧。」葉景奎硬把那餅乾塞在劉荃的手裏。

劉荃緩緩咀嚼那鐵硬的棕黃色的餅乾，也辨不出滋味來，但是到了肚子裏，像燒酒一樣地暖肚。「有什麼消息嗎？葉同志？」他問：「打得怎麼樣了？」

葉景奎坐在地下，把他那暖帽的兩隻護耳的翅膀翻了上去，疲乏地微笑著說：「還在這兒攻這座山頭。這次我們有命令，要打到最後一個人。」

劉荃默然地吃完了他的餅乾。

「你是哪兒人？」葉景奎說。

「河北。」

「我是河南人。」

「你是不是黨員？」劉荃問。

他沒有立刻回答。「不是，」他的聲音變得冷淡而僵硬起來，彷彿被觸著了什麼隱痛似的。然後他說：「你呢？」

劉荃搖了搖頭。

葉景奎把手擱在他肩膀上，像是要說什麼話。稍稍沉默了一會，他說：「我勸你還是爬回去吧，回到後方去。趁現在還沒開火。」

「好，我可以試試。」

「還渴嗎？再喝碗尿。」

「溺不出來了。」

「試試。」

試了一會，一點也沒有。

「你要真拿我當自己的親弟兄，真要救我的命，你給我一碗尿喝，我喝了馬上就走。」劉荃這樣說著的時候，不知怎麼竟流下淚來了。

葉景奎什麼也沒說，就照辦了。

他把自己身上的皮帶解下來，幫著劉荃把棉大衣用兩根皮帶綁縛在身上，爬行的時候免得皮膚被擦傷。

「快走吧，」他說：「自己當心。」

兩個兵幫著把劉荃托起來，送到壕溝外面。劉荃也沒有說再見，就掙扎著向陣地外爬去。

這區域整個地像一個龐大的拖拉機刨過了，把泥土全部徹底地翻了一遍。一根草都沒有。遍地都是燒焦了的蒼黑色。

一望無際都是那黑蒼蒼的原野。他想起葉景奎來。在這樣無邊的荒涼中，還會有人間的溫暖，實在是意想不到的事。他想他這輩子不會再看見他了。但是誰知道呢，人生何處不相逢。也許他們都會活著回來，又會遇見也說不定。但是他想起崔平與趙楚，又覺得還是從此不再遇見的好。再來一次三反、整風，他們說不定也會互相誣告陷害，自相殘殺。

往前挪動一步都是痛徹心肺，但是他竭力忍著痛往前爬。那荒原上光塌塌的，一點標誌也沒有，他疑心他一定已經迷失了方向。有時候隱隱聽見炮響，他就停下來仔細聽著，辨別前線在哪一方。

他到哪裏都被痛楚的火焰燒灼著。原野那樣廣闊，但是似乎是有一條蜿蜒的火的小徑在前面等著他。

爬到廣原上燃燒著的一縷野火，靜悄悄地在地面上延燒過去，有時候像是熄滅了，卻又冒出一縷紅紅的火焰，蜿蜒前進。

但是終於熄滅了。

兩個放哨的南韓兵士走過那裏，看見地下躺著一個人，僅只是一捆爛棉花浸透了血。但是他還呼吸著。兩個兵士抬著他走的時候，他漸漸清醒過來了。他們正在過河，那小河藍汪汪的，水面上浮著的一塊塊薄冰流得很急，叮噹作聲。他知道那水一定是寒冷得嚙人。那兩個兵士自己涉水過去，卻把他舉得高高的，不讓水濺到他身上。劉荃當時也並不覺得驚異。他只想喝水。他喉嚨完全喑啞了，想做一個微弱的手勢也力不從心。那小河在他下面，也就像壕溝上的藍天一樣地遙遠。他一陣天旋地轉，又失去了知覺。

在南韓軍隊的司令部，有看護給他把傷口消了毒，包紮了一下。他們給了他小半碗飯，半杯水，警告他不能多喝水。由譯員問了他的名字，又問他怎麼會在聯軍的陣地後方出現。

然後他們用吉普車把他送到漢城，那裏有一個聯軍的醫院。醫院裏的人把他的衣服全脫了，周身洗滌過，傷口腐臭得可怕。劉荃自己以為決無生望，在共方看見傷勢比他輕得多的，也都被認為無法治療，不給醫治。

他照了X光，經過驗傷的痛苦，又暈了過去。醒來的時候他是躺在床上，病室裏排列著許多床，都是各國的傷兵。他身上已經換了一套乾淨的衣服，和聯合國兵士穿的一樣。他隔壁床上也是一個中共的戰俘，是廣西人，彼此言語不大通。那人似乎傷勢比他還要沉重，一點東西都不能吃，但是他們不斷地給他血漿，一天給他打許多次針。

他們兩人都打了許多配尼西靈針。醫院裏對他們的待遇完全和聯軍的傷員一樣。他們吃的維他命丸與安神藥只有比別人多，因為他們傷勢比別人嚴重。

醫生和看護都是外國人，各國的都有。他們對自己的傷兵常常喜歡說兩句笑話，但是對戰俘永遠是冷漠而認真的態度。「你不能喝水。」一個女看護說，她拿了一包口香糖來給他。「把這個放在嘴裏嚼著，就不想喝水了。不要嚥下去。」她大概是美國人，磚紅色的瘦削的臉，眼鏡後面的眼睛像淡藍的磁片。她吃力地做出咀嚼的樣子，怕他不懂。

醫生給他箝出了幾塊榴霰彈片。他身體還太虛弱，禁不起腦部開刀。裝傷兵的火車把他轉送到釜山的戰俘醫院。

他背部有一個創口頑強的不肯合口。在釜山，聯合國的醫生從他腿上割了塊肉下來，移植到背部。手術經過良好，兩三個月後，醫生認為他已稍稍康復了，腦部可以施手術，就給他開刀，取出一塊砲彈片。

他在這間房間躺了這樣久，一切都十分熟悉了。牆與天花板都是木板搭的，漆成乳黃色。有時候他無聊到極點，竟去數天花板下的鐵釘。有些釘子沒有十分敲進去，凸在外面，又有些釘上的漆剝落了，可以看得出釘頭來。根據它們排列的方式可以計算出整數來，但是數著數著就糊塗了，又得重新來過。

他不能翻身，但是背後那排窗戶與窗外的景物也都在眼前，歷歷如繪。那鐵絲網，那木板搭的瞭望塔，架著機關槍。場地上從早到晚都有卡車轟隆轟隆開出開進。

有太陽的日子，陽光照到房間裏來，每天淡然地按時前來，也像醫生與看護一樣。但是劉荃注意到那陽光漸漸地越來越早了，也照得更深入。他覺得這很重要，表示光陰是在消逝著，已經由冬入春了。他雖然無法知道眼前這條狹路究竟有沒有走完的一天，但無論如何，只要知道時間的確是在過去，也就感到一種安慰。

他的過去是悲哀而遙遠的，他的現在是空無一物，他的將來又是那樣不確定，靠不住。在這樣的日子裏，只有很少的幾件事常在念中，對於他是像寶石一樣地珍貴。他時時想起葉景奎對他的友情，還有那兩個南韓兵士高舉著他渡河，在浮冰中走過。

這間病室裏有兩個新開過刀的，除了他，還有一個人鋸掉了一條腿，剛從麻醉狀態中醒過來。最初發現的一剎那總是最可怕的，他大哭大喊，昨天鬧了一夜，吵得大家都沒法睡。白天也拒絕吃飯。

「把腿還我！」他狂叫著：「我情願死，死也落個全屍！成了廢人我情願死！」

另有一個戰俘在醫院裏充任工役。他推著小車子進來送飯，收碗碟的時候就慨嘆著說：「咳，同志，落了他們手裏還有什麼說的，有本事叫你死不得活不得！媽的比坐老虎櫈還厲害，好好的一條腿就給斬掉了！」

那鋸了腿的人想起在軍中聽到的宣傳，說被聯軍俘虜了去，一定要受盡酷刑然後被屠戮。他嗚嗚地哭了起來。

「他媽的，這些帝國主義的劊子手，今天斬掉條腿，明天鋸掉胳膊，還不看他們的高興！」那工役說：「你哭有什麼用，同志，我們要團結起來反抗，打倒帝國主義，不能由著人家宰割。」

「打倒帝國主義！」那人悲憤地高舉著一隻手臂叫了起來：「共產黨萬歲！」

「同志，你冷靜一點吧。」劉荃實在沒有力氣說話，但結果還是忍不住岔進來說：「要不是為救你的命，人家幹嗎費那麼大事給你開刀？要是誠心給你受罪，幹嗎給你上藥？——也是怪他們不跟你預先說明白了，可是你想，這兒醫生一天得開多少次刀，言語又不通，一個一個都去解釋也辦不到——」

「媽的，你這帝國主義的走狗，」那工役瞪著眼睛罵了起來：「你是中國人不是？倒幫著帝國主義說話！」

「我是中國人，」劉荃安靜地說：「可是我不是共產黨。」

「打倒帝國主義的走狗！」那鋸了腿的人狂喊著：「打倒投降份子！」

那工役逼近一步，像是要伸手就給劉荃一個耳刮子，但是又制止住了自己，只輕聲說：

「你別以為到了這邊來就由著你胡說八道了，你小心點！」

用不著他恫嚇，劉荃本來也就覺得共產黨的眼睛永遠在暗中監視著他。只要是在共區生活過的人，大概都永遠無法擺脫這被窺伺的感覺。

這工役也許是一個黨員，有計畫地執行他煽動俘虜的任務。但是劉荃想，也說不定他僅只是感到恐懼，感到共產黨的眼睛在監視著他的一舉一動，所以他雖然在現在的境地裏也還夢想著立功。

下午五點鐘，這工役送晚飯來。這裏的飯食相當複雜，戰俘裏有肺病的佔很大的成分，醫生給肺病患者規定一種特別的膳食，腸子裏有寄生蟲的人又吃另一種飯。這工役一份份分配給他們，劉荃防著他要報復，或者飯裏擱上點死老鼠死蟑螂之類，但是他倒並沒有搗壞。飯後依舊給大家送了涼開水來，劉荃的一杯裏面插著一隻彎曲的玻璃管子，用不著昂起頭來就可以喝水。

晚上看護來給劉荃打了一針，因為他新開刀，需要安定神經。照例還要吃安眠藥片，工役送藥片來，卻是每人一份，他說因為他們被那鋸了腿的人吵得睡不著。劉荃卻沒有吃，他不願意睡得太沉，心裏想寧可創口疼痛得一夜失眠，明天白天再睡。他已經養成了時刻戒備著的習慣。

熄燈以後半小時，又有「床位檢查」。兩個兵戴著鋼盔拿著警棍走進來，用電筒四周掃射著。劉荃覺得這條規則有點滑稽，兩個兵這樣手執棍棒並排走著，彷彿怕被襲擊一樣。像他這樣剛開了刀的人，渾身軟綿綿的，連伸手去拿一杯水都要用最大的努力，還會逃走麼？他隔壁床上那人也是鋸斷了腿，還沒學會用拐杖，剩下的那一截肉樁，神經不受控制，一感到緊張，那半條腿就在被單裏直豎起來。劉荃聽見他咕噥著，痛楚地把它撳下去。

那兩個兵去後，就沒有人來了，夜班看護要到夜裏三點鐘才上班。中間長長的一段時間，完全是無人之境。

劉荃也不知道他等待著什麼，但是他似乎是在等待著。吃了安眠藥的人們發出重濁的鼾聲。

在後半夜，劉荃也矇矓起來，大概是他打的那一針起了作用。剛閉上眼睛沒有一會，忽然覺得窒息，他立刻掙扎起來，但是一隻枕頭緊緊地壓在他臉上，再也掀不掉。他一隻手伸出去亂抓，抓到隔壁那人倚在牆上的一隻拐杖，但是這時候人已經神志不清，力氣也快用盡了，把那拐杖拼命一揮，它就脫手飛了出去，隱約聽見豁朗朗不知打碎了什麼東西。

枕頭仍舊撳在他臉上。彷彿有人驚惶地銳叫著，但是那新開刀鋸了腿的人反正徹夜地狂叫著，誰也不會理睬他。

他臉上的壓力忽然消失了。他推開了那枕頭，卻被一片強烈的光輝逼得睜不開眼睛。那青白色的光破窗而入。而那玻璃窗也的確是砸破了。是他把那拐杖拋出去打破了窗戶，瞭望塔上的探海燈常常四面搜索著可疑的痕跡，剛巧被它發現了。

外面噓噓地吹著警笛。幾個戴鋼盔的兵拿著棍子與沉重的橡皮管子作為武器，衝了進來。

他們已經在甬道裏發現了那工役，他雖然抵賴著，而且那驚叫的人也並不肯站出來為劉荃作證，但是醫院當局認為劉荃的話是可信的，因為這一類事件實在多得很，親共戰俘毆打以至企圖殺害反共戰俘。第二天就換了另一個工役來。在這以後不久，不願意回大陸的傷病戰俘與少數願意回大陸的也隔離了起來，不再在一起治療。

那兩個鋸了腿的人都屬於願意遣返的一類。劉荃後來聽見說，失去一隻手或腿的人，因為開刀後沒有人對他們解釋，大都誤會這是變相的酷刑。他們都要回到共產黨那邊去。

劉荃不久就出院，進了戰俘營。這時候聯軍根據「志願遣俘」的原則，把願意遣返與不願意遣返的戰俘已經分別集中起來。戰俘們稱這一個步驟為「四八大分家」，因為是四月八日起施行的。劉荃在醫院裏的時候已經經過甄別，問了他許多問題，但是現在出院的時候又再三地問他，「你明白不明白，你拒絕回去，你家裏人會遇到什麼後果嗎？」「你要求到台灣去，我們目前並沒有法子保證什麼時候可以實現。」「韓戰如果結束了，回大陸的可以立刻遣返，也說不定你們還得在戰俘營裏耽擱幾個月，我們也不能保證以後的待遇有現在這樣好。而你仍舊選擇反共的立場嗎？」

「無論怎麼樣，我不願意回大陸去，」劉荃說。

他被送到濟州島木索浦的戰俘營。營中用雙層鐵絲網圈出一塊塊廣闊的場地，因為是新闢出來的廣場，上面寸草不生，只是一大片剷平的黃土，灰沙特別大，一陣風吹過，嗆得人透不過氣來。就連在荒涼的朝鮮，也很難找到這樣荒漠的所在。

一個「聯隊長」，是戰俘們自己選出來的，他告訴劉荃這廣場上住著有八百人上下，每五十個人住一座小小的鉛皮頂石屋。他帶劉荃進去，屋子裏長長的兩排小木床，收拾得很乾淨。然後又帶他去看場西新闢出來的菜園。

在斜陽中，四周的羣山變得朦朧而渺茫，像一個個淡金色的沙丘。在這裏忽然聽見胡琴聲，劉荃很感到意外。悠揚地拉著一段搖板。

「哪兒來的胡琴？」他笑著問。

「自己做的。用裝啤酒的洋鐵罐子做的。哪，你來看，這種啤酒罐什麼都能做。」

他們走近一座石屋，簷下坐著一羣戰俘，有一個人把那橄欖色的洋鐵罐剖開來攤平了，改製一隻燈罩，又有一個人用啤酒罐做成一隻小坦克車，大家都圍在那裏互相傳觀，連屋子裏都有人從窗口伸出頭來看。聯隊長給他們介紹了一下。那倚在窗口的人一抬頭看見劉荃，突然臉上呆了一呆。劉荃也呆住了。他再也沒想到會在這裏遇見葉景奎。

沉重的喜悅使他們幾乎說不出話來。在這裏遇見，不但是重逢，而且立刻可以知道彼此的立場是一樣的，因為這裏只有反共的戰俘。

「我們是老朋友了，」葉景奎說。他遲緩地向窗口跨了出來，握住劉荃的手。

「你換了這身打扮，差點不認識你了，」劉荃說。

他們都穿著太長太大的橄欖色美軍制服，頭上戴著美軍的便帽。一提起衣服，大家都有點著惱地笑了起來。似乎這是他們這裏的一個老笑話。

「你沒看見陶全海冬天穿上大衣，走路真得摔交。」葉景奎指著一個身材矮小的同伴。「早上做早操，兩隻胳膊往上一伸，腦袋就不見了。——喂，陶全海，怎麼不叫你媽給你多縫上點，明年等你長高了再放出來？」他不斷地大聲說著笑話，似乎抑制不住心裏的喜悅。

陶全海是被他們取笑慣了的，鼓著臉沒說什麼。

「你瞧這鞋這麼大，也真彆扭，」另一個人說：「一個個戰俘都是走路踢哩塌嚕的，倒是好，不用想逃跑。」

「都成了小腳老太婆了，鞋裏塞上些爛棉花，」葉景奎說。

「你們都是皮鞋，我是靴子，」劉荃說。

「也有一批人領到靴子。他們把腳背上這塊鐵拆下來，」葉景奎彎下腰來指點著：「做成一把小刀子，又快又經用，真不錯。做銼子也行。」

大家背上都有白漆寫的ＰＯＷ三個大字。一個眼不見，陶全海用粉筆把葉景奎脊梁正中的那Ｏ字添上頭尾與四隻腳，成了一隻烏龜。大家發現了，又鬨笑起來。

劉荃覺得他們簡直像一羣天真的無憂無慮的中學生。但是當然並不是無憂無慮的。誰也不喜歡在鐵絲網背後過日子。而且前途的暗礁正多，板門店會議仍舊為換俘問題在爭執著，無限期地拖下去，拖下去。大家都恐懼著聯軍當局最後在外交壓力下還是會犧牲他們，把他們交還給共方。

吹哨子召集大家吃晚飯。在餐室裏，大家拿著自己的碗排著隊走上去，一個當值的戰俘從一隻龐大的洋鐵罐裏一大匙一大匙舀出飯來，米飯與蔬菜碎肉煮在一起。

「他媽的，真像貓飯，」陶全海咕嚕著。

「聽說這還是由醫生每天算好了『熱量』，開的菜單子，」葉景奎告訴劉荃。

「這飯倒是營養豐富，就是不大配我們中國人的口味，」劉荃笑著說。

「可不是，大家每月磅一磅，倒是體重都增加了，可是還是抱怨吃得不好。」

晚飯後他們看著別人下棋，看了一會。葉景奎送劉荃回屋裏去，兩人在那石屋的門外站著抽著香烟談話。葉景奎也是在爭奪那座山頭那一役受傷被俘的。他從他們別後的情形談起，把他過去的事統統告訴了劉荃。

在他的故鄉河南，一直從抗日戰爭的時候起就有共軍來來去去，常常盤踞一個時期，又在國民黨軍隊的壓力下退卻了。在一九四六年，他十九歲，正在讀中學，共產黨佔領了他那村莊，立刻開始徵兵。唯一的逃避方法是到一個共黨辦的學校去讀書。葉景奎的父母就讓他轉學轉到泰興第八中學，是共產黨新開辦的。同年七月，共軍撤出這個區域，把學生全都帶了去，在山西的共區經過一年多的緊張的訓練，這一批學生畢業後就全部「下部隊」服務。

他離家的時候，共產黨對富農的態度還很好，毫無敵意，但是到了一九四九年，他父母的田地全部充了公，老夫婦倆流落為丐，相繼死去。

葉景奎工作非常努力，一九四八年入了黨，一九四九年被任為第十五軍交工團團長，負責經管士兵思想改造。他隨軍南下，除了管文牘，還要主持無數的檢討會議，在萬分緊張疲倦情形下，一時疏忽，丟了一筆錢，是連部的伙食費，約合港幣二十八元。這是一個嚴重的過失，他被處罰，送到第十五軍的一個特殊的學校去，經過幾個月的改造、學習，才又派到雲南去，在第四軍司令部服務，担任新改編的盧漢的軍隊的思想改造。

在雲南，他看見雲南出產的錫，大量經由亞洲內部運往蘇聯。

他又被派回第十五軍服務。那時候第十五軍駐在四川。韓戰已經開始了，在秘密的黨員會議裏，赴朝作戰保衛東北成為討論的課題，但是大家都以為這行動將是出於志願方式，沒想到在一九五一年三月，第十五軍就直截地被派赴朝鮮。大部份的士兵連「志願軍」三個字是什麼意義都不知道。

路上經過老共區。本來一直聽見許多宣傳，說老區怎樣富庶，像烏托邦一樣。但是葉景奎看見許多老百姓吃糠。

乘火車到東三省去，他看見一車一車裝滿糧食，鐵路上的工作人員告訴他，這都是經過東三省運到蘇聯去的。

軍隊在中朝邊境上的安東駐紮了幾個星期，因為士兵情緒低落，沒有鬥志，需要積極訓練他們的思想。葉景奎寄住在當地民家，屋主人是一個孤老太婆，他問她家裏人都上哪兒去了，她說她兒子七年前跟著共軍走了，從此就沒有音信。她說起他的年歲性情和小時候的一些瑣事，她靜靜地啜泣起來，再三重複著說：「你們誰都不想家！你們誰都不想家！」

剛巧這時候有個村幹部來訪問，看見她在流淚，第二天就把所有駐兵的人家都叫去開會。會上說了些什麼，葉景奎也不知道，只知道那老太婆從此不敢和他說話了。

這件事給了他很深的印象，但是他那時候心裏還是很矛盾，仍舊不肯讓它破壞他對於黨的信心。他只歸罪於「過左」的幹部。

在朝鮮，葉景奎一直在後方担任第一百三十三營政工部的人事工作。第十五軍連打了五個大敗仗，在一九五二年春天調回後方。他自己那一營人死了三分之二。疲乏而消沉的殘餘部隊回後方休息，又要加緊思想訓練。葉景奎正是工作得最緊張的時候，忽然三反運動「反」到他們部隊裏來了。

軍中有些大學生出身的黨員幹部，初露頭角，對於文化程度較低的先進幹部排擠得很厲害。他們抓住這機會打擊葉景奎。舊案重翻，他在一九四九遺失了合港幣二十八元的一筆款子。並且他處理連部的黨務工作者家屬救濟金，也太浪費。這是因為他工作太忙，而且因為體諒有些家屬急待救濟，所以逕自批准了，沒有請示營部黨小組。

部隊開全體大會，在會上控訴葉景奎貪污浪費的罪行。政工部主任站出來說他從前遺失的那筆錢是嫖妓用掉的。

葉景奎受了很大的刺激。他全心全意獻身給黨，他節儉到洗澡洗衣服都不用肥皂，倒誣賴他浪費。而且他是純潔的，他的道德觀念幾乎近於清教徒的嚴厲。說他嫖妓，他就連現在提起這件事還十分憤慨，屢次說：「我們家從來沒有這樣的事。——他們會說這種話！」

他面對著幾千個士兵為自己剖白。如果他肯認錯，倒也許不過罰他再經過幾個月的思想改造。他不認錯，難道倒要黨向他認錯？於是政工部主任更是加強火力攻擊他。葉景奎知道他是沒有希望了。他第一次嘗到了黨內的黑暗。

他完全為黨生活著，而它倒過來惡毒地咬他一口。他那儉嗇可憐的生命突然失去了意義。他連一個妻子與小孩都不能有，因為他的工作不容許他結婚。

葉景奎找出手槍來自殺。但是他還沒來得及扳槍機，講台上坐著的同志們就把槍奪了過去。這企圖自殺的舉動更是犯罪的鐵證。葉景奎被開除黨籍，革去一切職位，判了三個月徒刑，期滿再派赴前線。

在這三個月裏，他挖溝渠，挑担子運軍火，同時改造思想。但是他實在「改造」夠了。「我老對自己說：『共產黨並不要我這樣的人。共產黨連我這樣的人都不要。』」

他恨恨地說著，流露出那樣一種年青人的天真的驕傲，劉荃看著他，不由得心酸起來。

他被釋放之後，立刻派往前方，以一個新入伍的士兵的身分挑担子運軍火。他受不了這個，並不是這工作太辛苦，而是他實在不願意為共產黨工作了。他要求上前線作戰，他希望戰死。他們答應了他的要求。

在爭奪山頭的拉鋸戰裏，共方損失慘重。葉景奎竟當上了一名班長，純粹是因為其他能當班長的全死光了。

在他遇見劉荃的後一天，聯軍佔領了一個小山，正俯瞰中共陣地。在砲火下他們全軍覆沒了。

葉景奎受了重傷怕被敵軍發現，爬到一個砲彈穴裏躲著。一連躲了三天，下起雪來了，他舐著雪止渴。但是失血過多，他想他不痛死也要凍死了，不凍死也要餓死。

太陽出來了，他看見南韓兵士在上面山坡上站崗。

黨雖然把他像一口痰似地吐在鞋底下踏來踏去，他絕對沒有想到背叛它。他沒有想到有選擇的可能。他深信落到聯軍手裏一定要受酷刑然後被殺。所以他躺在那洞穴裏，又挨了六天。最後他被饑寒與痛楚磨折得發狂了。他決定向守兵喊叫，心裏想：「如果他們是不人道的，索性一刺刀戳死我，也免得我再受苦。」

南韓的士兵聽見他微弱的呼喊，跑下山坡來看。他們救了他，把他送到醫療站去，然後轉送醫院。此後他的經歷也和劉荃差不多，但是對於他的影響只有更大，因為在他完全是第一次與外界接觸。他漸漸知道鐵幕外的世界是怎樣的，知道他以前受了多麼大的欺騙。

他只要一提出共產黨三個字，就憤恨得全身都緊張起來。他說話仍舊沿用著共黨的辭彙，但是說起蘇聯人來總是用「大鼻子」的名稱。

他斷斷續續說了許久。戰俘營外的守兵正吹著軍號。今天晚上月亮很圓，那黃土的廣場在月光中成為一種蒼淡的黃白色。四面的荒山筋紋畢露，都浴在那清光裏。蒼藍的天空上白隱隱的像罩著一層霜。那月光下嗚嗚的喇叭聲，很有一種塞外悲笳的意味。

劉荃也說起自己的經歷，也提起三反的時候下獄的經過，不過沒有提到任何女人。

「你有愛人沒有？」葉景奎問。

劉荃略微頓了一頓，才說「沒有。」但是這樣回答了之後，卻覺得往事如潮，頓時都湧上心頭。他向西南方望去，隔著那一層層的山嶺，真是「故國不堪回首月明中」了。

那一年七月，韓戰結束了，聯軍忠實履行他們對戰俘的諾言，堅持到底，終於在停戰協定中規定「志願遣俘」。但是原則上是如此，手續方面卻沒有說清楚，在九十日的「解釋」期間，一切都交給「中立國遣返委員會」處理。這叫戰俘們怎麼能放心呢？五個中立國，倒有兩個是蘇聯的衛星國，波蘭與捷克。其餘三個，瑞士、瑞典、印度，又都是承認中共的國家。

聯軍把戰俘交給印軍監管，他們全部遷移到不設防區新劃定的一個「印度村」，這村落僅只是在山崗上搭著許多帳篷，外面圍著鐵絲網。遷入不久，中立國遣返委員會就寫了一封信給全體戰俘：「我們是來保護你們的，不讓你們受任何脅迫……向你們保證你們要求遣返的自由，那是你們的權利。」又說戰俘「絕對必需」聽取解釋，解釋員「會告訴你們，你們回國後可以度和平生活，而且完全自由。」

這封信的口吻完全一面倒，而且附和中共的論調，暗指戰俘不願回去是受人脅迫，而並不是他們自己選擇自由。一般戰俘讀了這封信，大家討論著，更加害怕中立國並不中立，會出賣他們。

印度村的播音器終日大聲播送著印度軍樂與戀歌，印方稱它為「中立音樂」。那嗚哩嗚哩的曲調萬轉千迴，充滿了一種幽暗魅艷的異國風情，但是在心境惡劣的中國人耳朵裏聽來，只覺得煩躁。戰俘們用力敲打著鐵鍋與洋鐵罐，大聲叫喊著「打倒毛澤東！打倒共產黨！」彷彿作為對抗。他們替彼此身上刺花，刺上反共口號或是青天白日旗，因為他們感到一種心理上的需要，要把他們的決心成為不可挽回的，否則總覺得未來太不確定。

九十日的限期似乎又有延期的徵象，印度一再提出這樣的要求。戰俘中有一個用剃刀自殺的，引起了暴動，印軍武裝彈壓，打死了三個戰俘，羣情憤激。他們把廁所的碎磁片都扳下來作為防身的武器。他們不斷地唱歌、開會、給彼此打氣。

劉荃和葉景奎還算是比較鎮定的，至少在表面上。

「聯合國純粹為了人道觀點，堅持志願遣俘，已經多打了一年零六個月的仗，犧牲了多少人力物力，不見得這時候又會背棄我們，」劉荃說。

他看葉景奎很相信他的話，自己不知道怎麼也就安心了許多。

等到「解釋」一開始，他們所有的疑慮都冰消瓦解了。戰俘們第一次感到自己的力量。在「解釋帳篷」裏，他們斬釘截鐵拒絕回大陸。在嚴密警備下他們無法跑上去毆打共黨解釋員，只能向他們吐唾沫、擤鼻涕、蹬腳、擠破了瘡泡把膿水往他們身上甩，使他們無法說完他們準備好的誘騙的辭句。戰俘們站在全世界注目的場所，侮辱了他們的仇敵，初次表現了中國人民真正的意志。

在最初兩天的解釋裏，一千個華籍反共戰俘內只有二十個被說服了，不過百分之二的比例。共方面子上太下不去，第三天立刻停止解釋，改以北韓戰俘為對象，堅持要向他們進行解釋工作，因為北韓戰俘堅決地拒受解釋，所以共方就利用這個作為藉口，企圖歸罪於對方。

整整一個星期，印度奔走調停，請求中共繼續向華籍戰俘進行解釋，但是這局面仍舊僵持下去。

華籍戰俘在他們的營地裏勝利地笑了，鼓噪著：「解釋員呢？我們要求見解釋員！要求見解釋員！」

中共經過半個月的檢討、研究和佈置，在十月卅一日終於又鼓起勇氣，再度向華俘進行解釋工作。

那天上午，印軍用卡車運了許多戰俘來。劉荃和葉景奎同坐在一輛卡車上，遠遠地還聽見同伴們在印度村噹噹噹敲打著鍋子罐頭，為他們助威。

卡車來到山谷裏的解釋場地，他們經過抄身的手續，然後被送到一個帳篷裏等著，大家圍著一隻大肚子的煤爐，環坐在地下。北國的深秋，已經寒風獵獵了，監守的印軍把帳篷鈕了起來。

三十二個「解釋帳篷」同時進行工作，但是他們這裏的人都是屬於一組的。第一個人進去了四小時，還沒有來叫第二個人。

「成了疲勞審問了，」劉荃低聲說。

「他們改變戰略了，」葉景奎說。

這次的疲勞審問竟長達五小時四十分鐘。印軍終於帶了一個譯員來傳喚下一名受訊者。

「葉景奎，」譯員拿著張名單高聲唸了出來。

葉景奎跟著他走向解釋帳篷。三個印軍簇擁著他，兩個架著他手臂，一個揪住他的腰帶。帳篷裏面，上首排列著八張桌子，他知道坐在正中的是三個中共解釋員，五個中立國代表分坐兩旁。後面黑壓壓地站著各國的譯員。

「請坐，」一個共黨解釋員客氣地說。

葉景奎面向著他們坐在一張椅子上，幾個印軍仍舊緊緊地拉著他，防他動武。

那年青的印度主席嘰哩咕嚕說了一段，隨即由他身後站著的譯員翻了出來：「我們是五個中立國的代表。這幾位解釋員要和你談話，提出幾個問題來問你。你如果覺得是脅迫你，可以拒絕回答……」

中共的解釋員一開口就鄭重地說：「我們代表中國人民歡迎你回到祖國的懷抱。」

「我要回台灣去。我不要聽你這些話。」葉景奎簡截地說。他知道他的聲調太急促。

「請你聽著，」那解釋員微笑著說：「我們知道你受了很大的痛苦，我們也知道你父母都在等著你，歡迎你回去——」

「我父母早死了，是共產黨害死他們的，」葉景奎漲紅了臉大聲說。

「你聽我說。」那解釋員仍舊溫和地微笑著。「我們知道你在這兒是受壓迫的，你的行動都不是自願的，我們準備原宥你一切反人民的罪行。你決定回家去，只要從這扇門走出去就得了。」他指了指那排桌子背後的一個門。

門上並沒有任何文字的標誌。那茶青帆布帳篷裏光光的沒有貼著任何招紙或是標語。葉景奎突然有點眩暈起來，他像所有的戰俘一樣，在萬分緊張的情緒下往往疑心自己會聽錯了話，認錯了門，或是被人愚弄，把話說反了，使他走錯一扇門。生死路之間彷彿只隔著一線。

「哪個門是上台灣去的？我要回台灣！」他叫喊著。

「你到台灣去沒有前途的，台灣也沒有真正的自由——」

「自由！我到朝鮮來是我自己要來的嗎？我有自由嗎？」極度的憤怒倒使他漸漸冷靜了下來。

「我絕對保證，你回去可以過和平的生活，現在國內的建設有驚人的進步，有很好的職業在等著你——」

「只聽見你們說建設，建設，我們在國內過的什麼日子？看見你們大批大批的東西往蘇聯運，你們這些王八蛋狗入的，都是大鼻子的奴隸！」

那解釋員嚴肅地站了起來。「你不要說這種話。你回來看看，就知道我們這兩年有了多大的進步。而且現在停戰了，往後日子過得更好了——」

「停戰；你們的仗永遠打不完的，還要解放東南亞，解放全世界！我們沒你們這麼大的野心，我們就想解放中國！」

「我對這人解釋完了，」那解釋員別過頭來，安靜地向印度主席說：「請你把下一個人領進來。」

葉景奎從他進來的那扇門走了出去。印軍把他送到場地另一角的一座茅屋裏等著。他拭著汗，可是心裏很痛快，簡直等不及，恨不得馬上就把那一段談話複述給劉荃聽。剛才那小子要不是怕了他，決不會這樣快結束了他們的談話。

劉荃這時候已經坐在解釋帳篷裏了：

「……你的父母都在等著歡迎你回去。你回來看，國內的經濟建設有了驚人的進步。祖國需要你，現在已經有個很好的職業在等著你。」

劉荃一語不發，扯了扯他的衣領，彷彿窒息似的。

「你這樣年青的人，應當把眼光放遠一點，想想自己的未來。你的未來是屬於中國的，你應該回來為祖國服務。」

「我要回去，」劉荃突然說。他激動得厲害，他希望他的聲音不太顫抖。

「好極了，歡迎你回到祖國的懷抱！」那解釋員滿意地說：「你從這扇門出去。」

劉荃站起身來。他的第一個感想就是葉景奎今天晚上回到營地裏，不看見他回來，一定以為他意志薄弱，信了共產黨的花言巧語，被騙回去了。他知道葉景奎會覺得憤怒、鄙夷、失望。

其實他作了這樣的決定，已經不是一天的事了，但是一直沒能告訴葉景奎。他為自己選擇的這種工作，第一個前提就是什麼人都是不能完全信任，少告訴一個人好一個，最親密的人也不是例外。

葉景奎是他最後的一個朋友了。失去這樣一個朋友，實在心裏很難受，但是他已經失去了太多的東西，把心一橫，最後的一點友情也就這樣丟棄了。

他要回大陸去，離開這裏的戰俘，回到另一個俘虜羣裏。只要有他這樣一個人在他們之間，共產黨就永遠不能放心。

他並不指望再看見黃絹，但是他的生命是她的幸福換來的，他總覺得他應當對她負責，善用他的生命。他想不出更好的用途了。

他知道反共戰俘回去是要遇到慘酷的報復的，但是他現在學乖了，他相信他能夠勝利地通過這一切，回到羣眾中。一個人的力量有限，但是他不會永遠是一個人。一萬四千個戰俘的堅決與勇敢給了他極大的信心。

當然這種工作危險的成分非常大，被殺害只是遲早間的事。死亡將永遠跟在他後面，像他自己的影子。他相信無論什麼事都能漸漸習慣，一個人可以學會與死亡一同生活，看慣了它的臉也就不覺得它可怕。

他向那扇門走去，在那短短的幾步路裏想起了許多事。不能得到葉景奎的諒解，那是沒有辦法的事，但是他的手在口袋裏摸到他的那把菜刀，那是他用馬靴的腳背上那塊金屬品改製的，葉景奎似乎很喜歡它，可惜忘了給他留下。他的手指輕輕撫摸那口刀，覺得非常惆悵。

「再見了，葉景奎，」他在心裏說：「你儘管看不起我，可是我希望我們永遠是好同志。希望你一帆風順，你自己保重。」

國家圖書館出版品預行編目資料

赤地之戀 / 張愛玲著. -- 二版. -- 臺北市 : 皇冠,
2020.04
面 ; 公分. -- (皇冠叢書 ; 第4836種)(張愛玲典藏 ; 6)
ISBN 978-957-33-3523-8(平裝)

857.7 109003294

皇冠叢書第4836種
張愛玲典藏 6
赤地之戀
【張愛玲百歲誕辰紀念版】

作　　者—張愛玲
發 行 人—平雲
出版發行—皇冠文化出版有限公司
台北市敦化北路120巷50號
電話◎02-2716-8888
郵撥帳號◎15261516號
皇冠出版社(香港)有限公司
香港銅鑼灣道180號百樂商業中心
19字樓1903室
電話◎2529-1778　傳真◎2527-0904
總 編 輯—許婷婷
美術設計—王瓊瑤
著作完成日期—1954年
張愛玲典藏二版一刷日期—2020年4月
張愛玲典藏二版五刷日期—2023年1月
法律顧問—王惠光律師

如有破損或裝訂錯誤，請寄回本社更換
讀者服務傳真專線◎02-27150507
電腦編號◎001206
ISBN◎978-957-33-3523-8
Printed in Taiwan
本書定價◎新台幣320元　港幣107元